修仙之道
李通崖来了.
季越人.

欣梦享
ENJOY LIVING

玄鉴仙族

季越人◎著

江苏凤凰文艺出版社
JIANGSU PHOENIX LITERATURE AND ART PUBLISHING

图书在版编目（CIP）数据
玄鉴仙族 / 季越人著. -- 南京 : 江苏凤凰文艺出版社, 2025. 9. -- ISBN 978-7-5594-9917-2
Ⅰ. I247.5
中国国家版本馆CIP数据核字第20250DZ421号

玄鉴仙族

季越人 著

责任编辑 王昕宁
特约编辑 王泽葶
装帧设计 46 设计
责任印制 杨 丹
特约监制 杨 琴
出版发行 江苏凤凰文艺出版社
南京市中央路 165 号，邮编：210009
网 址 http://www.jswenyi.com
印 刷 三河市兴博印务有限公司
开 本 880 毫米 ×1230 毫米 1/32 插页 4
印 张 9
字 数 241 千字
版 次 2025 年 9 月第 1 版
印 次 2025 年 9 月第 1 次印刷
书 号 ISBN 978-7-5594-9917-2
定 价 49.80 元

目录

第一章 清溪玄鉴

陆江仙做了一个很长很长的梦，梦见田间种稻，梦见刀光剑影，梦见仙宗、女子、大湖。

“将《太阴吐纳练气诀》与《月华纪要秘旨》交出，我等可以只废去你的修为。”一道悦耳又冰冷的女声在耳边响起，陆江仙隐隐约约看见一张朦胧的脸庞。

咣当！剧烈的摇晃感一下子将陆江仙惊醒。光怪陆离的色彩在脑海中浮现，陆江仙想睁开眼，想起身，身体却如同遇到鬼压床般对他的指挥毫不理睬。

这时，一道灿烂的白光划破眼前浓密的黑暗。虽然黑暗如同潮水一般不断涌来，但那道光柱始终矗立着，太阳一般亘古不变。密密麻麻的金色咒文从中迸发而出，在黑暗中舒展着身体，像星辰一样洒满天空。

好美。陆江仙呆呆地想着。

咒文越来越多，仿佛到达了某个极限，他听到了如同玻璃破碎的咔嚓声。世界，亮了。陆江仙看见了蔚蓝如大海的天空、蓊郁无垠的原始森林。不远处是弯月形的小湖，在那个方向，一道白色的流光滑落在波光粼粼的小湖中。下方是一小片秸秆扎成顶的小屋和成片的稻田。

剧烈翻滚的视角中，他像一只轻飘飘的燕雀飞过褐黄色的小小村落，从清澈的小河上空掠过。惊鸿一瞥中，陆江仙望见了小河中自己的倒影。

好像是一个圆形的、闪闪发光的东西……陆江仙迷茫地想着，一种隐约的预兆浮现在心头，我不做人了？

哗啦！剧烈的摇晃再次袭来，陆江仙迅速沉入水中。小河太浅，不足以化解所有冲击力，于是他轻轻磕在了小河底的青石之上。这么一磕，让他感觉像是被人当胸打了一拳，有些胸闷气短，不过自己倒是借助激荡的河水和撞击的反冲力稳稳地翻了个身，正面朝上，正对着河面上荡漾水波中的太阳。

陆江仙默默地看着河面上的太阳。水流湍急，让水底的光纹不断扭动。回忆着记忆中的过去，陆江仙头疼不已，感觉心脏飞速跳动，呼吸渐渐困难。

我好像……死了？

观察了一下周边，头顶是墨绿色的垂着气根的树梢，时不时有灵巧的鱼儿从他面前快速游过，隐隐约约能听到叮叮咚咚的水花撞击声。陆江仙叹了口气：这样下去会无聊到发疯的吧。

于是他呆呆地望着太阳慢慢从头顶滑落，灿烂的霞光晕满天空，树梢下的水域一点儿一点儿暗淡下去。其间有两条鱼好奇地在他身边梭巡，甚至有只螃蟹试图将他翻过来。

直到月亮移动到树梢上，清亮的月光柔和地飘在河面上，陆江仙惊喜地感觉到一股清凉的气息渗透到河底，隐约带来一种舒适感。

看着月光一点儿一点儿汇聚在身体上方，仿佛活过来般形成了一抹淡白色的月晕，陆江仙大惊失色，心境发生了截然不同的变化。这算什么，吞吐日月精华吗？那我成了什么，器灵吗？他震惊地想着。

陆江仙内心深处升起一股好奇与喜悦，那一抹月晕仿佛也积蓄够了力量，飘落在他身上。他只觉得周身一凉，陷入一种似睡非睡的冥想之中。

不知过了多久，气流越来越稀薄，陆江仙蓦然惊醒，月牙已经从天空中退去，太阳跃出树梢，暖暖的晨曦洒在河面上。

好快。陆江仙喜不自禁，仔细感受之下，体内果然有一股淡淡的气流在徘徊，围绕着身体的圆边做圆周运动。陆江仙凝气沉神之下，还能模模糊糊地看到一面灰青色的镜子静静地躺在河底，镜子下铺满了各色石子，几条游鱼正在河底觅食，那只河蟹正在一旁掘土。可以看见的范围大概在周身一米，不算清晰，像是小时候看的厚脑袋电视机的画面。

这便是现在的我了吧。陆江仙苦笑着，接着他特意操控气流停滞在镜子中心，灰青色的镜子随之发出一丝丝毫光。除了发光，倒也没发现什么用途。

先好好吞吐月华，说不定会有质变。不知道镜子的材质，也不知道外界怎么看待有灵智的器物，可别被哪个修行者发现随手泯去了神智。他暗自计划着。

…………

李木田寅时就醒了，睁着眼盯着自家的破房顶，黑漆漆的透出一点点辉光。前几天屋顶破了个小洞，李木田没有时间去修。他整整三天没睡好觉了！看着身边睡得死死的妇人，李木田深深叹了口气。

妇人不知长短，前些天那些修士发了疯似的在大黎山里飞来飞去，恨不得刨地三尺，惊得大伙儿瑟瑟发抖，每飞过去一道流光都跪下磕头……

李木田眉头紧皱，内心充满忧虑，大黎山山脚这几个小村子的村民向来是无忧无虑的，这些天却是提心吊胆，人人自危。深山路窄，朝廷管不着，咱也不稀罕他们管。可这修士打架，一道仙法就能打得黎泾村狗都不剩一条。

李木田翻了个身，再也睡不着了，起身望着窗外浓浓的夜色。

瓜娃子一天天大起来了，一顿比一顿能吃，明日打发他去眉尺河弄点儿鱼、蟹来。哪天被仙法打死也是命，李家耕荒两百多年了，娘移不得爹动不得。李木田低眉摇了摇头，背过手出门了。

门外的大黄狗还痴痴地睡着。李木田在清晨的薄雾里慢悠悠地走着，望着从睡眠里醒来的黎泾村，鸡鸣狗吠，炊烟袅袅。

“项平哎——”李木田扯着嗓子对着屋子叫唤。屋里铿铿锵锵响了一片，大门一开，一个半大的孩子叽叽歪歪地冲了出来。

“父亲！”李项平眉眼还算清秀，眼神狡黠，仰着头望着李木田，“今儿个干啥活儿？”

“去眉尺河弄点儿鱼、蟹来。”李木田摆摆手，“今儿个没啥活，去给你母亲整点儿鲜味吃。”

“好耶！”李项平兴奋地连连点头，拿起绳筐和长叉一口气溜了。

李木田“哈哈”两声，往田里去了。

眉尺河又浅又宽，河岸边大片滩涂和芦苇。村里成几十、几百养的鹅鸭，就不用喂，清早放将出去，都到河中去了。到晚些，走到河边一声唤，那些鹅鸭都是养熟的，听到听惯的声音，就都跟了回家。

李项平来时鹅鸭都未放来，眉尺河上空荡荡的，两艘小木筏在岸边晃荡。他挽起裤腿袖子，双腿跪进淤泥里，双手在身前瞎摸，定睛往河里一瞅，望见一尾青色。

“好鱼儿。”李项平用力向下一摁，憋气扎个猛子。右手一紧，已经把青尾抓紧腮拉提上来了。李项平笑了几声，将鱼儿往筐子里一丢。眉尺河里的鱼儿决计没有这般蠢，这青尾十有八九是上游窜下来的野鱼儿，倒是让这小孩捡了大便宜。

望了望自己的脚底，李项平神色中似有疑惑，水底似乎有一处过分光滑，隐约透着银光。正当他准备再憋气扎个猛子一探究竟时，岸上响起一道响亮的呼声：“项平哥！”

李项平下意识将筐子往身后一藏，向岸上望去，只见芦苇丛中钻出个十几岁样子的小孩子："叶弟，来放鸭呀……"

"嗯！"堂弟李叶生乖巧地点了点头，笑道，"清早听闻件怪事，好大一只牡鹿被蛇咬了足，死在村口，那角同桌案大小，好生骇人。"

李项平听着他讲闲话，只舒了口气，将筐子往前一递："看看这青尾，徒手抓来的。"

"好鱼儿！"李叶生低头望筐，羡慕地笑道。

李叶生的父亲长年卧病在床，大哥又游手好闲，他常常吃了上顿没下顿，平日里只好去李木田这个大伯家讨饭吃，堂哥李项平向来把他当亲弟弟来看。

聊了几句，李叶生摇了摇头道："行了哥，我回去看鸭了，少了两只我哥非打死我不可。"

"去去去。"李项平也急着看河底的物什，连忙赶人。

"好嘞！"

他前脚刚走，李项平后脚就憋气扎个猛子潜到了河底。来来回回摸了个遍，还真给他摸到一个圆形的物什。李项平抹了把脸蛋儿，把这手里物什一看。这东西大概巴掌大小，中心是青灰色的圆形小盘，周边箍了一圈好似暗色的铁边，不见有什么出奇处。正面碎成了七八块，靠着箍边没有散架，倒是背面画着一个颇为怪异的符号，李项平看了半天也没看出来像啥。

"倒是有点儿像姨母的那枚鉴子。"李项平姨母家田口最大，也只有她用得起鉴子，平常村姑用水照照便算了。姨母弄到那枚鉴子时母亲还带着李项平去看，确实比水方便。但自己手上这枚鉴子也太模糊了，雾蒙蒙的什么也看不到，李项平惋惜地摇摇头，把这东西往筐里一扔，转头继续抓鱼去了。

…………

陆江仙已经在水里待了小半个月，从第三天开始，月华气息就停滞不动不再增加了，他又努力了一周，结果是半点儿长进都没有，除了让自己发发光什么也做不了。

这天清晨他正看着身边的大青鱼发呆，一只大手直接把鱼儿按到了淤泥里，四周一震，一只手抓着鱼鳃就提走了这条青鱼。

陆江仙还处在初见生人的复杂情绪中，却见一只大手直直捞起了本体。见着一张还算俊俏的大脸，陆江仙一时间有些紧张，便见对方叽叽喳喳地说了几句，反手将他丢进了筐里，与青尾大眼瞪小眼地看着。

刹那间，陆江仙也意识到一个严重的问题，他听得见，但未必能听懂。这方水土的发音有点儿像闽浙地区的方言，他确实是一点儿也听不懂，这代表着如果他能发音，对方也完全听不懂他的话，这将大大阻碍他融入这方世界。

看着一条条小鱼被抛进筐里，陆江仙凝气安神来探知周边的情况。那男孩正小心翼翼地举起木叉，陆江仙轻咦一声，在这种视角下他能模糊探知到男孩的心理活动，知道他的注意力大约集中到河底的哪一条鱼儿身上。有了探知视角的帮助，男孩每次抓到一条鱼儿就会自言自语，没过多久陆江仙就掌握了数字三到六，还有不同品种的鱼的具体发音。

“走一步看一步吧。”看着男孩起身离开，陆江仙叹了口气，这孩子看上去像农家的孩子，应该会先把这种像青铜材质的物品交给父母。多和人接触，看看能不能慢慢学会这方水土的方言，在保全自己的情况下，找到提升月华之力的方法。

…………

李项平背着筐往回走，远远地走来一个女孩，女孩脸蛋圆圆，五官很是平凡，满满的笑容让眉眼平添不少魅力：“嗨，项平哥。”

“芸妹，”李项平笑着望了望女孩，转身递过那一筐渔获，“看哥抓的好鱼，你要上几条回去尝尝。”

“这可使不得。”田芸笑着低下头。女孩发育早，今年刚十一，就已经出落得比十三岁的李项平要高了。黎泾村男女十三四结婚，同辈间唯两人年纪最为合适，女孩早已将眼前男孩视为未来的夫君了。

“不行，拿去！”硬塞了两条鱼儿到田芸手中，李项平倒是没有多想。村里人中田叔最厚道，他最喜欢，遇见了他女儿自然要照顾些。

告别了田芸，李项平急匆匆地走进家门，把筐往小塘里一放。他想了想，将那枚鉴子取出擦了擦，塞进怀里，拿起桌上的三个木盒就往田上去。在那里，他的两个哥哥正在和父亲干农活。

李家有四个兄弟，分别是李长湖、李通崖、李项平、李尺泾。在黎泾村说起李家这四兄弟，没有一个人不竖起大拇指，田芸的父亲每每谈起这四兄弟就羡慕地说：“李木田真是好福气！”

好福气的李木田却不这么想。作为黎泾村里唯一一个出过远门的人，李木田看着自己的孩子在田里忙碌痛苦不已。

“好男丁就该读书将兵，在田里是孬种！”他指着田叔骂。

但生活就是这样，见过光明的人反而痛苦。李木田从过军，杀过人，四十多岁回到黎泾村用军饷买了地成了大户，他倒最不满足。

李项平到了田头，大哥李长湖已经早早地等在树荫下，他最年长，十七岁的他已经有了胡须。

“三弟慢着走，不急。”李长湖笑着摸了摸李项平的脑袋，温和地看着他，“听田叔说你今天收获很多哟。”

“太多了，哥！”李项平哈哈大笑，“今晚终于能吃顿好的了！”

“你呀。”李长湖替他擦了汗，拿起一个木盒对着田里喊，“二弟——”

“来喽！”二哥李通崖提着锄头快步走来，他先坐下对着李长湖叫了声“大哥”，才笑着看向李项平。

“你们吃，我可回去了。”李项平忙了一上午，饿得发慌，连忙回家去了。

陆江仙在李项平筐里时就感觉隐约有一种莫名的牵引力在吸引着他，随着离李家越来越近，这种感觉也越来越强烈。路过村口的大槐树，走进村落时这种吸引力到达了巅峰。陆江仙觉得胸闷气短，筐中的镜身在微微颤抖，镜中透着红光。

那是我的一部分，或者是对我来说至关重要的东西。陆江仙心中有了一种明悟。

在北边！那个大湖的方向！随着李项平慢慢远离村口，这种吸引力渐渐消失，陆江仙心中暗自记下这个方向。

贴着李项平大概在村里晃荡了一圈，结合自己感知心理活动和对目标动作、语气的观察，陆江仙基本能理解见到的每个人在说什么。他发现这里似乎就是个普普通通的小村落，没有什么会飞檐走壁的武道高手，也没有见到什么飞来飞去的修行者。人们规规矩矩地日出而作，日落而息，使用的器具和田地的规模也没有出人意料的地方。

这地方似乎真的就是一个普普通通的小村落，最好的房子也只是一座两层的土木结构房……陆江仙思忖着，如果有修行者，再怎么样也不至于住个小土屋吧。强大的力量会带来强大的生产力，眼前的小村落太落后了。他心中大概有了底，今后的计划也慢慢有了框架。

今夜的李家格外忙碌，母亲忙着洗菜做菜。李项平满载而归，而弟弟李尺泾竟然在后山摘桑养蚕时悄悄抓了窝肥田鼠闷在粮袋里带回来，喜得父亲李木田狠狠地拍了拍两个小伙子的肩膀，夸得他们尾巴翘得老高。

十四五岁正是长身体时，桌上几道菜基本进了几人肚子。李木田仅仅尝了一筷子，母亲柳林云也是笑盈盈地看着兄弟四人，只有大黄狗在桌下急得团团转，在六人的腿间穿梭。

吃罢晚餐，月亮缓缓爬上大黎山，李项平叼着一根长稗子倚在墙角下。李木田皱着眉望着天空，仿佛在寻找什么。

“对了，父亲，”李项平拍了拍父亲的裤脚，从怀里掏出那枚鉴子，“清早在河里捡着个这物什。”

“嚯。”李木田接过鉴子，眯着眼翻来覆去看了看，“非铁非铜，什么好东西？”

清冷的月亮缓缓飘落在屋前，仿佛活过来一般一点儿一点儿汇聚在镜面上方，形成一抹淡淡的月晕。李项平忍不住揉了揉眼睛，好似十三年来见过最美丽的月光都在那一抹月晕上浮现。

“父亲！”李项平小声叫着。

“闭嘴！”李木田大惊失色，强迫自己将眼睛从月晕上移开，双手颤抖不止。他将鉴子往李项平怀里一塞，低低在他耳边说，“躲进去，叫你哥哥们把刀拿上出来。”

李项平头一次在父亲的脸上看到这样狠厉的杀意，他眼睛微微眯起，像是一只蓄势待发的鹰。

“是……”他声音颤颤，双腿发软，一点儿一点儿挪进房门中，“大哥、二哥……父亲说快拿上家伙去门口。”李项平颤颤巍巍地对倚在床头的两个哥哥低声说。

“什么！”李长湖震惊地站起身，双手扶住李项平，关切地望着他，“父亲可有大碍？可有说是什么事？”

二哥李通崖却翻身从床下取出两把刀来，又取下挂在墙上的藤衣和长棍，阴郁地望了望窗外，低声说：“想必是仇家上门。”他递过长刀和藤衣，将长棍持在手中，拍了拍李长湖，“哥，不必再问了。三弟，你且带着母亲和四弟躲到后院去。”

“好！”李项平急急忙忙寻母亲去了。

李长湖也迅速冷静下来，穿好藤衣，持着刀就向门口走去。

屋外，李木田正站在门口，静静望着屋前那片瓜田。待到两个少年都站到了身后，他一摆手，接过长刀：“你俩一左一右在屋前屋后探查，确保周遭无人。”

两人连忙应诺，分左右去探查了。李木田自己已经大大方方地走到了屋前的瓜田里，弯腰一提，竟然从瓜田中捞出个人来。

“大伯饶命啊！”那人吓得胆裂，一落地就开始求饶，抱着李木田缩成了一团，“啊！饶命，大伯饶命，大伯饶命啊……”

李叶盛怎么也没想到，自己只想偷枚瓜解解馋，眨眼间自己最怕的这位大伯就站在了面前，吓得他动弹不得，却见大伯一手还提着长刀，更叫他肝胆俱裂。

“叶盛？”李木田定睛瞧了瞧，皱紧了眉头，脸上阴晴不定，摸着下巴的胡须定定地望着他。

李叶盛是李叶生的哥哥，他俩的父亲长年卧病在床，李叶盛却成日里游手好闲，四处打秋风。两个少年也闻声赶来。李通崖长棍一抬，径直压在李叶盛的臂膀上，吓得他涕泪横流。李长湖拎起他的脑袋一瞧，不禁动容。

“堂弟？”李长湖长出一口气，疑惑地问出声。

“你为何在这儿？”李通崖冷冷地问着，手上的长棍力道不减。

“偷咱家瓜来了！”看着李叶盛支支吾吾的样子，李木田冷着脸替他回答，手中长刀一收，扭头就走。

“堂弟，得罪了。”李通崖也收力提棍，甩下一句话便跟着父亲回屋了。李长湖扶起李叶盛，替他擦了脸，又温言抚慰了他几句，客气地送他出了庭院。

屋中，李尺泾和李项平呆呆地坐在桌边。鉴子藏在怀里，李项平一动也不敢动，好在不多时父亲和二哥就走进了堂中。

“大哥呢？”他望望他们的身后，赶忙问。

“送客去了。”李木田摇了摇头，“叶盛这孩子时常来打秋风我晓得，可我生怕今晚的事走漏了风声，叫咱们全家灰飞烟灭。”

李通崖找到小凳坐下，闻言偏头望了望李项平，正欲开口。嘎吱——大门发出闭合声，大哥李长湖神色疑惑，往凳子上一坐，对着父亲李木田开口。

“父亲这是何必？”他摇了摇头，“叶盛不过偷一枚瓜罢了，您这顺水人情不做，偏偏要得罪他家。”

“什么他家我家，只有一个李家，我嫡他庶。”李木田靠着窗侧着耳，对着妇人和幼子招招手，“你们蹲去正门后门，有人便叫唤。”

两人应诺，便退出去了。李木田转身关起门窗，拍了拍李项平道：“你说！”

李项平用力点点头，小声开口：“今日我去眉尺河抓鱼，从河里捡着个物什。”言罢望了望父亲，见他一点头，从怀里掏出那枚鉴子来。

李长湖望望弟弟，又看看父亲，接过那枚青灰色鉴子，细细打量也没看出个所以然来。李木田从长子手中接过鉴子，寻了屋顶那处小洞，挪了个石凳，将鉴子往其上一放，眯眼望着两个儿子。

眼看月光如水般波动不断，又如乳燕投林般汇聚在镜面上方，浮现出一抹淡白色的如同宝石般的月晕来。李长湖噌地从椅子上站起，死死地盯着鉴子上的月晕，李通崖也失色动容，若有所思地盯着鉴子。

整整沉默了一盏茶的时间，李家众人默默地盯着鉴子一言不发，神色各异。

李项平已经是第二次看这幅画面，却仍大惊失色，喃喃自语：“我自小未见过这般美景……”

“哈哈，别说你了，你老子我也不曾见过这样好的东西。”李木田低笑着，眼中却不见什么笑意，反倒眼神狠厉，“这恐是修士之物。”

李通崖拿起长刀不断擦拭，他盯着鉴子状似平静，不断颤抖的手却出卖了他的内心：“走漏风声，亦是我家灭门之祸。”

李长湖在堂中不断踱步，神色焦虑又兴奋。

“若是修士丢失之物，明日主人便施法寻来，我等如何自处？”李通崖定定地盯着父亲，不无忧虑地说。

李项平点点头，垂着眉闷着声说：“修士赏赐些什么，我家都受用无穷。”

“放屁！”李木田摆摆手，“我听闻修士多有嗜杀之辈，万万不可能！这鉴子落入水中不知多久，要来取早便拾去了，哪轮得到我等凡人？我看那修士多半已经遭遇不测。”

这大逆不道的话听得李长湖心惊胆战，皱着眉头也不知在想些什么。李通崖却恍然大悟，低沉沉地开口："可是被李叶盛那小子瞧见了？"

"我在屋前给父亲看了此物，当时叶盛哥应在田里。"李项平低垂着眉眼。

"不行，必得让他闭了嘴！"李通崖表情狠厉，毫不犹豫地披起藤衣，拿起刀就往外走。李项平头次在哥哥脸上瞧见这种神色，不禁多看了两眼。

"回来！"李木田皱着眉叫住李通崖，瞥了李项平一眼，看得他神色慌张。

"父亲！"李通崖终于急了，语气强硬地开口，"李叶盛此人薄情寡义，张扬无度却又吃里爬外，与其让他失言放出风声引来我李家灭门之祸，不如先下手为强！"

看来二哥跟村里的先生学到了不少东西。李项平默默地想，羞愧地低下头。父亲当年送三人读书，两个哥哥都得了先生喜欢，唯有自己年少无知、调皮捣蛋，现在竟听不懂哥哥话中的成语。

"那若是你幼弟吃里爬外、嘴上不严，你也这么做？"李木田哈哈一笑，反问自己的次子。

"咱家没有这样的孬种。"李通崖淡淡地说。

李木田摇摇头，抬手将木桌移正，纵身一跃，在桌上轻轻一点，从屋梁上抽出一只木盒来。他将木盒放在桌面上，正色对面前的三兄弟道："有些事也叫你们知道，我十三岁离乡，沿着古黎道进了安黎县。杨将军接了朝廷命令攻打山越，在古黎道征兵，当时为父我无处容身，只好当了兵。

"杨将军治军严明，却也与我等同食同住，亲如一家。他传了我等越兵战法，叫我等好好练武。这战法流传甚广，易学难精，寻常人练成了也不过身手矫健，不见有甚神异处。"李木田叹了口气，见几人听得很是认真，继续说，"我回乡后读书识字，将战法默写在这木简中，已经叫你等仔细练习过了，如今也不见有什么名堂，这是其一。"

李木田打开木盒，盒中躺着一道木筒、一张符箓、几块碎银琉璃之类的杂物：“当年与山越交战，山越中巫觋众多，会驱使瘴疠蛇虫，军中发放此等符箓抵御巫术。这符箓救我一命，如今已是神光不显，如同破纸一张，这是其二。山越好配兽骨、羽毛、琉璃，这些是我战后从尸体上搜刮来的值钱物什，这是其三。”

李木田取出一块碎琉璃，将物品收拾好，对李通崖轻声说：“明天我会拿这块琉璃，对你二伯说这是项平从河里捡来的。不管李叶盛看没看清，我们一口咬定就是一枚碎琉璃，不过在月光下闪烁罢了。”

“父亲想得周到。”李长湖点点头，“二伯为人宽厚，识大体重大局，不会计较什么的。”

“可惜李叶盛是个不争气的。”李通崖轻声说，偏过头看着父亲。

李木田端起鉴子，将其放在木桌上，摇了摇头：“现在要看这宝贝如何用，搞不好竹篮打水一场空。”

陆江仙在镜中听了一路，心中有了计较：自己在镜中动弹不得，保护自己也好，从镜中脱困也罢，若要在漫漫仙路中找到一条自己也能走通的道路，少不得要借助这方水土的人力与物力。

李家农户出身，根底浅薄，偏偏几人都出类拔萃。父亲李木田胆魄见识俱上佳；长子李长湖处事圆滑，为人宽厚；次子李通崖勇敏果断，敢打敢拼；李项平与李尺泾也是机敏灵巧之辈，实在是结合的上上之选。更何况自己没手没腿，走不了也跑不了，根本找不到别的人选。难道要让自己默不作声地被当作垃圾重新丢进河里，如同囚禁一般沉默百年？

无论如何，先去北边看看，哪怕是远远地看一眼也好。想到这儿，陆江仙催动体内的气流往镜身左上角涌动。

屋内李家兄弟围着鉴子捣鼓了半天一无所获，小心翼翼生怕磕坏了没了机缘。这月华摸上去如水一般清凉舒适，却吹也不动，吸也不动。直到李项平拿起鉴子，在镜面上轻轻一抚，陆江仙运气催动，镜面左上角骤然亮起，吓得李项平一颤，连声呼唤，拿也不是，放也不是。

李通崖近身一看，镜身左上角亮起一道亮白色光弧，两边薄中间厚，煞是好看，数次呼吸后方才缓缓暗淡。

“哥，它亮了！”李项平压着声兴奋地说。

李通崖接过鉴子，学着李项平在镜面上一抚，果然亮起一道白光。他将鉴子往父亲手中一递，示意同他一般做。李木田与李长湖皆抚了鉴子，啧啧称赞。李通崖却轻咦一声，从大哥手中接过鉴子，背对着众人一抚。

“父亲，此物无论从何处抚过，亮起的毫光皆指向北方，就像……”李通崖望着手里的鉴子凝重地开口。

“司南。”李木田点点头。

镜中的陆江仙不禁鼓掌。这小子真聪明，一点就通！

“先去村口。”李木田捋了捋胡须，又转头进了屋，招呼着几个孩子，“取一挂腊肉来，咱去拜访先生。”

…………

李叶盛抹着眼进了自家前院，骂骂咧咧地踢着路上的石子。

“揣着啥宝贝呢，几个瓜还当宝了？几个龟龟大半夜提着刀来看，心里有鬼欸！”他坐在石头上，心中一动，“李木田出去鬼混了二十来年，身上好东西可不少！可不是有宝贝呢。偏偏那几个龟龟还脾气倔硬，指头缝都抠不出泥来。老头又老又犟，死都不肯开口，不然李木田一死，东西咱都要有份！”

李叶盛歪头看着院门，悄悄打着算盘。弟弟李叶生怯生生地进了门，李叶盛眼神一瞪，大声骂道：“你小子给我滚过来！”他扯着弟弟的衣服往屋前一掷，李叶生在地上狼狈地打了个滚，害怕地缩成一团。

“听说你和李项平关系好，明天你去他家偷两个瓜来吃吃。”李叶盛恶狠狠地骂着。

…………

李木田带着三个孩子从村尾走到村头，路中倚在门框上休息的村民笑着招呼 :“木田叔！往哪儿去？”

“给先生送点儿东西！”李木田笑着提了提手中的腊肉。

到了村口，李木田四处望了望，拍拍李通崖与李项平的肩膀，低声说 :“去。”

两人会意，一弯腰迅速消失在浓密的芦苇荡里。

李木田忧虑地望望远方，长子不禁提醒道 :“早应嘱咐他们两人，若有神异之事，远远望去就退回，不可留恋。”

“通崖有分寸。”李木田眯着眼，一切计算浮光掠影般涌现在心中。他明白，今夜他有可能失去两个孩子，又或者两人会平安归来，给李家带来飞黄腾达的机遇。他深深痛苦地愧疚着，攥紧了拳头。两百年了！李家在这块土地上面朝黄土背朝天整整两百年了！面对可能存在的机缘，李木田理智地做出了符合家族利益的选择，却又在情感上痛苦不已。

“李兄！”院门被猛然打开，打断了李木田的思绪，先生韩文许端着小碗呆呆地看着他。

“先生。”李木田脸上浮现出爽朗的笑颜，大步走到台前，将腊肉往木台上一放。

“这怎么好意思？”韩文许笑着点点头。他取来腊肉，割下一块细细地切了一小碟，咸菜炒了炒也盛入一个小碟。两人搬了小案，倒了两小盏米酒，坐在门前就聊了起来。

“这天上高来高去的修士们可算不来了。”李木田长出一口气，流露出轻松的神色。

韩文许耸了耸肩，然后啧啧称羡地答复道 :“修士啊！我十二岁那年，镇里来了个修士。”他抿了抿嘴，惆怅地说，“他说要找开窍之人，全镇一千多个幼儿，仅仅寻得三个开窍之人，就带着这三人走了。如今天上高来高去的修士，说不定就有我的同乡。”

“机缘难得啊！”李木田沉默许久，安慰道。

“机缘难得，机缘难得啊……”韩文许愣愣地望着天上的月亮，口中不断重复着这句话。

两人各怀心事，忧虑重重地沉默着。

却说李通崖与李项平两人入了芦苇荡，拨开层层叠叠的芦苇一看，那青灰鉴子温温热热地闪着白光。李项平望了望方向，低声说：“这是望月湖的方向，挨着古黎道走半个时辰即可。”

李通崖摇了摇头，开口说：“古黎道走不得，从芦苇荡中穿过去。”

李项平低低应了声“是”，和哥哥伏身穿行起来。

陆江仙只觉得那股引力越来越强，进入芦苇荡中更是眼前一亮，一派模模糊糊的景色出现在面前，似乎是一片清凉透明的湖泊，十几只白色的鸥鹭单脚立在岸边歇息。

随着李项平不断前进，他手中的青灰鉴子越来越烫，烫得他忐忑不安，抬头望望二哥。李通崖冷着脸不说话，唯独眼里满是忧虑：“机缘真的是凡人可以染指的吗……”

李项平摸着仿佛快烧起来的鉴子，却浑然不觉烫手。他捧着青灰色宝鉴喃喃道：“好鉴子，乖鉴子，马上到了。”

不多时，两人钻出重重叠叠的芦苇荡，波光粼粼的望月湖和惊飞的鸥鹭跃入眼帘。陆江仙直直地望向湖中一块乱石沙洲，在那些布满青苔的乱石中，一块闪着白光的玉石正死死地卡在石缝间。

青灰色鉴子喷涌出一道淡白色的月华，李通崖与李项平两人眼前模模糊糊地浮现出那片沙洲和石缝间闪着白光的玉石。李项平与李通崖对视一眼，皆从对方的眼中看到了惊异与喜悦。李项平用力点头，脱光了衣服，正欲跨入湖中。

“慢着！”李通崖拉住他，摇摇头，“我去拿，你拿着鉴子在岸边等着。倘若月亮移动到了那个位置我还未回来，”李通崖指着天上的方位，凝重地望着弟弟，“你就把鉴子藏在芦苇荡里，往古黎道上跑。别回家，等到日上三竿再回来看情况。”

“是……”李项平不知不觉有了哭腔，抹着眼泪望着二哥。

李通崖哂笑着脱去衣物，露出精壮的臂膀，转身往湖中游去，留下李项平躲在芦苇荡里呆呆地望着哥哥。

李通崖前些年同父亲和兄弟们来过望月湖，来回不知游了多少趟，轻车熟路就泅水到了湖中心。他小心翼翼地在诸多石缝中探了探，一炷香的工夫就在沙洲上逛了个遍。

“没有。”李通崖皱了皱眉，再度仔仔细细地检查了一遍。突然，他发觉指间一阵微凉，碰到了什么光滑的东西，两指用力，取出一块两指来宽的玉石来。

这玉石呈长条状，石面上刻着些字纹，李通崖对着月光辨了辨：“太……月……气……养轮……”他只识得这几个字。李通崖幼时去先生处识过字，大多数字都能识得，可这玉石上花纹繁复，字体古朴特殊，实在是不好识别。他冷静地望了望岸边，将玉石攥在手中，向岸上游去。

“三弟！”他上了岸，低低地往芦苇荡中一唤，李项平便探出身来。李通崖刚欲展示那玉石，才展开手那玉石就化为一道白光，嗖地落入镜中。两人被这变故吓得一颤，望着那镜面上白光涌动，月光也化为一道道月晕纷纷投入镜中。陆江仙却觉得如遭雷殛，一道白光直直地撞上面来，浩如烟海的知识飞速涌入脑海，他痛呼一声，爽快地晕了过去。

李通崖与李项平眼看手中的鉴子一口吞了玉石后缓缓平静下来，白光也渐渐暗淡下去。金红色的朝霞爬上了天空，照耀着李通崖赤裸的上半身，显露出金灿灿的线条，他低头对弟弟说：“先回家。”

…………

李木田坐在红漆木桌旁，听着两个儿子把来龙去脉讲清楚了，点点头对着李通崖道：“做得不错。”

他与李长湖昨夜翻来覆去彻夜难眠，现在见到两个孩子平安归来，他悬着的心总算落了下来。

“咱们这屋前门后院不算小，后院更是靠着后山，我寻思在前面两片瓜田上建两个屋，左右拱卫连成一大院。前门一关，不虞让人偷窥了去。”李木田慢悠悠地说。他早些年就有此念，几个孩子一天天地长大成人,眼看就要分家。李家凭着他的积蓄可以说是村里有头有脸的大户。李木田从军回来买了十亩多水田，加上自父亲处继承来的五亩多良田，总共将近二十亩。

黎泾村水土养人，芦苇荡和滩涂都是活命的宝贝。若是抛去人工，二十亩地放在丰年，足足可以养活十余口人，李家早已可以关上门来做个富户了。正因李家有粮有田，他的四个孩子才能读上书写上字。也就是李木田从来看不惯游手好闲的富户，这才要求几个孩子必须日日读书务农，日后分了家才都能好吃好活。

“如今这家是分不得了，媳妇也得找体己的自己人。”李木田想起在城中见的那些大户人家的模样，大院嫡亲一家，读书仕官，练武将兵，好不风光！倒是穷困的农户把家分得干干净净，你不扯我，我不牵你。

“就这么办！”李木田眼前一亮，对着两个孩子招呼着，“去田上把你大哥叫回来整平地基，田地留给那些租户去处理即可。你四弟下午也不必去摘桑了，今后便在先生处读一整日书。”

“好嘞。”李项平折腾了一夜却还精神抖擞，闻言一溜烟跑出门去。

李通崖望了望父亲，沉思了一小会儿，这才开口道：“父亲可是要学那书上的宗族法度，立祠堂，开族府，读书出仕，习武将兵？”

“我李家积蓄两百载，也是时候了。”李木田笑着摆摆手，“至于读书习武，古黎道凶险无比，出入大黎山九死一生，读书习武也卖不到那越国皇帝那儿去，无非求一个传承家业，以求自保罢了……”

李通崖点点头，低声开口道：“说不得有比读书习武更妙的事。”

“休得在这里胡说。”李木田哈哈大笑，拍了拍李通崖的肩膀，仰着头背着手出去了。

…………

清晨，夺目的晨曦从大黎山跃出，拂过金灿灿的望月湖，风扫过层层叠叠、一望无垠的芦苇荡，带来眉尺河上孩子们的嬉笑打闹声。陈二牛坐在田埂上，忧心忡忡地望着田里的作物，心里想着卧病在床的妇人。

陈二牛出生在大黎山东边的梨川口。二十余年前梨川口无缘无故地发生大旱，不但滴水不降，地里还吭哧吭哧地冒白烟，吓得村里人四散而逃。他当时还是个半大孩子，迷迷糊糊就逃到了黎泾村。在他苦苦哀求之下，农户李根水收留了他，次年更是租了一亩地给他活命。待到他年长时，他又多租了一亩水田，建了土房，娶了李根水的女儿，风风光光地在村子里扎下了根。

可妻子突然病了，好在他这些年还算有些积蓄，于是把妻子抬到村口让韩先生看看，先生说小病而已，吃几服药即可。他把妻子安置在先生处，提着的心却迟迟放不下来，一病穷三代啊！

“姑父！”陈二牛出着神呢，一道爽朗的声音惊醒了他。却见院口走来了一个俊朗的年轻人，脸上带着热切的笑意，正朝着他打招呼。

“长湖啊，担不得，担不得！”陈二牛连连弯腰，他不过娶了李家的一个庶出女，又是人家的租户，当真是当不起长子这么一声称呼。

李根水精明能干，偏偏花心得很，娶了妻子不够，还去道上收留了两个女人做妾。他的妻子给他生了两个男丁，小妾却生了三儿四女。

当年李根水老得快死了，唯一陪在身边的嫡亲小儿子却突然死了，几个庶子年轻力壮，对着家里的十几亩地虎视眈眈。这时离家出走的李木田提着刀带着人回来了。这个凶残的老兵处置了吃里爬外的管家，而后向毒死他弟弟准备行兼并之举的那家大户复仇，连条狗都没有放过。

村子里家家闭户，人人自危，李木田的几个弟弟吓得惊慌失措，本以为正主来了，这田地自己准是没份了。谁知李木田将几个兄弟唤来，说什么嫡庶之间本是同气连枝，将那大户的土地一人两亩给他们分了，又给自己带回来的弟兄一人四亩地，感激得几个弟弟连连称主家大哥，就这样定下了名分。

不知怎的，在陈二牛眼中，李长湖温和的笑容和李木田淡漠的溅着血的脸庞重合在一起。陈二牛顶着大太阳打了个寒战，恭恭敬敬地问道："长湖这是来……"

"姑夫太客气了。"李长湖笑了笑，轻声说，"听说姑妈病了，家父寻思着姑父腾不出手来做饭，特地叫我来请您与小泽来家里尝尝我母亲的手艺。"

"这……太不好意思了。"陈二牛勉强一笑，进退两难。

"就这么定了！母亲已经备好饭菜。"李长湖拍了拍陈二牛的肩膀，告辞离去。

"好嘞。"陈二牛笑着摇了摇头，往屋内喊着，"小泽，收拾一下，晚上去你舅舅家吃饭。"

李家前年修好了宅子，占地扩大了好几倍。整个宅院坐北朝南，呈长方形，前院砌了石砖，摆了石锁，看着像练武的地儿。陈二牛看着这石锁分量不小，不禁啧啧称赞："李家莫不是还有练武的法门？好一个石锁！"

他踩着石砖进了正院，看见中心砌了一座塘，放了几条青鱼在里头，青石围成的大堂左右是李长湖与李通崖的配房，房屋、游廊、大门和二门底部铺有条石或石阶，看上去气派极了。

李通崖招呼着也进了正院。如今他已经十八岁了，却还未娶妻。李长湖倒是娶了任家的次女，前些时候已经风风光光地娶进门了。

陈二牛与李家众人吃了晚饭，坐在院中有一搭没一搭地聊天，却见李尺泾匆匆忙忙地走进前院。李尺泾方才九岁，却长得俊美，一副聪慧机灵的模样，叔侄兄弟们尤为喜欢。

李木田正悠闲地看着儿辈聊天，却听李尺泾附在耳边轻声说："父亲，那鉴子亮了！"

他不动声色，拍了拍双腿，朝着众人开口道："人老了，却是坐不住了，我且去歇息，你们聊罢。"说着转身去了后院，众人连忙应诺，陈二牛躬身便欲告辞了。

后堂立了几间厢房，李木田进了坐落在中央最宽大的祠堂。祠堂里正前方的供桌上立着牌位，放着瓜果，祭祀着他们家翻遍村志找出来的六代祖宗。

李木田在墙面上一推，现出后边的隔间来。隔间开着天窗，月光洒落在内里一座青石砌成的石台上。石台上边放着一面青灰色的铜镜，果然正明晃晃地放着如水般的白光。

"三年了……泾儿，去把你哥哥们都叫来。"李木田望着青灰铜鉴，皱着眉头道。

"是。"李尺泾用力点头，出门去找哥哥们了。

…………

陆江仙醒来时，脑海中沉甸甸的，塞满了信息。他缓了一炷香的时间，开始静心读取玉石上的信息。

《太阴吐纳养轮经》这道法诀主要讲授如何通过人体的"窍"来操控天地灵气，勾动太阴月华，最后修成胎息六轮，便可以借助这六轮延寿养性，施展种种法术。六轮养到如同满月后便可进入练气期。其后还附了几门小术，如金光术、净衣术、避水法、驱邪术、心络术等等，只要修出六轮，按照法诀催动灵气即可。

同时，法诀谈到修行六境分为胎息、练气、筑基、紫府、金丹、元婴。而这玉石记载的正是越国仙府月华元府的胎息养轮法，一般都是发放给月华仙府胎息境弟子学习修炼的。

陆江仙在吞噬玉石后只觉得无形之中明悟了许多东西，不但神识范围扩大到了二十丈，而且月华之力的上限也翻了好几十番。只要月华之力足够，《太阴吐纳养轮经》中记载的几门小术就可以在镜身一丈内施展出来。

最重要的是，镜子本身记忆中浮现出了一道法术，唤作《玄珠祀灵术》。这《玄珠祀灵术》篇幅远远胜过《太阴吐纳养轮经》，主要阐述如何以镜身牵引太阴月华凝聚玄珠符种。将这枚符种种植在他人丹田之中，便可助人修行。待到那人修为有成或身死便可反哺自身，练就太阴玄光。其中还有一道《接引法》，用于教导受种之人从镜中请出玄珠符种，再将之养于丹田之中。

陆江仙呆了呆，只觉这《玄珠祀灵术》看着有些邪性，像极了书中的魔功，再仔细琢磨，将法诀前前后后仔细读了一遍，确认了这玄珠符种不但对受种人无害，还有着诸多裨益。《玄珠祀灵术》是这镜子觉醒的本命法诀，凝聚玄珠符种的数量取决于他的神识之力，如今他能够负担的玄珠符种仅为六枚。

思量到这儿，陆江仙神识一动，便把李家里里外外上上下下扫了个遍，不禁叹道："好大的变化！"

自己在镜中沉睡了三年，如今李家已挖了塘，建了大院，好不繁华！李长湖更娶了妻蓄了胡，一副李家新掌事人的模样。他催动法诀，从李家众人身上扫过，意料之中却又失望地发现——无一人身具灵"窍"。也就是说，李家众人若无意外，已是终身与修炼无缘，一生摧折于红尘之中，运气好便可得个七十年寿终正寝。望着身边的李家人，陆江仙长叹一声，催动法诀。

"父亲，快看！"李家几个兄弟早已围了过来，李尺泾眼尖，开口唤道。

李木田连忙定睛一瞧，镜面上白光闪烁，浮现出一个个蝇头小楷。他一拍李尺泾的肩膀，连声道："拿布帛与笔墨来！"

几个兄弟连忙分头去取，好在李家建了书房，内里配了先生淘汰下来的文房四宝，否则说不得要去村头取。

不多时，李长湖取了布，李通崖硬是端了配着文墨的木桌来。好在李尺泾早已候在鉴子旁，背下了镜面上浮现又掠过的前文。

几人之中，李尺泾年齿最幼，却是读了最多书，李木田便让他执笔，将这些小字皆抄录下来。《接引法》篇幅颇长，李尺泾提着毛笔写了一炷香时间，手腕酸痛不已，不得不换成李通崖接着抄录。众人皆在一旁看着，生怕抄错了字。如此来回交替，连着抄录了一个时辰方才结束。

陆江仙也怕几人练差了功，足足浮现了三遍，连同一些对道法中的暗语的详细注释和几张运气脉络图一同浮现，看几人细细校对过，这才缓缓收敛光芒。

“《接引法》。”李项平望着书帛上的小字缓缓念道，“玄珠真丹也。一转之初，丹降于心络中，故云丹窟在中宫，丹降为一转……丹降之后，则闭息九侯为一次，至九九八十一为九次。故曰重九数……”

“这是仙法！”李长湖既惊且喜，恨不得抱起镜子亲上一口。

几人压抑着惊喜将法诀传递着仔细读过，就着卷中的注释默背起来。

李项平目光从布帛上迅速扫过，落在篇末的几句上，低低地重复道：“习成接引术，待以甲子、庚申、本命、三元、三会、八节、晦朔等日。是日乃天气告生，阳明消暗，置法鉴于月华之下，焚香沐浴，躬身以请，曰：‘某家弟子某某，恭请玄明妙法，司命安神，奉道修行。当以时言功，不负效信，随箓焚化，身谢太阴。’毕，三咽炁。以时言功，不负效信，随箓焚化，身谢太阴。”

李木田看着低着头不语的孩子，抚慰般地摸了摸他的头，表情平静地开口道：“司命安神，奉道修行。”

…………

清晨，村子里的屋顶飘着缕缕炊烟，空气中弥漫着轻纱似的薄雾。

“李叔，今天可是有什么喜事？”李木田哼哼唧唧地从田上走过，听到田里人笑着问。

李木田低头一看，是侄子叶承福。这孩子长得憨厚老实，讲话却也讨巧。李木田哈哈一笑，应声道：“这田的青穗看得喜人！”

黎泾村有四大姓——叶、田、李、柳，叶姓是黎泾村的第一大姓，三成以上的村民都姓叶，若是能拧成一股绳，也是不可小觑。

“嚯，那是沾了长湖兄的喜气！”叶承福双手撑着锄头，恭恭敬敬地回答。

“你小子忒会说话！”老爷子晓得他指的是李长湖前些日子的婚礼，任屏儿长得可爱，乖巧懂事，更是一心挂在了李长湖身上。

李木田打算待任屏儿生了子嗣再适当向她透露些消息。任屏儿是个守得住嘴的，同住一个屋檐下，过度遮遮掩掩反而平白生出嫌隙。倒是通崖不愿娶妻，项平也到了年纪。李木田捻着胡须，数着村中一户户人家，笑吟吟地想着：那田家老兄弟养的田芸妹子倒是不错，年齿也符合。回去问问项平，若是事情妥当，过些日子便提着雁去问名。

李通崖几个兄弟在院中仔细研习那《接引法》，而李长湖清晨去田上巡了一圈，急急忙忙地也回院中同兄弟们一起研习了。唯独他这个老头，自觉年事已高，思绪大不如前，便舍了仙法来田上看着。一来这俗世俗务总须有人管着，否则这吃喝用度便无处着落；二来也是提防哪个不长眼的偷偷摸摸爬墙头窥视。

李木田今日心情大好，慢悠悠地坐在田埂上和村里的老人有一搭没一搭地聊起来。

…………

李家，陆江仙的神识落在院中闭目盘膝而坐的李通崖四人身上，几人的头顶处顿时浮现出若隐若现的白芒。李尺泾的白毫最长，大约八寸，闪闪发亮，李通崖与李项平的分别为六寸与五寸，李长湖的仅仅长三寸。

初次修行《接引法》显现出的白毫代表着此人与玄珠符种的契合度，

白毫一尺者吞入符种，便能宛若身具灵窍之人。李尺泾白毫八寸，便可达到身具灵窍之人修炼速度之八成，而李长湖白毫仅仅三寸，修炼速度只有身具灵窍之人的三成。也就是说李长湖修炼一整天还抵不上别人修炼四个时辰。

月上柳梢，李尺泾骤然睁眼，望着坐在一旁捧着记录《接引法》的布帛喝着茶的李木田。“父亲，这两月法诀我已烂熟于心。”他顿了顿道，“今日是八节之立夏，或可一试。”

“去试吧。”李木田点点头，缓声道。

李尺泾大喜过望，三个哥哥也满心期盼，帮着焚香沐浴，立了案台在院里。再由李木田恭恭敬敬地请出法鉴，用前些日子亲手雕刻的螭龙纹镜架支住。案前插了九炷香，摆了瓜果。陆江仙不禁有些汗颜，这案敬香供果，却像在祭拜他这个死人。

案前李尺泾三拜九叩，跪着躬身低头，恭恭敬敬地开口道：“李家弟子李尺泾，恭请玄明妙法，司命安神，奉道修行。当以时言功，不负效信，随箓焚化，身谢太阴。”言罢，他放空心神，催动法诀，多次服食自然太和之气。

陆江仙同时心念一动，镜面上顿时流光溢彩，如水波粼粼。

“有反应了！”李木田等人大为振奋，死死地盯着案面。却见那青灰色鉴子嗡嗡作响，镜面上跃起一道白丸，圆坨坨、光灼灼，白光闪烁，照得庭中白茫茫一片，亮得几人睁不开眼。

李尺泾只觉得脑中一片空白，轰然作响，一道威严厚重的声音骤然浮现：“兹有李氏子弟，戒除情性，止塞愆非，制断恶根。赐下玄明妙法，使之发生道业，从凡入圣，自始及终，先从戒箓，然始登真。赐下《太阴吐纳养轮经》一卷、金光术一道。”

李尺泾连忙从地上爬起，盘膝而坐，那颗白丸一跃而起，没入其泥丸宫，他顿时全身一震，淹没在脑海中繁复的信息里。那白丸授了法诀，在泥丸宫轻轻一转，顺着经脉而走，最后落在了下丹田气海穴中。

李木田几人看着那玄珠符种没入李尺泾头顶，顿时紧张不已，提心吊胆地看着李尺泾盘膝而坐，闭目养神，就这样盘膝坐到了天亮。待到太阴落下，金乌飞起，李尺泾终于浑身一震，缓缓醒来。他张目一望，身边围了一圈兄弟，满是焦虑不安的神色。

“父亲、哥哥！我得了玄珠符种，已经跨入修行之门！”李尺泾兴奋地一跃而起，激动地抱住了父亲。

李木田乐呵呵地抱着李尺泾转了一圈，李通崖几人长舒了一口气，神色也兴奋激动起来。

“我得了一法诀，唤作《太阴吐纳养轮经》。”李尺泾言罢，便欲开口念出法诀纲要，谁知气海穴中白丸轻轻跃动，他一瞬间竟失了声，咿咿呀呀一句话也说不出。他大惊失色，下意识地捂住嘴，又开口唤道：“父亲！”

见自己又能开口说话，李尺泾长舒一口气，不信邪地又试图念出法诀纲要，却发现念不出也默不出。李尺泾脸色微变，露出狼狈的神色：“这仙法写不出也念不出，好生神奇。”

“不必紧张。”李长湖笑着摸摸李尺泾的脑袋，看父亲恭恭敬敬地将桌上的法鉴请了回去，又开口道，“待到夏至，我们几个一同请法。”

“大哥，”李尺泾却打断了他，犹犹豫豫地说，“这符种好似只有六枚。”

“只有六枚？”李通崖本提着《接引法》细细读着，闻言望向了他，疑惑地反问道。

“我得了玄珠符种，朦胧间脑中多了许多东西，什么修行六境，什么胎息养轮，这法鉴好像只能分出六枚符种。”李尺泾坦言道。

李项平点点头，宽慰道：“如此神奇之物，夺天地造化，数量本就不多。”

李长湖打了个哈欠，摆了摆手，对着几个兄弟道：“都回去睡觉吧，候了一夜，也疲了。”

“是怕嫂子担心吧！”李项平哈哈一笑，揶揄道。

“你这孩子！”李长湖却也大大方方，笑着指了指李项平，又低声道，“我看那田芸就挺好。”

“大哥乱点什么鸳鸯谱！”李项平把脸庞一板，扭头出了院子，回房中去了。

“哈哈哈……”李长湖大笑着进了前院。

有戏！李木田捻着胡须，心中暗道。

是夜，月光如水，李尺泾闭目盘膝坐在院中，双手掐诀，从气海穴中引出一道气流，在经脉中游走，跃过喉颈处十二重楼，从眉心处浮现而出。霎时间，李尺泾眼前一亮，如水般的月光缓缓向眉心处游去，与那缕灵气交汇。不多时，李尺泾掐了个诀，引导这道已经蜕变为乳白色的气流落入眉心，跨过十二重楼，落回气海穴。如此三回，李尺泾才睁开眼睛，望了望天空，已经过去了两个时辰。

这吸纳月华的速度，未免太慢。李尺泾仔细一算，吸纳月华八十一回便可炼成一缕月华之气，足足八十一缕便可形成胎息六轮第一层——玄景轮。练成了玄景轮，便算入了胎息境，可以施展法术了。

李尺泾在心中计较着：三回两个时辰，八十一回便是五十四个时辰。一天修炼六个时辰，便要九天。八十一缕足足需要两年……

望着法鉴上蕴聚的月华，李尺泾眨了眨眸子，灵机一动，盘膝坐在石台边修炼起来。

陆江仙在镜中正半睡半醒着消磨时间，他早就吸纳足了月华之力。镜中的时间又长又无聊，陆江仙就像大学时听着无聊的“水课”（指内容乏味、用处不大的课）一般，迷迷糊糊地睡着，有时眼睛一闭就过去了一天。

李尺泾的灵力从眉心跃出，落入镜上的月晕中，霎时惊醒了陆江仙。看着眼前的小男孩他不禁暗笑：“好生聪明。”

李尺泾却引导着灵气落回气海穴，只觉得浑身一凉，那月华之力足足壮大了十余倍，这么一看，只需五六次便可形成一缕月华之气了！他不禁大为振奋，双手掐诀，继续修炼起来。直到朝霞遍天，几个哥哥都到了后院，这才依依不舍地结束修炼。见到哥哥父亲都到了，李尺泾将昨夜的事情一说，几人都是且惊且喜。李木田叹着气又给陆江仙上了炷香，带着孩子们退出了暗室。

李木田背着手才走到田家院前，院中哼着歌蹲着择菜的田芸已经抬头望了过来。见是李木田，她腼腆地笑着道："李叔！"又将手中的菜一放，站起身对着屋里喊道，"爹！木田叔来了。"

"是我。"李木田带着笑意应了句，上下打量着田芸。这女孩三年来已经出落得水灵，身材玲珑有致，虽然算不上俊秀但五官也算端正，倒是笑起来别有一番风情，不错，不错。

李木田背在身后的手一提，却是拎着一只大雁。

"李叔未免太客气了。"田芸见李木田提着东西来，不由一愣，再仔细一看，顿时惊声道，"这是雁儿？"

《仪礼·士昏礼》曰："昏礼，下达纳采。用雁。"在越国，男方欲与女方结亲，便会提着大雁上门，这一礼称为纳采。农户小家小户，受不得太繁复的规矩，黎泾村中寻常人家别说是雁儿，空手上门提亲的也是大有人在，田芸也是头次见人纳采，方才反应过来。

"我家那项平你可稀罕？"李木田哈哈一笑，起了逗逗她的心思。

田芸早已从耳根红透到了脖颈，出于矜持与羞涩支支吾吾地想要掩饰，却又怕李木田当了真，只好开口道："稀罕！"

屋里的田守水才出了大门，闻言大大地松了口气，长久以来压在心头的石头落了地。当父亲的怎么看不出女儿一颗心早已挂在了那李项平身上？只是这小子平日里滴水不漏，叫人看不出心思，田守水也怕女儿落得难堪，始终一言不发。

"大哥！"田守水大笑着唤道。

田守水五岁就跟在李木田身后，十二岁更是一同与那任平安参了军。三人在军中抱团求生，不是兄弟胜似兄弟。后来回了村，报复了那大户元家，金盆洗手务起农来。李木田更是对他处处照拂，给他分了田地，又做了媒让他娶了妻子。他与李家已是休戚与共，连李长湖都是他亲手带大的，看得比自家孩子还要亲。自己的闺女嫁到他家，哪能吃亏？

田芸才不知父亲心中过了多少道弯弯，见父亲出来就逃跑似的退下了，更是引得李木田一阵大笑。

“大哥,除了这婚事,却也有件要事。”田守水无奈地摇摇头,正色道。

“何事？”李木田有些疑惑地抬头。

“前几日我上山途经那元家祖墓，听得有些动静，待到我回头去寻，却什么也未见着。”

“元家还有活着的族人？”李木田眉毛一挑，阴郁地开口道。

“我看是还有些沾亲带故的偷偷祭祀罢了。”田守水心中惴惴不安，连忙自我安抚道。

“不错，你说得有道理。”李木田渐渐放松，对着田守水点点头，“当年确实也问过了，元家五口人，并无错漏。”

“大哥，好日子我就不该说这晦气话！”田守水给了自己一个嘴巴子，逗得李木田轻声笑起来。

从田家迈步出门，李木田脸色平静地走在土路上，若有所思地望着大黎山。

商量毕了婚事，李木田哼哼唧唧地回到院中，跨过前院，庭中只有三兄弟正在木桌前闲聊。幼子李尺泾正在房中闭目修炼，白日里虽说月华稀薄、进度缓慢，但李尺泾日夜刻苦修行，一点儿时间也不浪费。

院中，李项平正翻来覆去地看着那《接引法》，那布帛被蹂躏得满是折痕，墨迹都散开了不少。

“三弟，你倒是轻点儿折腾。”李通崖笑着轻骂一声，手中的刀笔却是不停，在木简上默刻着。

大哥李长湖在一旁对着田契细细算账，闻言一挑眉毛，道：“他都折腾一上午了。”

李木田跨过石阶，将木桌上的清茶一取，就地坐在了台阶上，漫不经心地道：“我去田家提亲了。”

闻言，李项平直接从椅子上一跃而起，满脸焦急地盯着父亲：“田家怎么说？”

“田芸说她稀罕你。”李木田缓缓饮了口茶，舒适地叹了口气。

“好，好，太好了！”李项平兴奋地点点头。

“哈哈哈……”两个哥哥不禁失笑。

“你们听着。”李木田却想着别的事，放下茶杯，严肃起来开口道，“仙路虽说神妙无比，但谁知道潜伏着怎样的恐怖与危机？我们李家人丁单薄，你们要是出了事，这李家谁来传承？”

望着几个青年都认真起来，李木田摆摆手道：“这法鉴既是我家的机缘，也会是我家的祸事。我急忙给长湖定了亲，办了婚事，希望他速速诞下子嗣，就是怕何时出事，为了给我李家留下一线生机。”

“你也是一样。”李木田指指李项平，又看着李通崖无奈地叹了口气，“至于通崖，我老了，说不动你了。你无意于村里的这些女人，但也得留下些子嗣吧……”

李通崖沉默着点点头，过了几个呼吸才开口道：“放心吧父亲，我有分寸。”

“那样最好。”李木田抹了抹自己鬓角的白发，心中忧虑不已。自己已经六十多岁，虽说身体强健，衣食无忧，但世事无常，还是早些安排好家中事务吧！

“父亲！”一道清脆的叫声打断了院中有些压抑的气氛，李尺泾从屋中冲出，站定在几个哥哥面前，“我快要炼成八十一缕月华，凝聚玄景轮了！”李尺泾得意地抬头。

“我家尺泾厉害。”李木田早就听幼子唠唠叨叨地说了这胎息境入道之门玄景轮，不禁欣喜地抱了抱他，望着孩子哈哈大笑。

几个兄弟也被这欣喜的氛围感染，纷纷露出笑容来，李长湖更是掐了掐李尺泾的脸蛋，直到这孩子连连叫苦才松开手。

“下次接引符种还要等到夏至。”李通崖看着欢乐一片的院中笑了笑，思忖道：晦朔日却是准备不齐错过了，下次便是夏至，再等几天即可。修行之道，李通崖来了。

他静静地在木简上刻着《接引法》，内心却波涛汹涌，激动不已。

第二章 长湖不长

夏至雨点值千金，朦朦胧胧的雨点打过田地，地里光秃秃的，散发着泥土味。南方麦早熟，新麦已经收割了，扎成一束一束，插在田野之上。农户们在田埂上相互招呼着，准备把油籽、蔓菁与大芥播种，待到秋末收获。

李家，李通崖与李长湖几人盼星星盼月亮，扳着指头过日子，总算把夏至给盼来了。

天色方才灰暗，两人就端了案台，与李项平一同跪在案前。法鉴由那螭龙纹镜架支着，案上摆着夏至收割的第一株新麦、几类瓜果、三杯夏雨泡成的清茶。

三人相视一眼，异口同声道："李家弟子李长湖（李通崖、李项平），恭请玄明妙法，司命安神，奉道修行。当以时言功，不负效信，随箓焚化，身谢太阴。"

那鉴子上彩华流转，白光连连闪烁，镜面中赫然跃起三道白丸，朝三人飞去。三人连忙盘膝坐下，按着《接引法》中的法门引导符种，承接法诀。

看着白丸落入三人泥丸宫，李尺泾将目光收回，盘膝而坐，沉气入定，望着气海穴中白盈盈一片月华，思忖道：“全凭法鉴提炼，八十一缕月华业已炼成，夏至日天气告生，阳明消暗，正是突破的好时机！”

初生牛犊不怕虎，李尺泾心念一动，双手结印，气海穴中波涛汹涌，八十一缕月华灵气飞速聚集，在气海穴中你追我赶，衔尾而游。

“入顶泥丸宫合成一处，下重楼十二环……故有腾腾之状也，生气袅袅，上重楼十二环，自舌下之窍而升……”李尺泾默念《太阴吐纳养轮经》中凝聚玄景轮的法门，月华跃过十二重楼，在泥丸宫中凝聚成液，再纷纷流淌而下，在气海穴中聚成一片清潭。

“起！”他轻喝一声，一道亮银色的光弧宛若水中月般从清潭中浮现，这光弧晶莹剔透，仿若极细的月牙，漂亮极了。

“十二重楼贯气海，清潭浮现玄景轮。”望着这般景色，李尺泾不禁赞叹道，旋即催动法诀凝实玄景轮，尽力约束住它的形态。只是时间缓缓流淌，玄景轮却迟迟未能真正落定。这月牙晶莹透亮，在潭中轻轻飘动，波光粼粼，浮游不定，一副随时会消散的模样。

李尺泾此时已是精疲力竭，勉力维持着玄景轮的形态，大滴大滴的汗水从他俊俏的脸庞滑落，沾湿了他淡青色的衣袍。

正处进退两难间，气海穴中清潭哗啦啦地退开，一颗白色符丸骤然飞起。那符丸圆坨坨、光灼灼，往那玄景轮上一定，剔透的月牙儿顿时稳住了形态，清潭中的法力也渐渐稳定。李尺泾长出一口气，运气收功。

玄景功成，体内的月华灵气转化为月华法力，李尺泾已经成为一名胎息境的修行者！他缓缓睁眼，望向案上在月晕中若隐若现的法鉴，躬身而拜：“赐下仙法，凝练月华，玄景功成，李家不胜受恩感激，此后年年月月，香火连绵，祀不断绝。”李尺泾还有些稚嫩的声音异常庄严，这个始终在哥哥们羽翼庇佑下的男孩赫然已经成了少年。

“泾儿。”李木田静静地站在月光下，温和地看着自己的幼子。

“父亲，我已凝聚玄景轮。”李尺泾站起身微笑着看着父亲，左手轻轻展开，一道乳白色的法力浮现在手中，“修行第一步叫作胎息，胎息境须要凝聚六轮，分别唤作玄景、承明、周行、青元、玉京、灵初。这玄景轮，便是入道之门。”

“好，好！”李木田老怀大慰，连连道。

挥手散去法力，李尺泾重新盘膝而坐，巩固起修为来。

“好法诀！”李项平最先睁开眼，笑着伸了个懒腰，起身拿起桌面上的茶壶狠狠灌了一口，“我得了那养轮经和一道法诀，唤作避水法。”

话音才落，李通崖便从入定中醒了过来，他眉毛一挑，满足地开口道：“我得了法诀，唤作驱邪术。”

两人聊了一阵，李长湖才睁开眼睛，瞧着眼巴巴地盯着自己的三个弟弟无奈道：“我得的法诀唤作净衣术。”

待到三个哥哥都醒了过来，忍耐许久的李尺泾这才兴奋地开口：“我已经凝聚了玄景轮！”

“这么快？”李项平惊叹一声，有些疑惑地偏过头。

“全凭法鉴之力。”李尺泾望了望案上的法鉴，由衷地说，“这鉴子自会凝聚月华，用来淬炼月华之力真真是事半功倍。”

李通崖几人这才恍然。李长湖摸了摸李尺泾的脑袋，笑着说：“听闻书中道人体有灵窍，法力贯体便知其所在，泾儿可替我们看看。”

李长湖却是觉得自己接引时吃力无比，不比两个弟弟自如，暗暗怀疑起自己的修行禀赋来。

目光扫过三个哥哥，李尺泾将左手搭在最近的李项平的肩膀上，闭目寻起灵窍来。

“其气升腾，呼吸不止，如鱼踊跃……”李尺泾默念着吐纳法中的形容，法力在李项平经脉中盘旋了一圈。大约一炷香的工夫，他震惊地睁眼，喃喃自语：“没有……”

他愣了愣，赶忙将手放在另外两个哥哥肩膀上，将法力一探：“没有，怎么会没有？”

李尺泾面色有些苍白，原地盘膝而坐，闭目入定，法力贯通全身，果然没有所谓的灵窍："《太阴吐纳养轮经》中分明写了，灵窍是大道之基，任凭何种仙诀妙法，无灵窍便无法可言……这……”李尺泾心境波动不止，连入定都维持不住，颤抖着双唇，看着拨弄着茶叶的李木田，轻声道，“父亲！您说得对，这法鉴亦是我家灭门之祸。若是有真修得知此物，不但我等会身死形灭，魂魄拘于他人之手，整个黎泾村乃至整个古黎道大大小小的村落都会灰飞烟灭！

“我已练成玄景轮，法力流通全身，除非我废掉修为，否则那些练气期修士也无法用法力探知我的灵窍所在。”李尺泾悚然立起，郑重地嘱咐道，“至于我李家子弟，受了玄珠符种后未成玄景，万万不可招摇过市！”

“正是。”李木田饮了口茶，神色凝重地望着几人，“当初泾儿能修行，我只以为是他天赋异禀。韩文许曾说过，身具灵窍者千里无一，或许泾儿就是那一。”他自嘲地笑笑，继续道，“如今看来，这法鉴真是了不得的仙物，能化腐朽为神奇，受了这符种，凡人也能一窥仙道。”

几人又是庆幸又是惊惧，默然看着父亲。

“行了，你们修炼去吧，我去田上看一看。”李木田沉默了半晌，开口道。

“是。”几人自然低头应诺，各自回房修炼。

李木田则恭恭敬敬地请回了法鉴，收拾了案台，背着手到田上去了。

…………

李长湖第六次从入定中惊醒，咬着牙重新盘膝而坐，平复起心境来："太难。”

修炼了三月有余，他仅仅凝聚几缕月华。项平已经尝试凝聚玄景轮，通崖也已凝聚七十余缕月华，唯独他李长湖还在个位数打转。

相比起两个弟弟修炼的轻松写意，李长湖引导灵气跨越十二重楼都吃力无比，就连气海穴中的符种也无精打采，黯淡无光。别说白天，甚至月色稍微不好的夜里他连月华都感知不到，如今这几缕月华还是依靠法鉴凝聚来的。

“唉。”李长湖自知在修行一道上毫无天分，每每轮到他借助法鉴修炼时都愧疚无比，自觉挡了弟弟们的道途。

第七次从入定中惊醒，李长湖神色黯淡，看了看身旁的李通崖和李项平，他悄悄起身，向门外走去。

李木田正在后院弯着腰打磨长刀。他右手握着刀背，左手拇指与食指捏住刀身，两手稳稳地持着刀，在砺石上反复打磨。

李长湖坚定了神色，开口道：“父亲。”

“何事？”李木田头也不抬，淡淡地说。

“我恐非修行那块料。”李长湖有些羞愧地回答。

“那你便不修了？”李木田抬起头，冷冷地望着他。

“非是不修。”李长湖早有了腹稿，望着父亲解释道，“我的天赋远远不如通崖与项平，更不用说泾儿了，借助法鉴才勉强修炼。白日里不如替您整理家业，去田上转一转，也不至于让人起疑心。”

“也罢。”李木田思忖了一会儿，神色缓和了许多，摇摇头说，“明日就算了，你去筹备项平婚礼的事，不要太张扬，请上些亲戚就低调办了。”

“是。”李长湖重重一点头，急匆匆地往正院去了。谁知这才进了正院，便见妻子任屏儿正坐在院中，一边缝制衣服，一边同田芸聊着天。女眷入不得后院祠堂，只好在此处等着。

田芸见李长湖出来，两夫妻似有话说，便笑着寻了个借口，回田家去了。

“怎么了，屏儿？”李长湖见了妻子，眉眼柔和了不少，望着她轻轻问道。

“长湖，”任屏儿容貌端庄大气，眉眼带着点喜色，低低地道，“我有了。”

“什么！”李长湖惊得不轻，脑海中的压抑烦躁不翼而飞，他脸色微红，兴奋地反问道，“真的有了？”

“还能骗你不成？婆婆都看过了，是有了。”任屏儿羞涩地点点头嗔道。

“父亲，父亲！屏儿有了！”李长湖哈哈一笑，欣喜不已，连忙喊着走向后院。

只听一阵铁器碰撞声，李木田当即舍了刀，匆匆走到了正院，神色激动地问道：“你小子说什么？”

“屏儿有了！”李长湖像个孩子般傻乐着，笑着道。

“好，好！”李木田开怀大笑，拍了拍红着脸的任屏儿，朗声对李长湖道，“我去请先生，你好生看着她。”

李长湖连连点头，拉着任屏儿坐下，仔细嘘寒问暖起来。

后院，李项平掐了个法诀，缓缓从入定中醒来。他伸手将身前立着的木简拿起，松开绑着的布条，哗啦一声将其展开。皎洁的月光下，卷首的几个大字赫然在目：《金光术》。

那《太阴吐纳养轮经》念不得也写不得，但这伴生的法诀却可以口授笔录，李通崖几人便誊抄了自己得到的法术，相互传看。眼前这卷《金光术》便是李尺泾所得法术，李项平前几夜便修成了玄景轮，就借了这法术来练。

《金光术》并不难，李项平读罢对照了两个晚上，便将诀窍统统领悟在心了。他左手一翻，一道流光溢彩的金芒从掌心处浮现而出：“金光术！”

此乃攻杀护道之术，掐诀施法便可凝聚一缕金芒，锋利异常。这金芒可附在刀剑上攻杀敌人，亦可甩出掷击，威力尤为可观。

挥手散去法术，李项平出了院门，二哥和四弟还在盘膝修行。他在门口寻了块青石，双手抱住，低声喝道：“起！”

出乎意料，李项平很轻松地抱起了这青石，甚至由于用力过猛仰头狠狠地退了几步。

“步入胎息，寿数一百二十载，法力流通窍脉，身轻、力大、耳聪、目明，掐诀施法，非同俗类。”李项平回想起《太阴吐纳养轮经》上的描述，不禁失笑，抱着青石进了后院。他将青石摆正，后退三丈，施法掐诀，一道金光从掌中跃出，直直地劈斩在青石上。

“铛！”亮色的火星子一闪而过，青石表面多了一道不深不浅的刀痕，倒是足足后退了一掌之距，在地面上带出淡白色的摩擦划痕。

“好法术！”李通崖早已从入定中醒来，望着李项平笑道，“泾儿得的这法术最是好用。前几天他施法斩歪了后院的假山，我都没敢告诉父亲。”

“论修行，我们不如泾儿。”李项平撇了撇嘴，将青石摆正，估摸了下自己体内的法力，大概还可以施法四次到五次。

“泾儿不到一月便入了玄景，虽说有法鉴相助，但也太过惊人。”李通崖摇了摇头。

胎息六轮分别唤作玄景、承明、周行、青元、玉京、灵初，其中玄景、周行、玉京三轮唤作胎息三关，尤为艰难。李尺泾几人借助法鉴轻易突破了胎息境入道之门，此后的承明轮已无捷径可走，只得乖乖吐纳灵气，凝聚胎息。

“引气炼华，九月玄景，呼吸吐纳，三月承明，称之为根骨上佳。”李项平坐在二哥身边，念着养轮经中的描述，开口对李通崖说，“借助了外物，这玄景的标准便算不得了，倒是这三月承明，大可借来比比。”

“不错。”李通崖微微点头，又低声道，“大哥他……”

“大哥恐怕比你我还要差些。”李项平有些闷闷地开口，静静地望着夜幕下的大黎山。

“我再调息几日，便可尝试凝聚玄景轮，若是功成，法鉴便可全供大哥修炼。”李通崖思忖道。

望着大黎山的李项平却是一眯眼，骤然站起，望着后山厉声道：“贼子好大胆！”

…………

李叶盛去年死了父亲，家里的田地和财物都归了他这个长子所有。他真是好不快意，连忙卖了一块地换了些钱，在村里的小铺里痛痛快快地吃起来。此后三天两头无所事事，就在村里和山上晃悠，肆无忌惮地调戏偷窃。整个黎泾村除了大伯李木田，他谁也不怵，谁也不怕。

可怜了幼弟李叶生，明明和李项平一般大的年纪，李项平从小就在村头跟着先生读书，而他李叶生却孤苦伶仃、饥寒交迫。十几岁大的孩子，才失去了父亲，日日要放鸭，又要替人看牛，要不是李木田家时时帮衬，恐怕早就饿死在家中了。

李叶盛哪管他生死，闲下来时心中总是痒痒的，看着李长湖一家出入青砖砌成的大院，嫉妒得发狂："大家都姓李，凭什么你嫡我庶，凭什么你买了良田盖了高院！不过一个村里的大户，学什么派头来建大院？好像院里有多少宝贝似的！"

他骤然直起身，恍然大悟地想起几年前的夜晚几人紧张的神色和李木田手中的刀。

"李木田有宝贝啊……"李叶盛叼着狗尾巴草，望着田上笑着与租户交谈的李长湖，心中暗暗不爽，"不就投了个好胎吗？"

在树荫下小睡了一会儿，眼看着夜色深了，李叶盛吐掉口中的狗尾巴草，挽起裤腿，偷偷摸摸地往李家大院潜去。

在院子周边绕了一圈，李叶盛连条墙缝都未曾看见。他在墙上扒拉了几下，发现院墙也砌得平整光滑，恐怕也难翻过去。李叶盛往墙上吐了口唾沫，发了狠劲，拔腿向后山奔去："老子不信你们能在屋上立个罩。"

大黎山曲折绵延，黎泾村的后山只是其中一峰，村民懒得取名，就唤作后山。翻过后山往南去便是眉尺峰，再往南到山下就是泾阳村，两村互通有无便是从山间的小路走。李叶盛拨开树丛，沿着小路爬了半刻钟，在山中寻了一处突出的视野开阔处，伏下身子望向山下的小院。

他揉了揉眼睛，只见到模模糊糊的几个人影晃动，像是在盘膝而坐，有人影抱着青石走来走去，不知在做甚。

“听闻这东西院中摆了石锁，莫不是李木田在外头得了什么武功战法，偷偷教那几个东西练？”李叶盛抬头望了望天，山间本就昏沉，明月又受乌云遮挡，大地一片乌黑，连人影也渐渐看不清了。

夜色已深，山间高猿长啸，豺吠狼嚎，凉风从李叶盛的裤衩子底下穿过，冻得他双腿一夹，一屁股坐在大石头上：“还挺邪乎。”

李叶盛又坐了半刻钟，冻得清水鼻涕直流，心中也默默编派好了准备散布在村中的流言。什么祖上传下来的宝贝？他李叶盛也是李家的，怎么分不到一份？要是武功战法，他才懒得修，卖了换钱倒是能潇洒不少日子。

低头望望院中，已经一个人影也没有了，李叶盛也没在意，紧了紧袖口就站起身准备回家。谁知一扭头，却见山间小径上静静地站着个人影，吓得李叶盛屁滚尿流，连滚带爬地钻回了大青石背后。他颤颤巍巍地探头一看，这人眉眼清秀，低眉望着自己，竟是自己的堂弟李项平。李叶盛双眼一瞪，摆出蛮横的姿态，正欲发作，却望见李项平手中掐了个诀。

“什么东西？”李叶盛的眼前忽地浮现起一道璀璨的金芒，咽喉处一阵剧痛，眼前的世界天旋地转，一会儿望见亮盈盈的明月，一会儿又看见月光下模糊的小院。李叶盛残留的意识疑惑地看着李项平脸上冷冰冰的笑容，只觉得这个堂弟前所未有的陌生……

热腾的血染红了青石、土路、枯叶，一直流淌到李项平脚边。李项平站起身望了望四周，林子间的阴影处已经多了不少绿油油的眼睛。李项平拍了拍手，低声道：“诸君慢用。”

…………

李家，李长湖从入定中醒来，却不见两个弟弟，偌大后院静得只剩虫鸣。他心中疑惑，连忙跨步到了正院，这才见到了李通崖。望着坐在木桌前翻看法诀的李通崖，李长湖有些疑惑地问道：“怎么不见项平？”

“洗手去了。”李通崖慢悠悠地卷好木简，看着大哥开口道。

“通崖，你可着手准备凝聚玄景轮了？”李长湖双手按压在木桌上，带着点儿羡慕地问。

“再过几天便可凝聚八十一缕月华，我等远不如尺泾，总觉得要再等等，多准备几日。”李通崖笑着取过一小段白布，在木简上用力缠绕几圈，打了个活结。

“大哥，你觉得我们四人中谁最像父亲？”李通崖突然开口，很是认真地盯着大哥李长湖。

“自然是你。”李长湖脱口而出，旋即愣了愣，寻了处位置坐下，又笑着继续说，“我太宽和，项平太好动，尺泾太腼腆，唯独你镇定自若，不动声色，最是像他。”

“哈哈哈。”李通崖干笑了几声，摆了摆手正色道，“大哥休要吹捧我了。依我看，我们四兄弟中，项平最像父亲。”

“为何？”李长湖疑惑地望着弟弟。

李通崖缓缓开口道：“小时候在院中玩闹时，父亲曾说过，当初从军，初上战场者，战后或耳鸣头热，进退失据；或颤颤巍巍，不能自已；或咆哮不止，不知天地为何物。唯他收刀饮酒，谈笑自若，说完就哈哈大笑，得意非常。”

“项平最像。”李通崖压低声音，伏在李长湖耳边轻轻地道，“因为他的心足够硬。”

李通崖话音未落，李长湖只觉得一股寒意爬上脊梁，瞳孔骤然扩大，浑身寒毛直竖。他盯着弟弟带着笑意的脸庞，心中凛然。

“哈哈哈……”李通崖推了推李长湖的肩膀，将手中木简轻轻一抛，轻笑着看着李长湖。

“你这孩子……”李长湖长出了口气，只当李通崖在开玩笑，轻轻地摆了摆手，开口道，“我去筹备项平的婚礼。”

李长湖言罢整了整衣物，迈出门往田家去了。

李通崖却收敛了笑容，静静地坐在木桌旁，开口说：“父亲。”

却见李木田已经神不知鬼不觉地站在了石阶上，板着脸不知在想些什么，闻言偏头看向李通崖。

李木田昨夜坐在门前正望着月，就见李项平风风火火地冲向了后山，他放心不下，就悄悄跟在孩子身后上了后山。谁知李通崖同样放心不下弟弟，偷偷摸摸地尾随。两人见了面一阵尴尬，默契地看着李项平的一举一动，等一切结束，这才下了山。

“项平也是为家族安危着想，您也不必动怒……”李通崖劝慰道。

“我生个劳什子气！”李木田心中压抑，说话也不讲究了，他眯了眯眼，又开口道，“你休要为李长湖遮掩！”

李通崖长叹一声，闷闷地说：“大哥宽厚心善，村里人和租户们都对他敬服不已，是能保家业的。”

“放屁！”李木田一拍桌面，面上多了几分怒意，“他们敬的是我李木田！围着你哥哥，只是因为他收的租子低！这些人向来畏威不怀德，你看他这模样，我今天一死，明天李叶盛就敢上门打滚，李长湖敢杀他？”

看着李通崖低头不语，李木田语气缓和了许多，低声说：“从前我不怕，有你们两个兄弟，长湖宽厚是最好不过，恩威并施，未来可期。但如今不同了，我李家怀璧其罪，如履薄冰，掌事者若是不够狠辣则会轻易覆亡啊！再者……”李木田喘了口气，眼中忧虑不安，“这几日我心中总是惴惴不安，只怕有杀身之祸。”

…………

李长湖去田家定好了婚约的诸多事宜，愣愣地坐在田上，神色复杂。他在村里走了一遭，唯独没见着李叶盛。回忆起弟弟昨夜里那声低喝和李通崖的暗示，李长湖已然晓得情况，心中一阵痛苦。小时候叶盛和通崖两个小小的人儿，总是乖乖地跟在自己身后下河捞鱼。

他依稀记得盛儿抱着条大青鱼，笑嘻嘻地喊着："兄长，看我！"通崖明明羡慕不已，却总是偏过头嘟着嘴不去看他。三人玩累了就站在河边尿尿，比谁尿得高，比谁尿得远。只是后来婶母死了，二叔也卧病在床，叶盛短短数月性情大变，再也不是从前的他了。

"罪不至此啊！"李长湖眼角有了些晶莹，他总觉得能再劝劝叶盛，再让叶盛学好，认真保护好弟弟叶生，好好活着。

"长湖！"

一声叫唤惊醒了李长湖，他连忙低下头擦了擦眼角，望向出声处。却是一个白发的老农户，长相憨厚老实，皮肤黝黑，穿着土布衣，裤管宽大得很。

"徐伯，"李长湖站起身拍拍裤腿，关切地问道，"怎么样，家里的粮还够吃吗？"

"够了够了！"徐老汉见了李长湖眼泪就下来了。他年老了，身体还算健朗，家里唯一的长子却一病不起，连田也种不好。李长湖给他减了租子，又送了粮，他们家这才勉强熬过来。徐老汉是看着李长湖长大的长辈，本就将他当孩子看，又经历了这些，心中已经对他感激极了。

"千万别客气！"李长湖已经迅速从伤感中走了出来，正色道，"家父前几日还嘱咐我多关照徐老的田子，我这不就找过来了。"

徐老汉老成了精，哪能不知道李长湖在给李木田做人情？他莞尔一笑，对着李长湖拱了拱手，笑道："替我多谢家主了！这情，老汉一家承下了。"

"嗨，哪里能说得上承情，应该做的！"李长湖摆摆手。

两人在田上聊着，李项平却提着布包到了芦苇荡边，默默地看着坐在岸边的李叶生。

李叶生正掰着指头数数，自言自语道："前日去了三叔处，大前日去的大伯处，四叔昨日里把我赶出来了，今天只能煮点野菜，抓点虾子煮汤喝喝了。”

他望着眼前随风起伏的芦苇荡，这生他养他的地方。若不是这片慷慨的芦苇荡，还有大伯一家，他李叶生早就不知道死在了哪个角落。他默默地想着，却望见芦苇荡钻出个人影。

“项平哥！”李叶生惊喜地站起身。自从主家盖了高院，李项平就不常出来走动了，据说成日里在院中读书，李叶生只有去主家吃饭才能碰见他。

“来来来。”李项平笑着从布袋中取出一个白馍，往他手中一递。李叶生连忙接过，狼吞虎咽咬着，含糊地说：“哥对我最好了！”

李项平和李叶生混得最近，小时候也曾偷偷拿家里东西给李叶生吃。在李木田的睁一只眼闭一只眼下，李项平还真给他带了不少东西。

“来。”李项平神色有些复杂，将布包往李叶生手中一塞，开口道，“这些是我开蒙时的读物，你平日里放鸭时大可多看些。”

“谢谢哥！”李叶生感动不已，掬了捧河水洗了洗手，这才小心翼翼地将布包收好。

李项平又道：“过几日我便去求父亲，让他和先生讲讲，平日里你无事就去他那里多读读书，有疑惑处也大可问我们。”

“这怎么好意思！”李叶生惊喜交加，连连推辞，心中又是不安又是期待，连连摆手，“听闻读书要交束脩，我哥哥不会给我钱的。”

李项平却打量了他一阵，淡淡地说：“我们之间不必搞这一套，我去求父亲便是替你交了。”

“这……”李叶生还想说些什么，望着李项平淡的表情没由来地升起一股敬畏，心中暗道：项平哥好像大伯啊！

李项平却不知李叶生心中所念，拍了拍他的肩膀，嘱咐好读书的事宜，便回家去了。

…………

陆江仙熟悉了数月，彻底吸收了玉石的力量，早就已经可以施展

《太阴吐纳养轮经》中记录的幻术小诀来同李家人沟通。但他思忖着时机不够成熟，始终未曾展现神智，仍是如同死物般静静地躺在祠堂中。毕竟李家人都不算蠢，也许这面镜子位格高得很，但他陆江仙却是个实打实的修行小白。此时开口不但要编些身世，还要回答李家人满肚子的疑惑，平白多了一身破绽。

好在如今他神识范围笼罩整个李家绰绰有余，平日里睡睡觉，醒来时就当看电视连续剧，也是颇为惬意。只有偶尔从古黎道上空飞过的气息会将陆江仙惊醒，让他心中一凛，感受着那些或磅礴或轻灵的气息，默默地将自己的神识缩成一团。

虽说李家将陆江仙脑补成了什么仙器法鉴，但他对自己的战斗力还是有谱的——胎息境第二层承明轮打底，胎息境第四层青元轮算顶天了。将自己同那些磅礴到陆江仙缩在镜子里都自觉如芒在背的气息一比，他还是觉得自己可以再谨慎一点儿，躲个百八十年再说。

“只是，为何古黎道上会有难民前来……”他疑惑地自言自语。

…………

李长湖带着一众村民举着火把，举着草叉、锄头等工具，站在村口和一众衣衫褴褛的难民对峙着。

这几日忙完了项平与田芸的亲事，李长湖才抽出时间来修炼，却见一个李家的租户急急忙忙地来报，说是村口来了群难民。

“难民？”李长湖最近见的难民也在三年多以前了，是一个从眉尺山另一边过来的陈姓人家。这几年气候好，眉尺河又善养人，上下流域没见得有什么活不下去的人家。

“他们自称是古黎道上来的。”那租户见了李长湖，仿佛找到了主心骨，恭敬地回答道。

“怎么可能……”李长湖考虑了几息，挥了挥手，迈步走向门外，开口道，“父亲早已睡下，不必麻烦他了，叫上田叔和任叔，咱们去看看。”

待到李长湖走到村口，黎泾村的另一家大户柳家的掌事人柳林峰已经叼着旱烟等在村口了。见了李长湖，他笑着开口道：“长湖来了？”

“大舅。”李长湖也点点头。柳林峰正是他母亲柳林云的亲哥哥。当年李木田杀了大户元家，分了田地，柳林峰的父亲一眼就相中了这个年轻人，力排众议将柳林云嫁了过去，和李家结了亲。

李长湖和柳林峰带着人往难民们中喊了三次，难民们终于推出来个中年人。这人虽然满脸乌黑，衣衫褴褛，但举手投足间颇有些气度。

这中年人拱拱手，苦笑地望着两人道：“鄙人本是那夏黎道上商队的主事人，南边的吴国打下了井夏城，整个夏黎道上刀兵四起，鸡犬不宁。我等在路上遭了劫，混在难民中逃了过来。鄙人不才，受众人推举话事，还望两位能收留我等。”

“此段古黎道年久失修，野兽横行，你等就这么过来了？”柳林峰疑惑地问道。

“自是死了不少人，老人孩子都死光了。”那中年人苦笑道。

两位大户的代表正打听着对方的底细，人群中的徐老汉正一手提着编好的草蟋蟀，一手握着锄头，眯着眼打量难民们。

徐老汉住在村口，一早就被难民们吵醒了，听闻李长湖也要前来，他连忙喜滋滋地取了前几日编好的草蟋蟀，准备送给李长湖，作为给那任屏儿肚子里未出世的孩子的礼物。现下他却被难民中的一名青年吸引住了，这青年披着破布衣，腰间裹着一卷兽皮，眼睛如同带着火焰般灼灼地盯着上首的李长湖和柳林峰。

这眸子好生熟悉。徐老汉摸了摸苍白的胡须，却想不起来在何处见过。

“大家且听我说！”柳林峰叫定了难民，往前一步，开口喊道，“我乃村中柳家的族长。黎泾村尚有大量的荒田可供开垦，若是诸位愿意，我柳家可以供给大家今年的粮食和器具，开垦之地算作我柳家租给大家，只收三成的租子。”

李长湖作为晚辈，稍稍落后柳林峰半步站定，同样承诺道："我李家亦是。"

那难民中的青年听了这话，猛然转头，用那双如同带着火焰的眼睛死死地盯了李长湖的脸几秒，又迅速垂下了头。

徐老汉费了九牛二虎之力，才挤到人群前边，他细细地打量着难民们，却怎么也找不到那青年了。扭头一看，那青年已经挤到了难民中最靠前的位置，距离李长湖和柳林峰站定的位置只有几个身位。

躬身站在两人身边的中年人望了他一眼，心中奇道：好生锐利的眸子，难民之中还有这等人物？同吃同住足足三月，我竟没有见过此人！

"你们可以在黎泾村里喝酒吃肉、结婚生子，唯独不可盗窃，不可奸淫……"

柳林峰正告诫着众人，徐老汉心中的不安却越来越强烈。他眼看着那青年飞身扑出，跪倒在柳林峰的面前，呜咽地哭泣起来："小人全家遭了刀兵，仅仅逃出来小人一个，跋涉千里才遇见两位大人收留。小人感激不尽，哪敢在此做那些无耻之事！"

他哭得实在伤心，身后的难民们也被勾起了伤心事，纷纷号啕大哭起来。一时间哭声遍地，柳林峰也不禁动容起来。

徐老汉望着那青年因跪地露出的脚踝，那疤痕交错的左脚从破破烂烂的裤管中伸出，踝关节上分布着几颗黑痣。一股呼之欲出的熟悉感在脑海中浮现，他喝醉了般涨红脸，警惕地盯着青年。柳林峰身后的李长湖却早已耐不住了，他怜悯地看了看跪在地上的青年，上前半步，俯身去扶他。

徐老汉脑中轰然炸响，眼前一片空白，仿佛霎时间回到二十多年前那个午后。那时他还在元家当租户，金黄色的稻田在秋风中起伏。那妇女抱着孩子到田上来，他躬着身讨好地说着吉利话："看这孩子脚上这痣，一定是能做大事的！"

“慢着！”徐老汉用力伸直躬了二十多年的腰，仰着头瞪着眼怒喝道。

“慢着！”却听不远处同样有一道声音发出，同他异口同声地喝着，原来是那难民推举出来的中年人，正一脸惊疑地望着青年的脸开口阻止。

两人话音未落，那青年已猛然抬头。李长湖猝不及防地对上了那双眸子，那双凶残锐利、仿若野兽般的眸子。李长湖只见那青年掀开兽皮，亮出一道寒芒来，那双凶残锐利、仿若野兽般的眸子眨也不眨，快意又凶狠地盯着李长湖的眼睛。

寒芒迅疾如同闪电，直直地往李长湖的咽喉扎去。他惊恐之下只来得及后退一步，连忙伸手去挡。太快了！

这一刺练习了二十二年，刺烂了多少束草垛，压抑了多少夜的仇恨。那寒芒明明是一道亮银色的闪电，却又如同游鱼般灵巧地避过了李长湖来挡的手，直直地贯入他的咽喉。李长湖只来得及发出几声泣血般的呜咽，便重重地摔倒在地，双眼一片模糊，隐隐约约地听着身边的尖叫和怒喝。

“畜生！”站在李长湖身后的田守水撕心裂肺地暴喝一声，他身高不如李长湖，被遮挡得严严实实，直到李长湖倒下才搞清楚发生了什么。他双眼瞪得通红，脑袋上的青筋根根暴起，伸手去抓那青年。

那青年一击得手，却舍弃了匕首，借着众人纷纷去扶李长湖的空隙，就地一滚躲避开田守水来抓的手，仿佛一只矫健的麋鹿般撞进了难民群中。田守水跨步去追，难民们仿佛炸了窝般纷纷让开。他只来得及看见那个青年钻进村边的芦苇荡里，一溜烟地向远处跑去。田守水头也不回地寻着痕迹钻进了芦苇荡中，留下身后惊慌失措地抱成一团的难民们。

“遭瘟的！”村民们纷纷反应过来，将那中年人死死地压在墙角。后者边哭嚎边骂着：“真不干小人的事！小人不认识那青年，他是路上混进来的啊！”

“闭嘴！”柳林峰青白着脸骂道，咬牙切齿地扶着倒在地上的李长湖，狠狠地白了一眼那中年人，一时也失了分寸。

看着外甥吐着血沫，已然是活不成了，他脑海中混沌一片。自己该怎么和妹妹交代？怎么和李木田交代？外甥就这样白白地死在了自己面前！

任平安却呆呆地坐在地上，女儿任屏儿嫁给了李长湖，现在才怀了孕，李长湖就这么死了，自己看着长大的孩子就这样死了！

众人惊慌失措，地上李长湖只睁着眼望着天空，感受滚烫的血在胸口处流淌，意识渐渐模糊。

只是对不起项平，要让他红事变白事了。李长湖残留的意识黯淡地想着，疼痛和窒息终于使他陷入了无边的黑暗。一片混乱中，在众人未见处，一道银芒悄悄地从他丹田处飞起，拽着尾巴如同乳燕投怀般奔往天空，滴溜溜地盘旋一周后往李家后院飞去。

不远处，徐老汉佝偻着身子颤抖地站在原地。眼看着那青年一刀插进了李长湖的脖颈，刀尖甚至微微从后颈处冒出，他只觉一口血气从胸腹处冲上脑中，眼前阵阵发黑，几乎要昏死过去。

“孽缘啊！”他老泪纵横，手中死死地握着准备带给李长湖的一串草蟋蟀，痛苦地捂住心口。

“畜生……”徐老汉狠狠地喘了口气，将脸上的泪水抹去，迈开步子往后山跑去，口中唠唠叨叨地念着，“老汉熬死了妻子，看灭了主家，见过的人物比你这条野狼拉过的屎还多！你等着吧！你等着吧！老汉来会会你！”

…………

李家，祠堂中的陆江仙默然地叹了口气。李长湖遇刺时他便醒来了，但村头实在是隔得太远，他也无能为力，只能眼睁睁地看着一切发生。

望着如同蝴蝶般在镜边盘旋的银芒，只要他心念一动，这枚符种就可以化为纯粹的精华滋养他的神魂。只是李长湖未修成玄景，符种获益甚小。陆江仙叹了口气，将法诀逆转，借助《玄珠祀灵术》催动这枚符种中的灵识。顷刻间，一道道从符种中提取的法力在院中浮现，延伸向了院中的李家众人。

李木田躺下一个多时辰才迷迷糊糊地睡着，却见着月光如水般从窗户和门缝中倾泻出来，窗外亮如白昼，长子李长湖正站在床边静静地望着自己。

“出了何事？”李木田沙哑着声音，询问自己的长子。

李长湖抿着嘴不说话，仔细地盯着李木田的脸，好似要把他给牢牢记住。

“喀喀喀。”李木田用力咳嗽了几声，皱着眉头询问道，“长湖，出了什么事？”

李长湖却俯身向着父亲恭恭敬敬地一拜，哽咽地开口道：“父亲保重……”话音刚落，李长湖的身影便如沙砾般在风中四散纷飞，如水的月光缓缓暗淡，亮如白昼的庭院也暗了下去。

李木田不安极了，他伸手去抓，口中不住喊叫着：“孩子你说话！长湖！李长湖！”

他猛然从床上惊醒，呆呆地望了望窗外。

“修炼也会做梦吗？”侧屋中，李尺泾满脸泪痕地睁开眼，起身向屋外走去，却见李通崖正坐在木桌旁。

望见弟弟出来，李通崖连忙擦干净脸上的泪痕，挤出个笑脸问道：“怎么了？”

李尺泾却呆呆地看着哥哥，抬头问道：“大哥呢？”

“大哥他一早就被租户叫出去了，可能是田上有事吧。”李通崖笑了笑，回答道。

却听房门嘎吱一响，李木田站在房门口一脸不安地唤着：“通崖！去把你大哥叫回来……罢了，我亲自去！”

李木田匆匆地穿好鞋，走到前院一推院门，不禁一愣。门外竟围了一大圈村民，皆是举着火把垂着泪，石阶下跪着三个人，还摆着一具用白布盖着的东西。望着田守水和任平安羞愧又悲切的表情，李木田心中不安到了极致。他颤抖着手走下台阶，推开含着泪上前来扶的柳林峰，轻轻地掀开白布。

李木田眼前一黑，几乎要昏死过去，身后跟出来的几个兄弟也是神色不安。李尺泾凑上前一看，扑通一声跪倒在地上，口中悲声喊道："哥！"

李尺泾扑在李长湖身上探了鼻息，猛然抬头，呜咽地流着泪望向周围的村民，厉声喝道："谁！是谁？！谁敢？"

这一声厉喝宛若虎啸，惊得众人皆倒退几步，战战兢兢地望着他。

见李尺泾尚稚嫩的脸庞布满了狠厉的神色，人群中的叶承福顿了顿，举着火把摸着下巴思忖道：这第四子恐怕也不是个好相与的货色。领头的良鹿死了，剩下的三条恶狼，大的狡诈，小的凶狠，这黎泾村不出十年光景，必成李家的一言堂了！

众人顿了几息，有人低声回答："长湖为难民所杀！"

李项平忍着泪跪在李长湖身边，扭头望向田守水，哽咽着问道："田叔，这是怎么回事？"

"多半是那元家余孽。"李木田从牙缝中挤出几个字，望着羞愧地低着头不语的田守水，他瞥了眼四周的村民，口中喊道，"李通崖！"

李通崖闻言抹去泪水，站起身对着村民们拱拱手，高声道："今夜惊扰各位了，还请诸位先行散去，不必在此逗留了。"言罢又躬身扶起柳林峰，附在他耳边道，"还请舅舅先行带人控制住那些流民，以防有人趁乱滋事，我等随后便到。"

"好，好……"柳林峰在李木田面前本就畏畏缩缩，如芒在背，闻言如蒙大赦，连连称是，带着人走了。

田守水和任平安担了地上的李长湖往李家后院一放，听正院中一阵哭声，是任屏儿听闻噩耗昏厥了过去。田芸与柳林云忍着泪，一人帮着照顾，一人连忙去寻大夫。

“大哥……”田守水放下李长湖，目中含着泪，刚欲说些什么，李木田却摆摆手，疲惫地开口道：“平安去看看任屏儿，守水你先同柳林峰一起看着难民。没有我李家表态，他恐怕也束手束脚。”

“是。”田守水愣了愣，抹了泪水应声退下，任平安也呆呆地点点头，去照看任屏儿了。

后院没有了外人，只剩下李家几个兄弟，低声泣着泪。李木田终于克制不住自己，宛若一头受伤的孤狼，坐在长子身边低低地哀嚎起来：“长湖哟……”

几个兄弟也纷纷哭泣起来。李通崖和李项平还算节制，李尺泾年纪尚轻，哭得死去活来。

…………

夜半三更，黎泾村一片混乱，徐老汉独自撑着锄头走到了后山。他沿着小路七扭八拐，从生的杂草间，一片连绵的墓群很快出现在眼前。

徐老汉驻足定睛一看，果不其然，一个衣衫褴褛、腰间裹着兽皮衣的青年正优哉游哉地坐在角落的小墓碑旁，叉开双腿说着些什么。

耳朵一动，青年敏锐地抬头望了望，见到来者只是个一副老得走不动路模样的憨厚老农，竟还拍拍手，笑着歪头开口道：“老汉打哪儿来？”

徐老汉不去应他，故意走得极慢，颤颤巍巍地挪到了跟前，故作警惕地盯了眼青年，在墓旁跪下，抱着墓碑低声哭诉起来。

那青年仔细一听，隐隐约约是些大仇得报、主家安息之类的话，心中顿时一动。他小时便家破人亡，颠沛流离，前半生替人做租户，夜夜抱着匕首刻苦练习，只希望有朝一日能亲手割下那李木田的脑袋来祭祀父母。如今大仇稍报，他心中快意至极，有千万句话想要出口，可惜身边竟无一人可分享喜悦与快意，不如同这老头一叙，临走一杀了之，岂不是两全其美？

想到这儿，青年开口笑道：“你来这元家墓上哭诉，不怕李家寻你麻烦？”

“老汉时日无多……”徐老汉抹着眼泪应着，低低望了那青年一眼，却是大惊失色，伏地跪下开口道，“小少爷！”

“嗯？”那青年吃了一惊，心中暗道：这老汉莫不是在村头见过我？还是杀了他便遁走吧，省得多事。

徐老汉掩着泪又开口道：“主母时常抱着少爷来田上坐，故而我认得少爷。老汉至今记得您脚上有三颗黑痣，可以为证。”

徐老汉活了七十余年，老成了精，硬生生倒因为果，惊得那青年散了杀意。他愣了愣，急忙问道：“那你可记得我母亲相貌？”

“自是记得。”徐老汉从草垛中拎出一根树枝，又用锄头抛松了土，仔细地刻画起来。

那青年激动不已，却又时时低头阴郁地望着徐老汉，心中念头不断闪动，一会儿觉得该一杀了之，一会儿又觉得该绑走他，多问些母亲的事。

不多时，徐老汉画好起身。他虽是个农户，却常年替村里人画门神，年头长了，腹中也有几点丹青，几笔之间竟然将人物神韵勾勒得栩栩如生。

“母亲！”青年翻身跪地一望，见着那梦里的眉眼，顿时低低地哭泣起来，二十二年的委屈与压抑统统涌上心头，不禁泪如泉涌。徐老汉在一旁唉声叹气，一个劲地说着主母的好，一时间青年越发禁不住泪。

“老汉尚记得主家的相貌，待我画来。”

听完徐老汉的话，青年已经对其信了八分，抹了抹泪水，头也不抬地允诺了。

徐老汉正举起锄头松土作画，眼中发着狠意，那锄头高高举起，亮银色的锄刃在月光下轻飘飘地闪动了一下，猛地一落，却往青年脖颈砸去。

那青年随着难民奔波了一日，竭力刺杀了李长湖，又在芦苇荡中甩脱了田守水，本就累得虚脱，现下大喜大悲，早就软了腿脚，无心也无从躲避，正好被徐老汉砸个正着。

徐老汉常年耕作，身体尚康健，这一砸真是一声闷响，叫人筋折骨裂。那青年直直往地上一扑，脑袋往旁边一歪，两眼翻白，手脚不断抽搐，口中白沫直吐。

老人趁他倒地，又是一锄头砸在青年的脑袋上，彻底叫他没了气息。徐老汉不放心，又胡乱砸了十几下才将青年翻过来看。青年已经没了气息，尸身脸上犹自带着悲意。他这才终于脱力，一屁股坐在地上，伸出干枯的手捂着脸庞，痛苦地哭嚎起来："孽缘啊！孽缘啊……"

…………

黎泾村昨日闹到夜深，但次日鸡鸣时村民便都起来了。早秋的清晨，空气清甜，露水晶莹，村中却一片萧瑟。

柳李两家放了些干粮，难民们蜷缩着卧在村口吃着。那领头的中年人忧心忡忡地望着身边的二十余人，心中暗道：如今真是有苦难言，杀了人家的主事人，别说留下，连走也走不脱了。

难民们一阵骚动，纷纷抬头望向山路，有人喊道："道上有人，看那老汉！"

他们顺着这人的示意看去，却见蜿蜒的路上走来一个苍发老农，衣上臂上血迹斑斑，左手勉力拖着一具尸体，右手扛着的锄头上也沾着血迹。

"是那刺客！"眼尖者认出了那尸体的衣着，不禁背脊发寒。夜里才走脱，早上便丢了命，也不知这老汉是什么人，李家当真好大的威势。

见徐老汉靠近，两边的人连忙退开，让出了一条道路。徐老汉脸色苍白，双眼无神地迈着步子，瞥也不瞥周身的众人，自顾自地走着。待到他挪到村尾的李家院前，早有租户去报了信。李家人开了院门，李木田神色疲惫地带着一众家人在门前迎他："徐伯，你这是……"

“那元家余孽……叫我杀了，尸首便在此处，叫那柳林峰和田守水来辨一辨。”徐老汉佝偻着身子，手脚冰凉，将尸体往地上一放，坐在地上喘气。

李通崖连忙从内屋端了茶水往徐老汉手中送，老人却手脚发颤，连茶也接不住了，只凭李通崖送到嘴边啜饮。不多时，柳林峰和田守水两人同那徐家的长子一并来了。徐老汉当着众人将来龙去脉讲了，几番确认下，确定这人当真是那元家余孽。

“徐伯，大哥大仇得报，李家感激不尽……”李通崖正红着眼说些什么，徐老汉吃力地摆摆手，流着泪开口道：“你等不必谢我，我受了长湖的恩德，自然要替他报仇，绝不会挟恩图你李家富贵。老汉没有几年可活了，倘若你等有心言谢，便待那孩子出生，携来看看我吧。”言罢勉力起身，也不听李家人的挽留，便扶着自家长子出门去了。

李家的白事办了几天，白巾素缟地挂了一院。李长湖生前宽厚待人、为人仗义，于是家家户户都有泣声。事务繁忙，李通崖原本准备突破，如今也一推再推，直到李长湖下葬两月后才稳定了心境，凝聚出玄景轮，踏入修行之门。

…………

两年后，清晨明朗的阳光投射在院落中几丛稀疏的小树上，照得一院都是细细碎碎的树荫，树下却盘膝坐着个俊秀的少年郎，正全神贯注地吞气吐纳。不多时，他长长地吐出一股浊气，收了法诀，笑吟吟地望着院中。

一个两岁模样、捧着几朵野花的男孩蹦蹦跳跳地跑到了后院，笑得很是开心，咿咿呀呀地开口道：“叔……抱……”

李尺泾笑着伸手轻轻一捧，把那孩子高高抱起，将头顶在那孩子的小脑袋上，热切地问：“宣儿今日可有乖乖听话？”

“要……抱……”那孩子不理他，咯咯地笑着，在李尺泾手中扭来扭去。

“宣儿！快出来！”任屏儿不敢进后院，在院门口低声喊道。

李尺泾将孩子往地上一放，笑吟吟地看着他蹦跳着投到母亲怀里，轻轻开口道：“这周行轮当真难修，足足一年半的时光，总算是要成了！”

“泾儿，你好不知足！”身后的李项平站起身，低声笑骂道，“我等才修成胎息境第二层承明轮，连第三层周行轮的边角都未曾摸到，你却抱怨修炼太慢，误了你时光！”

李尺泾嘿嘿一笑，也不回答他，自顾自地继续道：“今夜我便可着手凝聚周行轮，好叫你们看看什么叫法力流转、周行不息。”

“你这孩子。”李项平哈哈一笑，见着李木田背着手走进了后院，低头开口唤道，“父亲。”

李木田这两年着实变化不少，而今头发花白，皱纹厚重，成日里也总是板着脸，一副不苟言笑的样子，看上去老了十岁不止。

“玄宣这孩子当真调皮！”见了孙子李玄宣，李木田脸上总算有了些笑容。李长湖死后，老人总是茶饭不思，困倦不已，这遗腹子的出生无疑给老人注入了新的生命，让他重新振作起来。

李玄宣才出生，李木田便从床上爬了起来，召集了李家众人，让李项平从《接引法》中寻了三句法诀，作为今后李家的辈分次序。

李项平仔细斟酌了几日，从书中择出来三句描写胎息境的法门，此三句分别是：“玄景渊清，曦月承明。周行绛阙，遂语青元。玉京映象，唯见灵初。”李通崖与李项平等人之子便从这玄景中取名，男孩取玄，女孩取景，以此类推。李木田又问了任屏儿，任屏儿寻思了一夜，取了个宣字，便成了李长湖遗腹子之名——李玄宣。

“是父亲宠爱太过了。”李通崖笑着摇摇头，将手中的木简往架上一放，回答道。

“胡说！”李木田故作恼怒，吹胡子瞪眼地叫了一句，这才正色道，“我想让叶生跟在我身边多学学。”

“李叶生？”李通崖低头思忖了几息，开口道，“倒也是个好法子，李叶生孑然一身，与我家格外亲近，我等要修炼法诀，吐纳灵气，便无时间去管那世俗杂事，这李叶生又是李家血脉，再合适不过了。”

“只怕日子一长，这人有了私心，行那中饱私囊之事……”李尺泾皱着眉头询问道。

“老子还能再活十年，至少还能镇住他！”李木田语气强硬，冷冷地继续道，“待到十年后儿辈也大起来了，哪轮得到他有非分之想！”

“治人还需恩威并重，待李叶生成婚生子，一切都好拿捏。”李项平淡淡地开口。

“正是。”李尺泾取出架子上的木简，吹了吹上面的灰尘，低声笑道，“修行十年，真是叫人好生期待。”

是夜，月色皎洁。李尺泾正盘膝坐在院中，凝气沉神，着手凝聚第三轮周行轮。

人体奥妙无穷，有十二经络，上中下三个丹田。《太阴吐纳养轮经》中提及：“下丹田，藏精之府也；中丹田，藏气之府也；上丹田，藏神之府也。”

胎息六轮中玄景、周行、玉京三轮唤作胎息三关，尤为艰难。关键便在于这三轮分别要在不同的丹田无中生有凝聚出灵轮来。余下三轮则相对容易。正如玄景轮在下丹田气海穴，凝聚之后只需用心吐纳，承明轮便从气海穴中自然而生。而周行轮位于巨阙庭，正是人体的藏气之府，凝聚后法力流转不息，周行全身。法力附于目则目千里，附于足则足神行，飞檐走壁，不在话下。

李尺泾休整了一刻钟，自觉气海穴饱满，两道灵轮相互环绕，纠缠不休，掐了法诀，运气从石门、关元，神阙、命门诸穴流过，汇聚于巨阙庭中，试图凝聚起灵轮来。

陆江仙正催动神识看着李尺泾，为他施加了静心咒，与李通崖、李项平一同为他护法。眼看着李尺泾掐了诀正准备突破，陆江仙骤然觉得如芒在背，远远地感受到一股磅礴的气息由远及近，向着大黎山飞来。

对比了双方的实力，陆江仙果断退让，神识退潮般涌入镜中，连天窗投下的月光也不吸收了，如同死物般躺在祠堂中的暗室里，仿佛一面真正的青铜鉴子。

短短几次呼吸后，一道青色流光便从李家上空划过。感受着气息远去，陆江仙正要长出口气，却见那流光轻飘飘地掉了个头，缓缓地悬浮在李家上空。

…………

司元白从青穗峰破关而出，修为又有精进，打算去大黎山中寻那猪妖的晦气，便踩着飞梭，顺着古黎道往南去。

“那场大战打得大黎山北麓灵机断绝，地脉一片混乱，如今三百年过去了，这地脉灵机缓缓恢复，也有不少妖物成了气候。”

靠近大黎山，司元白发觉山脚下竟然还有不少村子，尤其是那不知名河流的两岸，村落三三两两地分布着，看上去很是生机勃勃：“大战打得天地一清，杀光了这北麓的妖物，断绝了灵机，倒是使这里成了这些凡人的好居所。”

司元白低低一望，却猛然望见脚下的小村子里有法力气息闪动，心中不禁有些好奇。本以为是什么小妖作祟，运起法目一看，月光下竟盘膝坐着一个俊秀的少年郎，不但如此，左右有两个容貌相似的青年看着，貌似也有法力在身。

“好生稀奇，这少年突破瓶颈，竟然无长辈在身边看护。”司元白用灵识在村中轻轻一扫，再也未曾发现什么法力波动，轻轻一愣，拊掌笑道，“恐怕是哪个道友流落在外的子嗣。”

下方的李尺泾对此一无所知，反倒福至心灵，随着自身的不断尝试、凝聚，法诀中的大小疑惑纷纷明了，一道道法力在巨阙庭中迅速汇聚，晶莹剔透的灵轮飞速凝聚起来，仿佛练习过千百遍般轻车熟路。

“好一个少年！”司元白捻了捻胡须，轻声赞道。

修行一道险阻艰难，灵窍只是入门的基础罢了，还要看福缘、悟性、意志，更要看家世、宗门、功法。

这少年悟性与天赋皆不错，功法也是高深，可在这深山的凡人村落里，又能用到多少修行资粮，又能得到多少法诀秘笺呢？终不过成就练气期，二百载灰飞烟灭罢了。修行路漫漫，多少英雄折戟沉沙，多少俊才身死族灭。

司元白缓缓降下飞梭，掐诀施了个隐身术，坐在院中的假山上，优哉游哉地看着院中众人。

院外走来个凡人老人，那护法的青年开口道：“父亲。”

听了这话，司元白的表情一下变得古怪起来，身具灵窍者千中无一，又是一门三灵窍，这能是那凡人老汉的孩子吗？

观其法力醇厚洁净，定有着高深法门，应该是哪位道友无意间留下的私生子才对。说不好是修士难得有了子嗣，却又不敢往家中带，这才养在这村中先行修炼。不过这三个孩子皆身具灵窍，这位道友修为恐怕在筑基期之上。

修士修为越高，生子越是不易，但生出的孩子身具灵窍的概率也会大大提高。练气期修士能达到十有一二，筑基期之后便有了五成概率，这三个孩子皆身具灵窍，其父想必是筑基期修士。

至于紫府，除去各个仙宗老祖，整个越国尚凑不齐双十之数，堂堂紫府之尊，何必来这小村落里凑合，就算生了私生子，往家中一带，谁敢置喙？怕不是得当成小祖宗供起来。

这时只见下方的那少年收了功，面带喜色地开口道：“父亲，我突破了！”

李家人自然一阵喜悦，假山上的司元白望着他心中一动，思忖道：这古黎道至大黎山一段凡人众多，却因那场大战三百年未有修士镇守，如今地脉归位，灵机渐复，这地方也得早些回归宗门治下。不如就用这几人附属宗门，镇守此地，借着那筑基期前辈的威势，倒也镇得住这么些妖物，顺道也能同那筑基期修士结个善缘。

青池宗控制了越国南五郡，自然有一套治理体系，宗门只下派弟子管理到城，再往下便利用那些修行世家盘根错节的血脉姻亲来控制。

利用丹药与法器来迫使世家种植原材料，大量供养低修为人力，再收割世家的优秀弟子充实宗门，这几乎是修行界公认的扩张法门。青池宗自开宗立派以来，此法已经用了五百多年了。

想到这儿，司元白掐了法诀现了身形，轻飘飘地落在院中。

李尺泾正喜悦着，体会周行轮法力涌动不息的感觉，却见一道身披青衣的身影凭空浮现在院中。那人身着青衣，三四十岁相貌，容貌俊朗，笑意温和，腰上佩着一把荧光湛湛的宝剑，看上去飘逸出尘。

李尺泾几人顿时如临大敌，迅速将身后的李木田护住，李通崖低声喝道："阁下是何人？"

见那宛若修士的青衣男子缓缓浮现在院子里，李项平顿时口中一苦，心中暗道：怕是那鉴子的主人寻来了！

当下顿时惊恐不安，只觉得此人颇为神异，深不可测，抬头望望李尺泾与李通崖，两人虽然神色自若，眼底却惶惶不安，怕也同李项平一个想法。

"我乃青池宗青穗峰主。"司元白微微一笑，见李家几人戒备非常，不同于寻常人般顶礼膜拜，更加坚定了自己的判断，笑着回答道，"几位不必紧张，这古黎道隶属我青池宗，你等修了仙道，自然归青池宗管束。"

眼看这人不是来寻那鉴子的，李通崖几人顿时神情一松，对司元白的敌意减弱了不少。李通崖一抱拳，恭敬地开口道："我等乡野小民，孤陋寡闻，无意间成了玄景，不知贵宗是何等大派，却是怠慢了上使。"

司元白一愣，心中顿时明白了过来。这古黎道几百年不曾派人来收拾，这些村民连青池宗的名号也不知道了。于是他掐了法诀，一个栩栩如生的越国便浮现在众人面前。这一手顿时镇住了李家几人。李尺泾等人虽然学了法诀，可以唤出法力，但连捏出个形状都够呛，更别说精妙地控制法力来捏造成地图了。

“这是越国。”司元白心念一动，手中越国底图的南边顿时浮现出一块青色的图斑，这图斑大概占了越国四分之一的面积，“这是我青池宗。”

“原来是青池仙宗。”李木田拱拱手，开口道，“老汉年轻时随杨将军攻打山越，那符箓应是青池仙宗发放的。”

“万万担不得仙宗之名。”司元白连连摆手，对着李项平三人道，“你等既然入了玄景之门，这古黎道边上的几个村子便归你等管束，只需年年供上宗内要求的资粮即可。这古黎道上还有几个家族，你家根底浅薄，凡事能让且让，不要太过争执。每五年宗门便会派人来收人上山，若是族中能出个卓越人物，对家族也是大有好处。”

李通崖脸色微微一变，低声询问道：“不知这资粮……”

“五年一次，每次白元果十枚，灵稻二百斤。”司元白正色道，“这资粮可万万少不得，最好能有弟子在宗里拜山门，否则这克扣是少不了的……”

司元白将话说到了这份儿上，李通崖哪里还不知道他的意思？几人对视一眼，李木田心中暗道：这人早不来晚不来，偏偏在泾儿突破时现身，多半是想要泾儿入那青池宗了。如此倒也还好，泾儿天资卓越，在这深山中实在是委屈了他，不如去那仙宗大展拳脚，家族里外也有照应。

想到这儿，李木田对着李尺泾轻轻点头。李尺泾见了父亲的神色，顿时会意，对着司元白长作一揖，恭恭敬敬地开口道：“尺泾天资愚钝，却也仰慕峰主风致，望能拜在峰主门下作一洒扫童子，尊听仙诲。”

“不错，合该入我青穗峰。”司元白也不客气，笑着点点头，左手在腰间一拍，一大一小两个包裹出现在地面，望着几人惊异的神色，他解释道，“这是储物袋，待到你等修成了玉京轮便能使用了。”

“这两个包裹。大的便是那灵稻的稻种，小的便是那白元果的果核。”

司元白左手一翻，亮出几个木简来，继续说道，“洒扫童子倒也不必。为师姓司名元白，在青池宗也是一峰之主。你既然拜在了我门下，自然不会委屈了你。这三卷法门是越国散修之法，可让你家人参详着借鉴，另外一卷便是那灵稻与白元果的培育之法，你等必须用心研习！”

几人低声应诺，司元白笑着开口道：“不必如此紧张，你等修的是什么法门？”

李项平几人顿时如临大敌，对视了几眼，一时间竟然无人开口。

见几人支支吾吾的样子，司元白恍然大悟，连连摆手道：“我懂我懂，想必那前辈有所嘱咐。”司元白去年才突破筑基期，内心自然把心中所想早年便晋级筑基期的那位当成了前辈。

李木田听了这话，咳嗽一声，从几人身后站出，低低地道：“老汉十多年前救过一位前辈，那前辈在老汉家养了几年伤，留下这功法，又嘱咐老汉不得透露这功法，说完便飘然而去……”

“不错！”司元白轻轻地点点头，心中为自己的机智得意不已，思忖道：左不过是一道养轮法罢了，还能是什么采月华纳阳精的仙法不成？不必强要，倒是伤了感情。

司元白怜悯地望了望那老汉，一翻掌，亮出一道淡青色的玉印来。他在印上轻轻一抚，那印缓缓亮起一道金光，浮现出几个金色大字——青池治下。司元白望着众人开口道：“这是我青池宗隶下的凭证，我已经打入了法印，凭此便可与左右的家族划下界线，也可凭此向宗门求救，你等好生保管。”

左手虚托，这玉印便缓缓落在了李通崖的手中。看着李通崖将玉印收好，司元白笑着扭头对李尺泾说：“乖徒儿，同你家人告个别。”

李尺泾红着眼抱了抱两个哥哥，在李木田跟前磕了几个头，泣声道：“孩儿不孝，今后不能在膝前侍奉父母，还望父母多多保重身体。”

李木田咳嗽几声，连忙将李尺泾扶起，嘱咐道：“家里的事有你两个哥哥，不必担心，在宗门里好生修炼，为我李家倚仗。”

李尺泾又和两个哥哥拜别过，才依依不舍地走到司元白身边，答复道：“师傅，徒弟已经拜别了家人。”

司元白连连点头，也不去管李通崖等人正躬身下拜，兀自哈哈一笑，自言自语道：“今日收一佳徒，便放那猪妖一马！”言罢便牵起地上的李尺泾，轻轻招手，一道飞梭缓缓浮现在身前。他手中一掐法诀，那飞梭硬生生拉长了几倍。两人站上飞梭，如流星般往北去了。

第三章 青池治下

李项平见司元白驾着飞梭消失在天边，这才起身拿起桌面上的木筒，解开木筒上的布条，摊开来看：“青元养轮法，一品。”

他草草浏览了一遍，发现这法诀是一道胎息境的修炼法门。他正皱着眉头读着，却听李通崖轻咦一声：“这吐纳诀只需日日吐纳，不需炼化月华？”

“自然比不得那鉴……我家的法诀。”李项平刚想提及那鉴子，又惧司元白去而复返，只好改口，“那司元白当真是什么青池宗的峰主？泾儿就这样随他去了，未免有些草率。”

李通崖苦笑着开口道：“我等又有什么办法？倘若他是什么邪修，大可掳了人去，何必与我等叽叽歪歪，还留下什么法诀、凭证？”

李项平点点头，拿起桌面上的第二枚木筒，摊开一看：“天元练气诀，练气期修炼法诀，二品。”

李通崖也拿起一枚，自顾自地读道：“黎夏秘笺。”

他再往下读了几句，不禁喜形于色，对李项平道：“这秘笺记录了诸多修炼常识，包括黎夏郡的势力分布和散修的交易坊市，正是我等如今急需之物。”

李项平接过木简一看，若有所思地回答道：“原来功法分为九品，一品最次，九品最好，法诀、丹药、法器则与境界相对应，只是不知我家这法诀是几品。”

见弟弟专心读起那秘笺，李通崖拿起司元白留下的那枚淡青色玉印，默默催动法力。

青池治下。那玉印上顿时浮现出淡金色的几个大字，随后那大字缓缓消失，取而代之的是一道亮白色的“李”字和一幅小小的地图。

“黎泾村、梨川口、泾阳村、黎道口。”李木田眯着眼睛辨认了一会儿，挨个儿念出了这些村子的名称，这四村正是那司元白所说的古黎道至大黎山脚下诸村，“有了青池仙宗为倚仗，我李家也有了足够的实力，便不必再藏了，堂堂正正地培养势力吧！”

低着头读书的李项平突然抬头，表情平静地开口道：“便从明夜始。”

…………

陈二牛大清早起来就看到李家的租户如游鱼般穿梭在村头村尾，挨家挨户地拉人。

“李大婶！和你家李哥说声，晚上下了田便去村后，田叔有要事相商！”

“啊！好嘞……”

“柳哥！李家有请……”

一时间闹得鸡飞狗跳，人人肚子里都憋着疑惑。好不容易挨到了黄昏，陈二牛吃完饭就连忙到了村后。

李家作为村中数一数二的大户，在村子里号召力强得很。陈二牛抬眼望去，村中大户小户都到齐了，就连几年前的那难民头子中年人许文山都恭恭敬敬地站在李项平身后。如今这许文山也成了李家的租户，说话好听又会做人，带着十来个难民户抱团取暖，已经隐隐取代他陈二牛成了租户之首，看得陈二牛咬牙切齿。

环顾四周，不见李木田的身影，却见李项平往前一步，带着笑意开口道："打扰诸位了，如今却有个好消息要同大家说。"

望着众人皆侧耳倾听，李项平这才继续道："昨夜青池仙宗的修士途经此地，见舍弟李尺泾天资卓越，便收舍弟为徒前往仙山修习仙法去了。"

此言一出，如同在平静的湖面抛下了一块巨石，震得举座皆惊。众人面面相觑，如听故事般呆呆地望着李项平。

"恭喜了。"却是那先生韩文许长叹一声，高声贺喜道。

韩文许自城中来，见多识广，听李项平道出青池仙宗，他心中便明白此事已是八九不离十，泾儿多半身具灵窍，被青池宗的修行者带走了。

"人各有缘法。"韩文许低低地感叹了一句，替李项平开口道，"尺泾能入宗，却是阖村之福。"

韩文许在村中住了二十余年，行医救人，授业解惑，在村中已有权威。他一发话，李项平的话总算有了一些可信度，但大部分村民们还是忍不住交头接耳，窃窃私语。

李项平神色淡然，手中亮出一枚玉印，法力催动下，四个金光闪闪的大字浮现出来——青池治下。

"神仙啊！"见了这神仙手段，众人顿时一阵哗然，不少人跪下连连磕头，高声喊叫，陈二牛也是悚然一惊，惊疑不定地望着上方。

李项平看着那"李"字浮现完毕，收了玉印，望着下首的众人，朗声道："那修士也赐了法门，命我李家镇守黎泾村、梨川口、泾阳村、黎道口诸村。"

言罢掌中轻轻一捏，璀璨金光便从掌中浮现，手腕轻轻一甩，那金光便呼啸而出，没入了连绵的山林中，轰鸣一声，激起阵阵飞鸟。

这一手金光诀一出，下方霎时哗啦啦地跪了一地人，就连柳家家主柳林峰也战战兢兢地跪下，呆呆地望着他。

"诸位不必如此，亲戚乡里的，项平可受不起。"低低地望着下方跪倒的众人，李项平却岿然不动，淡淡地开口道。

陈二牛听着李项平的声音，将脑袋紧紧贴在地面上，震惊之余心乱如麻，脑海中只余下几个大字：要变天了。

…………

李通崖从梨川口缓缓走出，身后的李叶生一手拿着布匹，一手提着炭笔，歪歪扭扭地记着些什么。

“梨川口受了二十几年前的那场旱灾，如今还是未曾恢复过来，不过一百多户，实在是可怜。”李通崖一边走着，一边偏头对李叶生说着。

“哥，我们清了梨川口中的大户，平分了土地，村民已经没有租子交了，这一成的田税松得很！”李叶生恭敬地回答，将手中的炭笔一收，递给了身后跟着的村民，又躬身低声开口道，“终究要派人来掌事的，可我李家嫡庶间实在没有读书习字、拿得出手的人物了。”

“不必多虑。”李通崖摆摆手，在李叶生羡慕的目光中掐了个净衣术拂去身上的尘土，慢悠悠地回答道，“父亲和项平会安排好的。”

…………

“黎泾村二百二十九户，梨川口一百零一户，泾阳村二百九十七户，黎道口一百五十八户，共计七百八十五户，四千二百八十人。”李通崖几人端坐在李家正院，最下方的李叶生站在院中正朗声读着布帛上用炭笔写下的字。

“四千二百八十人，每户三个青壮，怎么也能凑出一两个身具灵窍者。”李项平靠在木桌前，低低地道。

“叶氏诸位族老昨夜上门拜访叶生……希望能恢复祖姓。”李叶生望了望上首的几人，苦笑道。

“祖姓？”李通崖抬头，疑惑地问。

看着李通崖两人不解的模样，李木田咳嗽一声，出言解释道：“叶氏祖上本是我李家的支脉，只是后来犯了错，整支族人被逐出了李家，改姓了叶。原本两家各自不提此事，如今见我李家有了机缘，叶氏自然眼巴巴地想要改回祖姓了。”

闻言，李叶生也点点头，他也是昨夜听族老哭诉才得知这等陈年秘辛。那叶家族老声泪俱下，痛哭流涕，若不是李家才得了机缘他就来攀附，李叶生还当真以为此人是心念主家。

“若是叶家哪支出了身具灵窍者，便准许他那支改回李姓，做我李家支脉。”李项平听完了李木田的解释，当即回答了李叶生，让他去答复那族老，然后扭头向李木田询问道，“父亲，这诸村的主事人……”

“陈二牛精明能干，又是梨川口逃难来的，便派他去梨川口。泾阳村人口最多最为富庶，得派个贴心人，让你任叔去看着。”

李木田轻轻饮了口茶，继续道：“黎道口紧靠着古黎道，逃难的灾民众多，形势最为复杂，那许文山是个鬼精的，让他带上他那一众难民兄弟去。”

“父亲想得周到。”李项平点点头，捧着手上那卷种植灵植的法门看着，“当务之急还是用这卷中的寻灵术将几个村子的地脉看了，好将那些灵田找出来，早些将灵稻和白元果种下去。”

…………

李尺泾踏在那飞梭上，看着身下广阔的大地、如同蚂蚁般的房屋、雄俊的城池统统消失在远方，离家的忧愁顿时被抛在了脑后，心中激荡不已：大丈夫当乘风揽月，仗剑天下！

大约飞了两个时辰，李尺泾眼前冒出群座极高的山来，山间亭台楼榭，连绵不绝，看上去一派仙家气象。一群群仙鹤白鸟在群山之间穿梭。身前的司元白也不再闭目调息，挥手掷出一枚令牌，静静地等待着。

“原来是元白师叔回来了。”却见一只白鹤缓缓停在李尺泾面前，衔着那令牌好奇地开口道，“这小子是？”

李尺泾头一次见到会说话的仙兽，紧张得说不出话来，司元白笑笑道：“我青穗峰新收的弟子。”

“恭喜师叔了。”那仙鹤贺道，言罢双翅轻轻扇动，一道透明的光幕缓缓在两人面前打开一个缺口。李尺泾这才发现天地间有个几近透明的大罩子，牢牢地罩住这青池宗的山门，使得内外灵气隔绝。

进了这青池宗的山门，李尺泾顿时浑身一阵舒爽：“好高的灵气浓度。”

看到李尺泾一脸惊讶的模样，司元白轻笑道：“这是青池宗的天元一道灵阵，神妙无比，封锁内外，使得青池山的灵脉受青池宗独享。借助阵法之力，只要有筑基期的仙修坐镇，紫府修士也难以攻破。”

“好生神妙。”李尺泾附和道，心中却暗暗想着：不知这阵法能不能学得，给我家后山也布上一个。

看着李尺泾出神的模样，司元白只当他受了震撼，继续说道：“修行百艺，阵法、丹药、法器、符箓、御兽、勘脉等等，奥妙无穷，最好能择一修行。”

“师傅，您修的是修行百艺中的哪一道？”李尺泾好奇地问道。

“青穗峰在青池三十六峰中向来以剑法闻名……”司元白骄傲地抬起头，回答道。

“原来如此。”李尺泾恍然大悟地点点头，望向司元白腰间那把宝剑。

“所以……为师修的是符箓一道。”司元白望着呆呆的李尺泾，有些尴尬地继续说，“你师祖死得早，这剑仙一道，为师还未曾上手，青穗峰却处处要补贴家用，只好先学些符箓。谁知这符箓越学越精……”

李尺泾连连点头，表示自己能理解。

“先带你见过师兄师姐。”司元白带着李尺泾在诸峰间绕来绕去，找到了低矮的青穗峰，才落在峰顶上，迎面走来一男一女。

“你在为师座下排行第七，这是你三师兄，唤作萧元思，练气期七层修为，那是你四师姐，唤作袁湍，练气期三层修为。”

李尺泾朝着那一男一女恭敬地拜过。萧元思颇为潇洒大方，递上一卷玉简，开口道：“这是我外出偶然得到的一卷剑诀，如今便送予师弟当见面礼了。”

袁湍也微微一笑，送上一枚玉佩，开口道：“这玉佩能够安神定念，帮助入定，是胎息境的好用具，赠给师弟了。”

李尺泾自然一一谢过，好奇地询问道：“其他师兄师姐可是在闭关？”

司元白轻轻一笑，回答道：“你大师兄天资卓绝，去年便练成了练气大圆满，于是闭关突破筑基期，失败后身死道消了。”

司元白的回答显然出乎了李尺泾的意料，他低低地啊了一声，神色复杂地望着司元白。

“至于你其他几个师兄师姐，或死于妖物之手，或死于争宝斗法，或死于瓶颈魔障，皆葬在峰中。你跟我一同去祭拜他们。”

看李尺泾一脸戚戚，司元白冷冷一笑：“修行本就是大争之道！要争，还要争胜，要争赢！争不赢便死了，有什么可惜的！你李尺泾要争，争不赢便身死；你李家要争，争不赢便族灭；我青穗峰也要争，争不赢便道绝。世界本是弱肉强食，有什么好掩饰的！”

…………

李通崖掐了法诀，看着细细密密的灵雨飘落在乌黑的泥土中，脸色苍白地思忖道：这灵植培育法门中灵雨术真是消耗巨大，修成了承明轮也不过勉强释放一次罢了。这灵植还需天天照料着，实在是需要人手。

李项平和李通崖勘量了诸村的灵田，皆是少得可怜。黎泾村的灵田零零碎碎，好在最大的一块勉强能种下十颗白元果，于是李通崖派人在这块原本是荒地的山脚处建了个小院，平时就在此修炼种田。自有人送来用品，也算惬意。李项平则选定了泾阳村的一块灵田，在那处播种灵稻，引得泾阳村人日日在院外顶礼膜拜，倒是好笑得很。

由于还未入周行轮，李通崖闭目调息了近一个半时辰才恢复法力。看看时辰，李叶生带着人已经在门外等候多时了。

见木门嘎吱一响，李叶生连忙躬身问候道：“诸村的孩子都来齐了，通崖哥可是现在便去？”

“嗯。”李通崖低低应了一声，在李叶生和身后几个汉子殷勤的笑容中缓缓向村头走去。

…………

村头那棵枝繁叶茂的大槐树下，各村派来的人都来齐了，由李家派去的掌事人带着几个村中人物带队，身后跟了一群大小孩童。几个掌事人还算轻松，两两站在槐树下低声交谈着，那些外村的村民显得焦虑又拘谨，也不敢说话，兀自站在原地，孩子们也受了感染，一个个乖乖坐在地面上。

陈二牛最近春风得意，高兴得夜不能寐——祖祖辈辈在地里摸爬滚打了不知多少年，终于过上了人过的日子。得知自己被派去管理梨川口，陈二牛在李家院前狠狠地磕了九个响头，对着李老爷子痛哭流涕地发下狠话："蒙老爷子信任，就这梨川口的村丁，二牛必定管理得妥妥帖帖。"

自己逃难来是受了李家接济，娶妻买田是受了李家恩惠，妻子生病也是李家出钱医治，这恩情已经将陈二牛牢牢地绑在李家的战车上。

只是他陈二牛与那许文山从租户时期起就互相不对付，故而两村之间也经常起摩擦，只有任平安在三村中地位超然，每天就管着他那些村中事。

"陈掌事……"却听到一道焦急的唤声在耳边响起，陈二牛扭头一看，原来是梨川口同来的村民陈长户。梨川口以陈氏家族居多，这陈长户正是族中的最长者，在乡中威望颇高，于是众人便举荐由他来带队。

"这李家修士，真的愿意收我陈家子弟？"这平日里老神在在、颇有威望的老汉，此时却是满脸忐忑地望着村口，低低地询问道。

"都说要有机缘！要有那劳什子窍来着！七岁到十三岁的孩童，只要你陈家孩童有灵窍在身，李家一并收了！"

看着陈长户连连点头，陈二牛撇撇嘴，心中却羡慕不已，暗恨自己的两个孩子要么年纪太大，错过了时机，要么年纪太小，还未能前来检测。

“修士来了！”看着李通崖出现在村口，陈二牛连忙笑着迎上去，心中羡慕地想着，也不知今天这诸村孩童，到底谁能得了机缘。

李通崖轻轻一拱手，对着陈二牛笑了笑，扭头对李叶生道：“开始吧。”

却是槐树旁边早已搭好了木台，李通崖坐在木台之上，下方的人便开始唱名：“梨川口！陈力夫！”

下方便有陈家人带着一个战战兢兢的孩子上来。李通崖将手在那孩子肩膀上一搭，让法力在其体内流转一周，摆摆手道：“下去吧。”

那两人听了这话，也不敢回声，急急忙忙地下去了，下方的陈长户眼中则闪过一丝失望。

“下一位！”

………

不多时，梨川口的人便统统下去了，陈长户脸色难看，似有哀求地望了望陈二牛，陈二牛摊了摊手，表示自己爱莫能助。

深秋的天气清冷，大中午聚集了如此多的人树下依旧凉爽，但诸村的人皆是浑身冒汗，见梨川口一个有机缘的都没有，心里暗自打鼓。李通崖却对这场景早有心理准备，身怀灵窍者千中无一，诸村儿童只要能出一个就算是回本，两个便是赚了。

“泾阳村！柳柔绚！”话音刚落，站上来一个十三四岁模样的女孩，眉眼弯弯，眼睛明亮，胆怯地咬着唇。

十四岁，算是卡着年龄的上限了，李通崖无奈地摇了摇头，权当没看出来，左手搭在女孩肩膀上运转法力。法力在女孩经脉中游走了一圈，李通崖轻咦一声，下方的泾阳村柳氏族人纷纷紧张了起来。李通崖却见那女孩气海穴中气流涌动不息，一道透明的气穴不断跳动着，如同在自己呼吸一般。

“不错。”李通崖睁眼对着那女孩笑了笑，温和地道，“站在我身后。”

柳柔绚呆呆地盯着李通崖的眼睛，似乎还没有从这天大的喜事中反应过来，几次呼吸后才恍然大悟，带着喜色站在了李通崖身后。

台下的泾阳村众人顿时一阵喧哗，人人带着喜色，碍于李通崖才没有欢呼出来。梨川口的村民一片死气沉沉，剩下的两个村子的人则更加忐忑。

不多时，泾阳村和黎道口皆测完了，余下再无身具灵窍者。

“黎泾村！”

李通崖目光低低扫过下方的孩童，李玄宣自是不在其内，孩子才两岁，身子都未长齐，至少要到七岁才能看到底有无灵窍。

终于到了本村孩童，李叶生一挑眉毛，开始唱名。

若不是通崖哥早先便给我测过了，我还真恨不得上去试试！李叶生边高声唱名，边这样想着。

“叶秋阳！”

下方的父亲叶承福顿时全身一紧，两腿发软，双目死死地盯着那台上八九岁样子的孩子，心中不断自我安慰着：我叶家好歹也算李家支脉，怎么也有些机缘在身上……

看着李通崖将手搭在叶秋阳肩上，叶承福闭上双目，干脆一屁股坐在地上，愣愣地听着。

“好！竟然又有一名，还是我李家血脉！”

听着台上李通崖温和的声音，叶承福触电般从地上跳起，激动地望着台上手足无措的叶秋阳，恨不得仰天大笑三声。

“你既然姓叶，你的父亲是何人？”李通崖带着笑意问。

“叶……叶承福。”叶秋阳望了望台下手舞足蹈的叶承福，怯生生地回答道。

“恭喜承福兄了。”李通崖顺着孩子的目光往下看，笑着同叶承福打了声招呼。

“多谢仙师！”叶承福不敢托大，客气得很，嘴角却抑制不住地上扬，激动地拱了拱手，恭恭敬敬地答复道。

李通崖笑着摇摇头，将余下的几人一一测过了，朗声道："余下的人便是无缘了，各位掌事留下，其余的人回村去吧。"

下方的人群骚动了一阵，惋惜声此起彼伏，喧闹了一盏茶的工夫，各自往不同的方向离去了。李通崖身边的李叶生上前一步，开口道："三位掌事，随我去李家院中将地契和账目对一对吧。"

陈二牛三人自然齐齐应诺，跟着李叶生往李家去。

李通崖走下台来，看着激动万分的叶承福和泾阳村的柳氏族老，轻声说："几位随我来吧。"

叶承福连忙点头，边走边将自己的孩子紧紧抱入怀中，一时间泪流满面，只低声说着："好，好。"

…………

叶承福和叶秋阳在祠堂上了香，跪下恭恭敬敬地磕了头，在诸位李家人的见证下回归了祖姓。

"族长！"

李木田作为李氏最年长的嫡系后裔，自然是高高地坐在院中的首位。两人按规矩先给李木田敬了茶，跪在他面前恭听着。

"秋阳也是我李氏子弟，既然身具灵窍，自然要传下法门。"李木田拿接过一枚木简，又轻声道，"族中赐下《青元养轮法》，你须努力修行，尊宗奉道，敦亲睦族，绝不可泄露功法密要，引来他人觊觎。"

如今已是李秋阳的少年躬身下拜，目光坚定地开口答道："谨记族长教诲。"

"你便跟着项平去泾阳村的灵田上，平日里便跟着他修行，未修成玄景轮不得出去。"李木田点点头，安排道。

"是！"李秋阳起身从他手中接过那枚木简，毕竟还是八九岁的孩子，转身便带了点儿哭腔，哽咽着对父亲李承福道，"父亲，那孩儿便随主家修行去了。"

"好，好！家里的事你不必担心，我赶明儿便担了衣物和用具给你送去泾阳小院，你好好修行便是……”李承福连连点头，红着眼嘱咐。

“来，秋阳。”李项平轻轻一笑，牵起李秋阳的小手，对着父亲李木田点点头，便出门去了。

“承福啊，你也去收拾收拾，过几天便把家搬到村后来。”李木田咳嗽一声，皱着眉道。

李承福连连应诺，瞧着两人脸色，连忙告退了。

见着李承福急急忙忙地出门走远，李木田沉声道：“那柳家的女孩你先带着在黎泾小院中教导，若哪日成了玄景，先不必授她法术。”

“父亲好安排，这柳家在的泾阳村安排李家人看着，柳家的修行者调到黎泾看着，便可防着他们坐大。”李通崖惊叹着开口，敬佩不已地说道。

“还早着。”李木田眯了眯眼，轻轻地啜了口清茶，继续道，“这些孩子没有鉴子辅助，又无什么修行资粮和丹药，修成玄景要一年不要？”

“远不止！”李通崖摇摇头，解释道，“我读了那《青元养轮法》，修炼成的法力恐怕虚浮无力，法力运转间也多了不少累赘，练成玄景须三年不止。”

“那便是了，既然那《青元养轮法》不怎么样，本不必防备些什么，不过是凡事留一手罢了。”

“父亲说得是。”李通崖点头，将手里的茶轻轻放下，见李木田出神似的望着远方，苦笑着拱手告退了。

李木田独自一人静静地坐在庭院中的高位，半晌才轻轻叹气。

…………

许文山在黎道口管了四个多月，将几个伙计都安排下去，村丁们也都安安分分的。他本就是管理车队出身，管理一个小小的村子自然不在话下。黎道口虽然形势复杂，但也少了大家大族的制约，许文山用了一个月便将村子里上上下下都掌握住了。

闲下来许文山便琢磨着怎么才能在主家面前立立功，好盖过那陈二牛。单单坐在这村里收租算账，实在是埋没了他。百无聊赖地翻着手中的地图，许文山呆呆地出着神。

说起陈二牛，两村之间平日里田地与水源的划分本就摩擦不断，许文山自然也乐得与他斗一斗。现在黎道口村人说起陈二牛管理的梨川口，皆咬牙切齿，恨不得给上他一拳。

有了敌人，才好靠拢在我身边嘛！他得意地想着。

再者，许文山管理商队的时候向来不喜欢下面的人太过交好，总要挑拨些矛盾。要说李家在这几个村子里没有眼线，许文山根本不信，以己度人，许文山当然要和那陈二牛斗着，好让主家看着开心。

“我已经赢那陈二牛太多了。”他自言自语道，心思重新回到眼前摆着的地图上，望着地图上歪歪扭扭的古黎道，心中猛然一动。

我何不做回老本行呢？他一拍大腿，惊喜万分。

诸村困在这古黎道里，商品不得流通，家家户户耕田织衣，自给自足。我在那道上干了二十多年，在这道上就干不得？主家修了道法，这些凡间的货物对他们来说便可有可无，不如打通了山道，将这些粮食丝织统统卖出去，兴许能换些玉石灵物回来，这才是有些用的。

想到这儿，许文山实在是坐不住了，叫上了一起逃难过来的几个伙计，将此事一说，几人顿时击掌叫好。

“我这就去找主家细细分说！”许文山哈哈大笑，带着伙计们出门去了。

…………

“果子？”李项平抬起头，疑惑地望着盘膝而坐的李秋阳。

“是……”李秋阳显得有些惴惴不安，双手紧紧地捏着衣角，自己修炼了几夜便凝聚了一缕灵气，自觉速度与卷中的对不上，生怕练差了功，连忙拿着那法门问李项平。李项平一听李秋阳这修炼速度，吓得拿来那《青元养轮法》看了又看，仔细琢磨了几遍。过了足足一盏茶的工夫，李项平才抬头，询问他有没有吃过什么奇怪的东西。

仔细想了想，李秋阳突然记起一件大事，连忙回答道：“几年前，几个伙伴们硬要比胆色，约定爬上后山，最后却只有我一个上了山。路上不见伙伴，我不知不觉便迷了路。我走着走着，望见了一株碧绿色的小树，上头挂着六七枚红彤彤的果子，看上去可口极了。我实在没忍住，鬼迷心窍地摘了一枚果子吃，迷迷糊糊走下了山，回来以后睡了三天，急得父亲找了好多人来看。”

听李秋阳讲完，李项平不禁一阵无语，拍了拍李秋阳的肩膀，开口道：“如今看来，只需一年出头，你便可凝聚玄景轮了。”

见李秋阳满脸希冀之色，李项平又继续道：“不过还有件要紧事。”

李秋阳顿时一愣，抬头看向李项平。

“带我等上山，去寻一寻那灵根。”

…………

李通崖回了黎泾小院，刚跨过门前的石阶，便见柳柔绚乖乖地坐在院中，双手撑着下巴，呆呆地数灵田里的果苗玩儿。

见李通崖从门口进来，柳柔绚噌地从石凳上站起来，垂着眉望着李通崖，怯生生地开口道：“仙师。”

“不必如此客气。”李通崖摆摆手，目光从柳柔绚姣好的眉眼上迅速掠过，笑着道，“我不过大你六七岁，叫我通崖即可。”

看李通崖一副好说话的样子，柳柔绚放松了不少，想了想开口道：“通崖哥。”

李通崖点点头，起身从屋中的木架上取出一枚木简，对柳柔绚道：“这是胎息境的法诀，唤作《青元养轮法》，你先在院中将其背下，谨记切莫外传。”

“是！”柳柔绚惊喜地回应道，双手恭敬地接过那木简，小心翼翼地抱在怀里。

“每日辰时与申时会有人送餐饭来，若有什么需要的，也可同那人说，唤人送来。”李通崖取了茶壶，倒了两小杯茶，继续说道，“平日里我不常在这院中，但辰时与申时会来给灵田施灵雨，你若是修行上有什么疑问，便尽管提来。”

看着柳柔绚连连点头，李通崖笑了笑，轻声问道：“家里的用具衣物可曾送来？”

“已经送来了。”柳柔绚答道。

“那你便在东屋收拾了住下吧，平日里刻苦着修炼，未成玄景不要出去了，你可读过书？”李通崖突然问道。

“小时读过些，也识了些字。”

“那便不必我一一教你了，你先通读一遍，有疑问再来问我。”

柳柔绚连声应诺，抱着木简逐字逐句地看起来。

望着柳柔绚埋下头去读那《青元养轮法》，李通崖抿着茶，有一搭没一搭地想着：这孩子来了黎泾村，人生地不熟，又困在这院子，这几年也不必担心功法泄露了出去。

正想着，却听哈哈一声大笑，有人推门进了小院。

“三弟，你怎么来了？”李通崖有些讶异地开口，却见李秋阳跟在李项平身后，一脸忐忑。

李项平将灵根的事说了，李通崖自然惊异不已，两人一合计，带着李叶生和村里的几个壮丁便上了后山。

已是深秋时节，后山中萧瑟零落，落叶纷纷，野兽们养得膘肥体壮，蛰伏起来准备过冬。有物产丰富、生机勃勃的芦苇荡，黎泾村人对后山向来不怎么感兴趣，有芦苇荡提供鱼肉，又何必去深山中同野兽搏命呢？于是祖祖辈辈的黎泾村人仅仅是靠着后山山脚的那几片山林采伐些木柴，用些檵木或六月雪烧饭，只有建屋子的时候才上山伐木。所以后山上的小路荆棘丛生，满地藤蔓。李秋阳又记不清大概的道路，几个村丁便拿着柴刀开路，李项平与李通崖在身后跟着。

“二哥，我有些疑问。”李项平拉着李秋阳的手，扭头看向李通崖。

“怎么？”

“你说这司元白为我家划了界，这界外便是别人家的土地。在我李家崛起之前，那家只需派一胎息境小修来此地，谁敢不从命？为何我李家在此地耕耘了两百年，竟然无一修行者愿意前来？难道真不屑这些凡人？”

李通崖摸了摸下巴，神色凝重地开口道：“这事我也思忖过。其一，听那司元白的意思，此地几百年间原是无灵机的，故而修行资粮全无，便没有修行者愿意在此浪费时间；其二，这边上就是大黎山，山势绵延不绝，山间有许多妖怪鬼物，远远不如郡城舒服。”

李项平点点头，脸色有些难看，低低地对着李通崖说道：“哥，还有一个更糟糕的可能。青池宗虽然说强大无比，但也才占据了四分之一的越国，周边难道没有强敌了？怕就怕我李家就在青池宗的势力边缘！两村争水，自然没有人愿意往边上种庄稼，便是这个道理了。据许文山所说，往南便是吴国，吴越之间摩擦不断，背后的仙宗关系恐怕也好不到哪儿去！”

李通崖心中一凛，脸色也难看起来，开口道：“却是疏漏了，明日便派人往古黎道周边仔细探查，先弄清我李家处境才是要紧事。”

“只希望我李家不要是青池宗随手往边上种的庄稼才好。”李项平苦笑一声，却听着前边的李叶生带着几个满头大汗的村丁叫着。

“仙师！好大的长虫！”

那长虫身上深褐色的花纹交错，最粗的地方足足有八九岁孩童的腰一般粗，身子一圈圈地盘在一棵大榕树上，亮着黄色的竖瞳冷冷地望着李通崖等人。

“好大的长虫！”嘴上惊叹着，李通崖手中掐诀的速度却一点儿不慢，话音刚落，蒙蒙的金光已然浮现在手中。

那长虫嘶嘶地吐着鲜红的芯子，大口一张，砰然吐出一团浓重的黑雾来。

金芒却先发而至，直直地朝着褐纹长虫的下巴而去，打得长虫头部一歪，那团黑雾顿时倾泻到一旁的大树上。

那株大树顷刻间吱吱作响，茂盛的枝叶霎时统统被腐蚀了个干净，化为一滴滴黑水滴落在泥土上，就连两人合抱粗的主干也被腐蚀了厚厚一层。

李叶生等人见状，惊得连连后退。

从长虫手里救下李叶生和几名村丁，李通崖凝重地摇摇头。

看着几人缓步后退，那长虫也不追击，盘在那棵大榕树上冷冷地望着众人。“盯着它，慢慢后退。”李通崖指挥众人。

待到那棵大榕树消失在视野中，李秋阳才怯生生地开口道：“那果子就在树后！”

“不急。”李通崖摆摆手，对着李叶生嘱咐道，“你叫上村子里的村丁们，去把家家户户的长棍铁铲拿上，有弓的更好，带上弓箭，一齐上山来。”

李叶生应了声“是”，带着那几位村丁急急忙忙地下山去了。

李项平则拍了拍李秋阳的肩膀，开口道：“你那时应是逢上了这长虫外出觅食，不但逃得一命，还得了机缘！回院子里修行去吧，此处没你的事了。”

李秋阳冷汗连连，应声下山。李项平寻了块青石坐下，朝着李通崖道：“这长虫好硬的鳞甲，一道金光术也不过击碎它下巴的几片鳞片罢了。”

“观其模样不过是胎息境的小妖，灵智未开，禽兽鳞甲再硬又有何用？”李通崖淡淡地回了一句，仔细观察着地形。

不多时，黎泾村的壮丁们纷纷上山来，听说要杀妖怪，一个个又是忐忑又是兴奋，跟在李叶生身后蹑手蹑脚地走着。

李通崖勘察了地形，找来柳林峰，边比画边询问道：“舅舅，听闻柳家去年用陷阱杀过野猪，不知这样大的长虫，该挖多大的陷阱合适？”

柳林峰却是迟疑了一会儿，小心翼翼地问道：“听闻这长虫是妖怪，不能以常理度之，万一能飞……”

“自然是不会飞的，您且按照往日的经验加上一倍即可。”李项平出声道，心里默默地自言自语道，“若是这长虫能飞，此刻我等哪里还有命在？”

“那便好办！”听闻李项平的话，柳林峰便满口打了包票，指挥众人挖起坑来，指指点点，颇为气派。

柳林峰也是憋了许久，以往李家虽说势大，好歹给他柳家一个面子，村中有事还会来问问。如今李家整合了诸村，柳林峰哪敢再出来指指点点？这些日子可把他憋坏了，今天总算能有些事情干，柳林峰瞬间找回了劲头。

这样下去也不是办法，我柳家必须在李家治下找到自己的用武之地，否则迟早要衰败下去！一边指挥着，柳林峰一边暗暗地想道。

李通崖也不知柳林峰内心过了这么多戏，他正和李项平忙着往箭矢上附着金光术。若不去用它，这法术大概能维持六七个时辰，打杀这长虫却是够了。

两人如今的法力各自能附上十几次，法力耗尽了他们便打坐调息。待到众人挖好了坑，将那些新鲜泥土的痕迹都掩盖掉，铺上了枯叶，两人也将将调息完毕。

村丁们布好阵势，拿着长棍的站在前头，后边的持着弓，各自拿着一支附着金光术的箭矢，小心翼翼地往那长虫处走去。

前头的人才走到那棵大榕树面前，不由齐齐惊叹道：“好可怕的长虫！”那长虫亮黄色的竖瞳看得众人心惊胆战，张口便是一团浓重的黑雾。

前排几人已受了提醒，早早地弃了棍后退，这一团黑雾仅仅腐蚀了一地的枯叶和几根长棍。

一道道淡金色的流光后发先至，这些箭矢附了金光术，锋利无比，一枚枚地挂在那长虫褐纹色的鳞片上。

三番五次地被打扰，长虫终是怒了，嘶嘶地吐着信子，弃了榕树，蜿蜒向众人而来。

前方的众人顿时一哄而散，李通崖和李项平连忙掐诀放出一道道金光术，打得那长虫吃痛惨叫，竖起金瞳望向两人，迅速奔来。

两人不惊反喜，望着那长虫贴着山崖坡壁蜿蜒而来，高喝道："准备！"

那长虫正行着，却觉着身下一沉，差点儿一头撞进地面枯叶下的大洞中。只是长虫身躯颇长，一时间未曾掉进陷阱中，蛇头迅速翘起，搭在陷阱的另一头，眼看着就要爬起来了。

山崖上却闻声冒出一群村丁来，一齐推着一块大青石，齐声喝道："着！"

那青石顿时坠下，正好砸在长虫的背上。褐纹长虫嘶嘶一声，霎时筋折骨裂，被压在那坑底，蛇头高高翘起，半身弯成了U形，却是动弹不得。

"哈哈哈！"人群后柳林峰长笑一声，看着自己的杰作，满意地点点头。

"上！"李叶生大喝一声，众人纷纷拿起削尖的毛竹，一个劲地往坑里扎。

那长虫虽然鳞甲极硬，却也经不得十几个大汉围在一起这样折腾。众人用力扎了半个时辰，直到拿起的毛竹染得通红才罢休。

再三确认那长虫死了，众人呼声震天，一个个得意不已，七嘴八舌地商量着怎么把这长虫弄出来抬回村中。

留下柳林峰主持事宜，李通崖与李项平带着李叶生等心腹悄悄绕到了大榕树之后。见茂密的草丛间满地的白骨，李叶生叹息着开口道："李叶盛几年前上了后山便不再回来，想必就是撞上了长虫觅食，被这长虫吞食了。"

李项平十分自然地点点头，李通崖却望着那棵挂着五枚红莹莹果子的小树，神色凝重，扭头对李叶生道：“带人看着这儿，不要让任何人过来。”

…………

今夜的黎泾村灯火通明，家家户户欢声笑语，孩子们过年节一般在村中跑来跑去，嬉笑打闹。

柳林峰带着人在村中的空地上生起熊熊燃烧的大火堆，大伙儿围在火堆旁说笑着，议论着那条凶煞一般的长虫，男人们得意地炫耀着，火光中一个个脸庞通红。

傍晚，李叶生足足用了十人才将那长虫拖下山，辛苦扒去了鳞甲，唤来村中的妇女将蛇肉细细片了，装了三大盆，用葱姜料酒腌好，在火堆旁边放着。每户各自拿了自家的肉菜来，在火堆边聊着天。李木田向来不喜这些热闹事，懒得出院门，于是李项平与李通崖两人唤来人看着那灵根，便先下山来。

“我等见识浅薄，也不识得这灵根，不知其功效忌讳，还是先放着，隔日便寻一处坊市旁敲侧击地问问。”李项平坐在火堆前，扭头对着哥哥道。

“自然。”李通崖点点头，抬头望着那三个木盆，用手拈起一片蛇肉，见那肉切得薄如蝉翼，仿佛透着白光，顿时笑道，“《黎夏秘笺》有言：‘鳞兽鸟虫而成妖之属，吞吐日月精华，血肉灵气滋生，食之强身益体，充盈气血。’还是让父亲多用些。”

“早已送去院中了。”李项平用签子扎起一片蛇肉，在火上滋滋地烤着，继续说道，“那蛇胆也有两拳大，送到院中泡酒了。”

两人边聊边说着，李叶生带着许文山走上前来。李通崖抬起头，挑挑眉，示意两人有话就说。

“你欲在这古黎道上沟通商业，将诸村的富余之物卖出去？”

听完许文山信誓旦旦的描述，李项平与李通崖对视一眼，皆是若有所思，这许文山所谋之事正与两人不谋而合。

李通崖思忖了几息，开口道："不错，此事便由你和柳林峰一同来负责。除去你那些个伙计，其余的人手便先从柳家抽调。"

见许文山大喜过望，李项平沉声道："古黎道上还有几个仙家，若是要通商，少不得问过他们。你先派人去小心试探接触，将古黎道上有人烟之处先行标记，先做出一幅舆图来。"

"属下明白！"许文山仔细听完，这才抬起头拍着胸膛打包票道，"主家放心好了，我老许在夏黎道上走了二十多年，这些走道的技巧烂熟于心。若不是从没来过这古黎道，我当即就能把这图画出来。"

许文山风风火火地回去找他那些伙计，李通崖吃着蛇肉，闷声对李叶生道："舅舅在家里也闲得慌，不如出来做点儿事。那许文山鬼精鬼精的，虽说安插了大半柳家人进去，但还需叶生你注意着些，莫让他太得势。"

"我明白！"李叶生连忙回答，跟在两兄弟身后这么久，他做事也逐渐熟门熟路起来。

"明日里找些可靠的自己人，上山把那榕树用小院围起来，以防别人偷窥了去……"

李项平说完这话摆摆手，李叶生自觉地退下了。李通崖则轻轻叹了口气，沉声道："若不是我李家实在是拿不出人手镇场子，倒也不必这样千算万计提防着。"

李项平闷头吃着蛇肉，默默攥紧了手中的签子，回答道："本该去一趟那坊市的，买一张舆图再容易不过，只是我们兄弟俩修为低微，那坊市不知底细，还是不要冒险。"

"放心好了！"李通崖见李项平闷闷不乐的样子，哈哈一笑开口道，"如今泾儿入了宗门，家中灵苗长势良好，族中出了有灵窍的弟子，又发现了这灵根，我李家正是一派欣欣向荣，若是太过不满足，反倒招来祸事。"

这话听得李项平一愣，若有所思地点点头，笑道："谨记兄长教诲！"

…………

李承福如今搬到了主家附近，生活算是彻彻底底变了样，自己回归了祖姓不说，整个黎泾村谁谈起他李承福不说一声“真是好福气”？走在村子里不说横行霸道，起码是人模人样了，谁见了他李承福不得恭恭敬敬地唤上一声？

那些叶家族老自然眼睛都要羡慕掉了，就连平日里看也不看他一眼的柳林峰，如今见了他也得赔着笑唤他“承福”。但有一说一，李承福虽然得意得很，却还是不敢在柳林峰面前摆谱，人家毕竟是少家主的亲舅舅，虽然现在落魄了，谁知道会不会有东山再起的一天？果不其然，这柳林峰才落魄了几个月，就因为主家的一道命令，一眨眼就管上了几十号人。他村前村后地跑，说是要画什么地图，他的笑容都快印在自己脸上了！

坐在村中的小店中，李承福有滋有味地尝着小酒，望着柳林峰一天天地忙得像个转开的陀螺，嘿嘿一笑：“我看你柳林峰的差事也不轻松哇，哪有我过得舒服！”

“福哥，你同我讲讲，这修士都有哪些神奇手段呗！你们一天天地为啥净往山上跑？”

看着身边围着自己眼巴巴地问着八卦的闲汉们，李承福冷哼一声，甩了甩袖口，高声道：“闭嘴！统统让开！”

他李承福才不傻。李家人丁单薄，李家的庶出也算是主家的心腹了。那山上的小院他与两个孩子正在一起建，李叶生吩咐过不得外泄，他能傻到把自己家卖了博人眼球？他心里算得清楚明白，自己的孩子身怀灵窍，又是李家血脉，除去现在掌事的李通崖、李项平、李叶生三人，那第四把交椅是坐定了！那柳柔绚是个外姓，哪里能来掺和？

如今自己和一仙两凡三个孩子都改成了李姓，李家的利益就是李秋阳的利益，就是他李承福的利益，他能把自家卖了吗？

“干活去了！”李承福摆摆手，将碗中的清酒饮尽，从一众闲汉中大摇大摆地走出来。那山上的院子建得大，工期又短，他李承福可没多少时间在此处浪费。

…………

青穗峰的峰顶坐落着一间镂月裁云的小阁楼，此时温和的晨曦流淌在阁楼之上，照得楼间一片金黄。坐在阁楼前青石上的李尺泾缓缓吐出一口清气，张目望向眼前无边无际的云海，俊俏的眉毛一挑，暗自道：这青元轮算是修成了！我家这法诀好大的来头，修成的竟然不是一般的青元法力，而是月华青元，不但法力凝实，法力也远远胜过一般的法诀。

起身理了理身上的青袍，李尺泾步入阁楼中，从墙上取下一把寒光湛湛的宝剑，手腕一转，舞出一道剑花来：师兄给的这《玄水剑诀》也算是入门了，虽说三品的法诀至少要练气期才能驾驭住，但好在法诀本身是极易学的。

不知父亲身体可还好，哥哥们可曾修成了周行轮？听闻北面的镗金门近来蠢蠢欲动，两家边界接壤数千里，我李家不知是否受到波及。想到这些事，李尺泾也没了练剑的心思，趴在案前漫不经心地翻着玉简，心思已经跑到千里之外的李家去了。

“师弟！”随着一声带着笑意的高呼，阁楼外走来一个浓眉大眼的男子，正是师兄萧元思。他笑着望了望案前的李尺泾，开口道：“师弟，你猜猜我带来了什么好消息。”

“师兄，你莫要开玩笑了。”李尺泾苦笑地摇摇头，将手中的玉简收好，摆出一副洗耳恭听的样子。

“师傅让我去黎夏郡办事。”萧元思一挑眉，紧接着询问道，“你可有要带的家信？”

“有！多谢师兄！师兄太好了！”李尺泾顿时兴奋不已，连声道谢，取来了笔墨纸砚，当即写了起来。

萧元思笑了笑，轻声道：“你慢慢写，今夜给我即可。”

…………

天色将明，李项平从入定中缓缓醒来，思忖道：“已经充盈了气海，再修炼小半年就能尝试凝聚周行轮了。”

算算时间，李项平在这周行轮足足卡了近四年，修炼速度慢得令人发指，泾儿此时恐怕都已经开始冲击青元轮了。走出房门，田芸正在门口晒着太阳，见李项平前来便欲起身。

“慢着慢着。”李项平见状连连摆手，搀扶住田芸的手，轻轻说道，“你如今怀着身孕，便千万小心，别伤了胎气！”

田芸温和一笑，望着李项平的眼睛细声细语地回答道：“自从怀了孕，这身子总不利索。”

打了个哈欠，她带着点忧愁地开口：“如今听说秋阳那孩子修炼进步神速，我还时常想，我们这孩子若是身上没有灵窍，只怕百年之后主弱枝强，恐非我李家幸事。”

李项平听了这话顿时一愣，亲昵地摸了摸她的脑袋，哈哈大笑道：“你放心，我们的孩子身上同样会有灵窍，家中的事我来负责即可，你不必操心。至于李秋阳，他不过早些修成玄景轮罢了，不必太过在意。”

田芸见丈夫李项平信誓旦旦的模样，轻轻靠在他怀中，呢喃道：“你心中有数便好。”

两人正温存着，柳林峰却急急忙忙地冲进了前院，见了这情景连忙刹住腿，一时间憋了红脸，进也不是退也不是。

田芸轻轻一笑，由任屏儿搀扶着退下了。李项平则是有些诧异地盯着柳林峰，笑着问道：“舅舅什么事急成这样！”

“我手下有个柳家孩子，出了黎道口，沿着古黎道走了几十里，偶然见了一名打猎的农户。那人警惕非常，见了我们的人就跑。那孩子没敢去追，记下了地点就回来报告了。”柳林峰气喘吁吁，急忙对李项平说。

李项平皱着眉头，刚准备说话，门外又匆匆闯进一个人影。两人定睛一看，却是李叶生，他也是满脸通红，气喘吁吁，眼看着是从村头急忙跑来村尾的。他一口气也不敢喘，开口道："家主！梨川口有人来报，有位修士自称青池治下万家修士，前来拜访。"

"坏了！多半是跟着那孩子找过来了！"柳林峰一拍大腿，满脸懊悔地给了自己一个大嘴巴子。

李项平揉揉眉心，长长出了一口气，沉声道："先别慌，来人也是青池治下，不至于直接出手。"

抬头望了望周边围着的众人，李项平唤道："二哥呢？"

"仙师一早去了山上，现在还未下山。"

"舅舅你上趟山，把来龙去脉告知二哥，告诉他待在后山不必下来。叶生，你随我去那黎道口。"

柳林峰应了声"是"，急忙上山去了。

李项平带着李叶生，身后跟着几个黎泾村的村丁，踩着乡间小道往黎道口赶去。到了黎道口，他们迎面撞上了许文山的伙计。李叶生边走边问那男子："那人怎么说？"

"那仙师可安静了，坐在老大的院子里一句话也不说，闭着眼调息。"那男子倒也镇定得很，开口回答道。

才说着，众人已经到了门前。李项平整了整衣物，迈步向前，望向坐在首位那人。那男孩看上去稚嫩得很，十几岁的样子，面容清秀，身着一席月白长袍，此刻已睁开眼，正望着李项平。

"青池治下，李项平。"李项平未曾修成玉京轮，还未诞生灵识，故而摸不透这男孩的实力，谦虚地拱手道。

谁知那男孩听了这话仿佛松了口气，连忙起身，恭恭敬敬地道："青池治下，万家万元凯，见过李家家主。"

"不敢不敢，在下不过是李家的一位小修罢了，家主乃是家父。"李项平连连摆手，见这人谦虚得很，心中大石落定，顿时有了笑意。

"前些天家父听说青穗峰那位在古黎道以西调遣了人来镇守，顿时惊喜不已，就派了小修往西探查，想结识诸位朋友。我又刚好撞上了贵村的人，于是不告而来，还请恕罪。”万元凯却是兴奋不已，礼貌地赔了罪，浅浅笑道，“家父却是让我带了礼物来。”

李项平顿时吃了一惊，见万元凯满脸笑容，心中念头转动，暗道：这万家未免也太过热情，要提防着些。

他面上笑容依旧，朝万元凯拱了拱手，连连摇头道：“令尊太客气了！这可收不得！”

万元凯摇摇头，从袖中取出个松木小盒子来，将打磨得光亮的小盖一开，内里用布帛衬着一枚青白色的果子。这果子表面披着一层光滑如蛇鳞般的角质，看上去青白交映，在日光下反射着毫光，卖相着实不错。

万元凯却面带尴尬之色，低声道：“我万家内外交困，年年入不敷出，只有这枚松越果对塑造承明轮有些好处，还算拿得出手，因此家父便着小修携了来，意欲赠予李兄。小玩意儿不值一提，还请李兄千万收下，我才好回去复命。”

见李项平端详着那果子，万元凯恍然，连忙解释道：“用小刀割开表皮，饮下汁液便可。”

李项平看着那果子，脑海中却在不断权衡，心中暗道：万家内外交困，又何必告诉我？岂不是平白惹人觊觎？罢了！管他玩什么把戏，先看看情况吧！

“那我便却之不恭了！”李项平哈哈一笑，见李叶生上前接了那盒子，小心翼翼地捧下去了，这才话锋一转，正色道，“却有一事要麻烦万兄。”

“叫我元凯即可，请讲！”万元凯连连摆手道。

“我李家孤陋寡闻，对这周边诸家一无所知，万兄可愿为我解惑？”

“自然可以。”万元凯点点头，见李叶生取了纸笔，挽着袖口在纸上画了一条细线，解释道，“这便是古黎道。”随后他在古黎道中部画了一个圈，写上了个“李”字。李项平点点头，也接过一支笔，蘸蘸墨水，在“李”字的上下各画了一个圈，写上了“望月湖”与“大黎山”。

“我李家背靠大黎山，面朝望月湖，古黎道横穿而过。”

万元凯点头，在李家右边画了一小圈，解释道："东边是我万家。"又提笔在万家头顶画了一个大圆，郑重其事地开口道，"这是镗金门汲氏。"

"镗金门汲氏？"李项平心中顿时一凛，反问道。

"正是！这镗金门是北边大徐的仙宗，实力与我青池宗相当。望月湖大得很，穿过湖心往北去是镗金门的山门镗刀山，汲家便是这镗金门治下的势力。"

李项平一面朝着万元凯点点头，示意他继续说，一面在心中苦笑道：还真是怕什么来什么。

"十几年来镗金门与青池宗摩擦不断，两宗虽然尚未开战，边界已经有十多个家族破灭，数万凡人流离失所，双方都在互相试探罢了。"万元凯神色不安，像是道出了他心头惴惴不安许久的担忧，"这汲家屡屡出击，冒犯我万家的领地，整得我万家苦不堪言。那汲家家主汲登齐前些年修为已至练气期，我父亲不过初晋胎息境玉京轮，敌他不过。

"每每我家灵稻成熟时，那汲家人便蒙上面纱，装作散修，到我村中劫掠。我等数年来只好龟缩在山上，任那汲家劫掠灵稻。"

说到这儿，万元凯眼眶微红，紧紧攥着拳头。

李项平听了这话，已然猜到了万元凯的来意，神色有些难看，开口道："我李家势单力薄，恐怕帮不到什么忙。"

看着万元凯神色悲愤，李项平连忙问道："万家上下还有多少修行者？"

万元凯顿时一滞，迟疑地望了望李项平，一咬牙开口道："家父是玉京轮巅峰，我才修成青元轮，家中还有两个小辈，刚成了玄景轮。那汲家除了那老贼成就了练气期，还有两位是周行轮，一位是承明轮，至于玄景轮，应还有几位，但从不同来劫掠。"

李项平听了这话，有些疑惑地问道："曾有宗内的人同我说，遇了敌袭可用玉印向宗内求援，宗内派下一名筑基期仙修便可解你燃眉之急。”

“我等哪里请得动筑基期修士！”万元凯叫道，咬牙切齿，双拳紧握，一副苦大仇深的样子，“我等催动玉印，待到城中的练气期修士赶来至少要两个时辰，到时什么都晚了。灵稻尽没不说，三番五次求援还要平白无故得罪那来援修士！”

才说完这话，见着李项平又要开口，万元凯连忙续上：“如今父亲派我来拜访诸位，也是想与贵族结盟，以借各位之力……”

李项平暗叹一声，既然万元凯已经开口，他便放弃了多挖点儿消息出来的想法，苦笑道：“非是不愿，实是不能！我李家人丁单薄，年前才踏入修行之门。家父四子，大哥早逝，小弟虽然修为高却已经去了仙宗修行，家兄与我皆修为浅薄，尚不如你，又拿什么去和那汲家对抗？”

“不是还有令尊吗！”万元凯满脸希冀地望着李项平。

“实不相瞒，家父不过是一介凡人……”

“不可能！一介凡人怎么生出三胎灵窍？家父玉京轮修为，足足生了十七个孩子，才得我这一个。”万元凯顿时满脸质疑之色。

李项平当下大骇，心中念头闪动，几乎没有迟疑地顺着他的话苦笑道：“家父早年与人动手，被废去了修为……”

万元凯顿时色变，有些羞愧地答道：“却是我莽撞了！令尊想必已修成大道之基，却是元凯唐突了。”言罢呆呆地坐回位子上，眼中满是忧愁之色。

这边李项平也是心惊胆战，刚才万元凯那一声着实吓得他脊背冷汗直流，差点儿维持不住神色。原来这修士修为越高，生子具有灵窍的概率就越大，自己差点儿在这微不足道之处露了马脚！

看着万元凯神色低沉，李项平平复了一下心境，开口道：“那这古黎道的尽头，我李家之西，万兄可知是何状况？”

“古黎道以西……”那万元凯愣了愣，望着那图纸凝神作思忖状，“大黎山山势倾西，古黎道往西多半渐渐进入山中，这一段向来没听说有什么人烟，倒是听说……”

“听说什么？”李项平连忙问道。

“听家父说，祖辈往西探索过，黎道往西有山越出没。”

“山越？”

…………

将万元凯所知道的消息挖得一干二净，李项平这才送走了怅然若失的万元凯。他将手中的草图小心收好，便带着李叶生回了黎泾村。

多亏了诸村年年源源不断输送来的田税，李家才能够供养起更多的工匠，这些人主要修建后山的小院，在工期松时也负责修缮黎泾村。而黎泾村经过大半年的修缮已是变了模样，打磨好的青石板一块块地拼接起来，从李家门前一直蔓延到村口，作为黎泾村最主要的干道，为这诸村权力的枢纽扩散着影响力。

村中的富户们也模仿起李家的青砖瓦房，对着自家的土坯茅草屋改造起来。柳林峰等人没敢用青砖，而是用的次一等的白砖，再用灰泥勾勒墙缝，虽说不比青砖填白缝亮眼好看，但也算得上气派了。

远远望向村后的几片建筑群落，白砖的小院簇拥着青砖灰瓦的主家，在缥缈的风雨中却也有了江南小镇的味道。

李项平回到院中，便见李木田带着李玄宣坐在院中歇息。李木田精神抖擞，行动利落，手中端着茶碗，老神在在地坐在桌边，仿佛已经从几年前的丧子之痛中走出来了。

如今李木田不大管事，但谁也不敢小看这老汉，虽说李木田只是凡人一个，但李叶生等人怕他还是远远多过李通崖与李项平。

“宣儿！”李项平笑着将飞扑来的李玄宣抱起。这孩子到了读书的年纪，李家还是请了韩文许当蒙师。李玄宣聪明伶俐，教授起来也不费劲。

“今日我同谢文去了芦苇荡，他说叶生叔小时候就是在那儿放鸭子！”李玄宣笑嘻嘻地抱着李项平，稚声道。

李家做主为李叶生结了亲，李谢文便是李叶生的孩子，方才五六岁，天天跟在李玄宣身后东奔西跑。

“可不是嘛。”身后的李叶生笑吟吟地回答。

“把二哥叫回来。”李项平扭头笑着吩咐了一声，看着李叶生应声退下，渐渐远去，这才望向李玄宣。

“那时，三叔我便在一旁捉鱼。那鱼可肥了，一身青鳞，滑不溜秋。”李项平将李玄宣放下了，捏了捏他的小脸，目光却游移不定，呆呆地望着远方，仿佛陷入了某种深刻的回忆中，“那鱼儿是三叔吃过最好吃的鱼，那是天上鱼，鱼中仙……”

“那万家如何？”李木田低低地望了一眼，将手中的清茶往桌面上一放，出声打断了李项平。

“实力远胜我李家，源远流长，族中有玉京轮修为的家主，更是有那万元凯，年纪轻轻就成就了青元。”李项平拍了拍李玄宣，让孩子自个儿去玩，抬起头答复道。

才说着，李通崖便迈步进了院中。他脸色凝重，寻了位置坐下，仔细听着李项平述说。李项平一口气将万元凯那些话统统讲了，这才捧起茶碗，边大口大口饮着，边望着两人。

“这万家若是真的内外交困，我们能帮扶还是要帮扶下。汲家近在咫尺，若是这万家当真倒下了，唇亡齿寒，下一个遭殃的多半就是我李家了。”李通崖默默听完了李项平的话，举着那草图看着。

“万家要救，但要有救法，得是我李家最得利的救法。项平，你且听着。”李木田眯了眯眼，眉毛一挑，静静地望着杯中茶，又开口道，“万家说汲家夺他灵稻，那便如此回复——就说我李家还有空余的灵田，却没有人手，叫他派个人来我李家，就在此地种稻，收成我李家抽三成。若是那万元凯真派了人来，那就说明他万家确实为汲家所困，苦不堪言。”

“正是。”李项平点点头，显然与父亲想到了一块儿，正色道，“只是这汲家对万家的灵田了如指掌，想必万家内部已被渗透成了筛子，这事情千万要让那万元凯做得隐秘。此刻我李家万万不能对上那汲家，在万家背后默默推动支持即可。”

“不错。”李木田赞赏地点了点头，轻轻抿了口茶，继续道，“两家实力远胜于我家，此刻还是要韬光养晦，积蓄实力。汲家咄咄逼人，其心可诛，而那万家虽说同是青池治下，但在卧榻之旁，也须提防着。”

李通崖望着那草图看了半晌，突然开口道：“这图中的汲家，可与我李家有毗邻处？”

“有。”李项平点点头，在黎道口处点了点，沉声道，“古黎道在此处分岔，一路往北，直入那汲家境内，一路往东，通往万家境内。”

李项平顿了顿，看着李通崖若有所思的样子接着道：“我问过万元凯，他说一百多年前，有个妖物集结了几个小妖，在通往汲家的道上建了个妖洞，于是那条道从此断绝。那片地汲家已经弃了不要，只是名义上还归汲家管罢了。”

“原来如此！”李通崖恍然道，“如此倒是不必怕那汲家入境。只要万家不倒，汲家万万威胁不到此处。”

“那妖物倒也聪明，选择了青池宗和镗金门的交界处，一心窝在它那妖洞里修炼，也不出来惹事。”李项平轻声说着，扭头望向李木田，“听万元凯说我家的西边有山越出没过，父亲，您当年与那山越交战，可曾有什么消息？”

李木田摆摆手，开口道：“要说外貌，那些山越人与我等无甚区别，无非断发文身，言语不通，且山越好武习战，崇尚气力，族中有那劳什子巫觋，善诅咒驱兽，不好对付。你等的驱邪术不知效用几何，只要能应付那诅咒，村丁与敌人又在伯仲之间，倒也不是不能对付。”

“倒是不急。”李通崖出言道，手指在舆图上的李家轻轻一圈，开口道，“万家受了那汲家多次挤压切割，司元白给我李家划分的区域又大，如今我李家地盘甚至要大过万家地盘。地广而人稀，我李家实力又低微，不过是虚胖罢了，那山越不来，我等也不必招惹他们。有万家在前头抵挡着，我李家先发育几年，彻底掌握这些地盘再言其他。”

…………

万萧华坐在桌前，神色掩盖不住地疲惫。他这个玉京轮修士已经在升阳府凝聚了灵轮，按理三天三夜不睡觉也能精神抖擞，可近来糟心事太多，他自觉有些支撑不住了。

“那李家派人传来的信，元凯你如何看？”揉了揉太阳穴，万萧华疲惫地望向下首的众人。

万元凯还未曾开口，身旁就有一壮汉大大咧咧地出声道：“还能如何看？这李家实力不强，想得倒美。就凭他李家两人，家主一人杀上门去，就能逼他们将那些灵田统统交付我万家！”

那人浓眉大眼，一双虎目雄赳赳地盯着上首的万萧华。

蠢货！万萧华在心中暗骂一句，开口反问道，“那李家有人在宗里修行，宗里若是责问下来，我等如何自处？”

“这……”

见那壮汉一时说不出话来，万元凯这才上前一步，开口道：“这李家要三成，我等便给他三成。家中库存年年减少，眼看要交不上供奉了，一切还是应以存亡要事为主。”

万萧华点点头，又轻声道：“三成想必还可以谈，汲家势大，唇亡齿寒之下，李家不至于逼迫我等太甚。”

谈到这汲家，万萧华也是表情阴鸷，他将手中的信笺轻轻放下，继续道：“前些年还是以余部山为界，如今已经变成以古黎道为界了。那汲登齐老贼欺人太甚，我等实力不足，这些年屡屡退让，竟然没有一口喘息的机会。”

万元凯咬牙切齿地点点头，长叹道：“好在绝处逢生，那大黎山北麓灵机地脉渐复，给了我万家一线生机。可惜不在我家手中罢了。”

万萧华却轻笑一声，冷冷道："如今已是最好了，我万家占了那大黎山北麓也需人手去守，将你等派去了谁来守这华芊山本家？更何况兹事体大，惊动了汲家，他汲登齐能眼看着我万家扩张？

"汲登齐私底下派人去接触我家治下的旁支蠢货，引得众人首鼠两端。接触李家或是遣人过去必须做得隐秘，万万不可让那汲登齐知晓了！"

万元凯重重点头，回答道："我已让族弟假死，脱身去黎道口了，汲登齐的耳目不过是些凡人，看不出什么。"

"天仓能言善辩，又冷静谨慎，这事交给他我最是放心了。"万萧华言罢提笔在面前的舆图上轻轻一勾，目光阴冷，低声道，"钝刀子割肉，却也要小心我万家反咬一口。"

第四章 太阴玄光

李通崖调理好气息，感受着体内涌动不息的法力，轻笑一声，感慨道："周行不息，将近四年，算是成了。"

"恭喜崖哥更进一步，修成了周行轮！"身旁的柳柔绚笑吟吟地将垂下来的碎发拢到耳后，黑瞳直直地望着李通崖，带着笑意贺道。

"不过是胎息境小修罢了，没什么好贺喜的！"李通崖轻轻地偏过头去，不动声色地避过柳柔绚的目光，略有些慌乱地回答道。

"嘻嘻。"

看着柳柔绚在一旁傻笑，李通崖无奈地摇摇头，望了望天色，开口道："闭关了一天一夜，我先去见项平。"

"是。"柳柔绚用力点头。

李通崖出了黎泾小院，才到李家前院，便隐隐约约地听见正院中声响，便停下了脚步。

"娘！为什么大家都有爹爹，我偏生没有！"任屏儿正在院中静静地缝制衣物，李玄宣带着些哭腔，跪在地上抱着任屏儿的衣裙，委屈巴巴地开口，"人家李谢文都有爹爹，我爹爹去了哪儿？"

任屏儿闻言连忙蹲下去抱李玄宣，有些哽咽地回答道："你父亲去了很远很远的地方……"

"娘骗我！娘骗我！"李玄宣用力挣脱任屏儿的怀抱，哭叫道，"哪有去了远方不往家中寄信的！他们都说爹爹死了！"

任屏儿顿时哑然，有些不知所措地望着哭闹的李玄宣。李通崖听着心头难受，长叹一声，迈步走到正院中，轻轻抱起李玄宣。

李玄宣见了李通崖，顿时抹着泪泣道："二叔，我爹爹呢？"

李通崖轻轻拍着李玄宣的背，有些酸楚地回答道："你爹爹是个好人，是个宽厚的兄长……"

正安慰着李玄宣，李叶生便敲门进了前院。任屏儿见了他连忙拉着哭哭啼啼的李玄宣下去了，只余下两人在院中。

"什么事？"李通崖收敛了情绪，沉声道。

"有个一身猎户打扮的男子在门前求见，自称是万家应约来的人。"

李通崖顿时一愣，摸了摸下巴，对着李叶生摆摆手："让他进来吧。"

李叶生便带了人进来。那人样貌普通，穿着皮甲，身后还背着一张长弓，眼睛倒是颇为明亮，上来便望着李通崖拱拱手："万家万天仓，拜见少族长！"

李通崖一挑眉，心中暗觉此人远胜万元凯，恐怕不是个好对付的，可明面上还是笑着应道："担不得少族长之名，不过是管管村中的琐事。"言罢一摆手道，"请。"

万天仓顿时眉毛一挑，心中暗道：听闻那李老爷子不常露面，由这两兄弟共治李家，并无主次之分。如今看来这李通崖倒是言语谨慎，也不知那李项平是何等人物。

他心中思忖不断，嘴上却笑道："客气了。"

万天仓进了正院。老爷子正坐在上首位上饮茶，看见他只是淡淡一点头。万天仓见李木田气度不凡，又异常淡定，心中暗自惊叹道：这人想必是那李家老爷子了，不愧是曾经有筑基期修为的前辈，风采不同寻常。

他连忙下拜，起身时却已是满面泪痕，哽咽道："拜见前辈。"

李木田将手中茶碗一放，沉声道："何至于此啊？"

万天仓抹了抹泪，答复道："见了前辈风范，晚辈便想起晚辈的父亲，他老人家遭了汲登齐的毒手，连着丢了族中九百斤的灵稻，几乎要交不上后年的供奉了！"

"九百斤？"李通崖与上首的李木田对视一眼，眼中皆有了然之色，李通崖暗想：这人想动我家那三成收成的份额！

万天仓声泪俱下，描述那汲家如何残暴，万家又是如何岌岌可危，万李两家一荣俱荣一损俱损，说得侍奉在旁的李叶生都不禁动容。李木田却低着眉，不为所动地轻轻抿了口茶，随后开口道："万家处境竟然已经困难到了如此地步？"

"正是！"万天仓望着李木田，咬了咬牙，明白眼前是个不见兔子不撒鹰的主，从怀中掏出一卷兽皮卷，"临走前族兄特地嘱咐后辈，今后在李家衣食住行间多有叨扰，要后辈带上一卷阵法，以报贵族之恩。"

李木田摆摆手，李通崖便上前接过，听着万天仓解释道："这阵法唤作迷障阵，是由祖父一百年前在坊市买来，用上炼成的阵旗便可布阵。祖父最喜阵法，家中的山阵便是由他布下。

"此阵本是他买来印证自身阵道的，他坐化后，族中再无精通阵法之人了。"万天仓唏嘘不已，将手中兽皮卷依依不舍地双手递给李通崖。

李木田见着李通崖一点头，这才笑着道："却是客气了。万家与李家同为青池治下，自然应该互帮互助。如今万家有难，李家岂能乘人之危？那收成我李家便只收一成半吧！"

万天仓哪还能说些什么，低低苦笑一声，回答道："谢过前辈！"

李木田轻轻应了一声，李通崖便带着万天仓、李叶生等人退出去了。

才出院门，万天仓便望着李通崖，带着些希冀问道："不知贵族将那灵田安排在何处，还请带天仓去看看成色。"

"这是自然。"李通崖点头，边沿着青石板路走着，边开口道，"我李家治下沿着古黎道有两个村落，其一曰黎道口，正在天仓兄来的方向；其二曰梨川口，位于望月湖畔。而这租出的灵田，便位于梨川口。通崖已经吩咐人建了小院，田块还算完整，年产在七十斤左右。”

万天仓点点头，示意自己明白，扭头评价起路上黎泾村的风景来：“这路修得倒不错，凡人来来往往，道路竟也算得上干净整洁，实属难得。”

“天仓兄过誉了。”李通崖低笑一声，又继续说道，“听说这周边有仙家坊市，我李家初创，却是不甚了解。”

“通崖兄总是要从我等处多挖些消息出来！”万天仓哈哈一笑，打趣了李通崖一句，又正色道，“我不过修成玄景轮，未曾去过坊市。族兄和家主一同去过，倒也说了不少东西。那坊市位于望月湖中的一片小洲上，由一筑基期巅峰的散修所开。月望之时便有大船来往岸边，接收些散修或是我等这些小家族的修士去那小洲之上。

“据家主说，最好成了玉京轮再前往那小洲，以防路上出事。”万天仓生怕李家派人去送死，还得怪罪他万家，连忙提出忠告。

“我等自然懂得。”李通崖点点头，将这重要信息记在了心底，随口和万天仓聊了起来。

不多时他们便到了梨川口。陈二牛听说李通崖带着别家修士到了梨川口，吓得带着人急急忙忙地前来迎接。万天仓估摸了田地大小，又测了灵气和土质，朝李通崖点点头，示意自己已经认可了。李通崖便笑着摆摆手道：“万兄一路前来想必也疲惫了，通崖还须处理家事，就先告辞了。”

言罢，他吩咐李叶生和陈二牛为万天仓安排好大小事宜，转身回了黎泾村。

…………

如今的黎泾村后山已经热闹了许多，村丁们也都唤这山为黎泾山，山上的一片片密林间多了不少青砖小院。青砖灰瓦点缀其间，颇为好看。

蜿蜒的石板路从山脚绵延至山顶，山脚下就有村丁看着。他们见了李通崖连声恭敬道："恭迎仙师。"

随意点点头，李通崖踩着石板路向上走了一炷香的时间，一间小院便跃入眼帘。先生韩文许正在此处教书，院中都是半大的孩子，粗略一看有五六十个，一个个端端正正地坐在树下听他讲课。

不只黎泾村和泾阳村，远些的黎道口和梨川口都有孩子前来求学。家中有些积蓄的大户才供得起一两个孩子读书，自然只能送到梨泾村来了。望望坐在里面读书的李玄宣，李通崖暗自思忖道：再过几月，等孩子大些身子定型，便能测一测灵窍了。那鉴子的玄珠符种尚有三枚，倒也不惧宣儿身上无灵窍。算算日子，再过几月田芸也要生了。

不知怎的，李通崖脑海中突然浮现出柳柔绚的样子，吓得他连连摇头。他在原地愣了几秒，苦笑着继续往山上走去。过了学堂，便是一百二十六级的阶梯，一道刷着红漆的大门矗立在平台上，门口坐着一位头发斑白的老人。

"田叔！"李通崖打了招呼，见田守水正乐呵呵地拿着小锤和一个做了一半的木马。

"通崖回来了？"田守水笑着说，有些不好意思地挠挠头，指了指手上的木马，"这不是芸儿要生了，寻思给孩子做点儿东西玩。"老人年轻时受了不少伤，年龄到了老得便快，与李木田一般大的年纪，看上去老了十岁不止。

"好的，您慢慢做。"对于这位如同父亲般的老人，李通崖尊敬得很，同他打了招呼，这才进了院中。

李项平缓缓从入定中醒来，吐出一口浊气，望着李通崖开口道："二哥成了周行轮？"

"是。"李通崖挑挑眉，带着笑意回答。

"还是快我一步。"李项平作郁闷状，自己却忍不住笑了，起身伸了伸懒腰。

将万天仓的事情说了，又将那阵法往桌上一放，李通崖端起桌面上的茶碗饮了起来。见李项平一副低眉沉思状，李通崖问道："怎么？"

"万天仓比那万元凯难对付得多。"李项平抬起头，表情平静地道。

李通崖轻轻一笑，正欲开口，却见田守水探出头来叫道："林峰来了！"

两人疑惑地对视一眼，见柳林峰急匆匆走进院中，抹了抹汗水，望着两人道："山下来了位仙师，自称是从青穗峰来的。"

"青池宗青穗峰？"李通崖与李项平顿时面面相觑，李通崖迟疑了几息，开口道，"仙宗上使，应是与泾儿有关。"

李项平连忙起身，带着众人往山下去，没想才出了院门，便见着一位身着月白长袍，腰间佩着一连串锦囊的修士。那修士面容俊朗，气质出尘，静静地站在院前，笑吟吟地望着几人。

"青穗峰萧元思，见过诸位道友。"萧元思轻轻拱手，面带笑意地道。

"李家李项平，拜见青池宗上使。"李项平不敢托大，带着身后众人连忙拜下。

萧元思微微侧身避过，笑着开口道："诸位都是师弟的家人，不必行此大礼。元思此次前来只是代表个人，非是什么仙宗上使。"

几人连声应诺，李项平恭声道："仙师请进。"

在这青池宗的高修面前，李通崖几人与凡人无异，这声"仙师"叫得出自肺腑。

萧元思迈步进了院中，寻了处坐下，轻声道："元思本是应了师门要事，前往这黎夏郡收妖，师弟却对家人想念得紧，我便让他写了信，一并带到大黎山来。近日与那妖物一追一赶，耽搁了许多时辰，昨日才打杀了那妖物，便不请自来，还望诸位勿要见怪。"

"不敢不敢，仙师不远万里来送家信，李家感恩莫名！"李项平恭敬地答复道，见那萧元思递过来一根大拇指粗细的青绿色竹筒，连忙接过。

“你等先看吧！”萧元思接过下人奉上的茶，轻轻抿了一口，笑着道。

李项平等人连忙点头。李通崖将那竹筒上用来密封的蜡油用大拇指轻轻抹去，往掌中一倒，倒出一封蜷曲的淡白色的信来，连忙展开来看。只见上面写道：“泾顿首，离家四年有余，不知兄弟父母身体还可康健。泾儿在仙宗一切安好，如今已修成了青元轮，玉京在望，又修了剑法，修为大进……

“师兄萧元思，修为臻至练气期七层，最善炼丹，敦厚温和，家中若是有拿不定的事，便可向他求助，若是有什么需要的，尽管向他开口。日后他归来孩儿会在宗内补给他……

“随信送至玉简一枚，所录剑诀唤作《玄水剑诀》。孩儿修了些法术，皆是宗中所传，不得外流，唯有这练气剑法是师兄所赠。孩儿询问过师兄，他说可以送往家中。这剑法难度不高，家中大可练着防身。听闻镗金门多起边衅，家中还是暂且忍让，我已让师兄与黎夏郡的镇守修士打过招呼，家中若有事用玉印求救即可……

“我在仙宗自在得很，不必担心。在这儿修炼事半功倍，比在大黎山好得多。家中可有大事？玄宣可还听话？家中……可有异状？还请复我。”

李项平看完这信，心中不由一阵酸楚，眼眶微红，对着萧元思拱拱手道：“却是失礼了，劳仙师久等。”

萧元思笑着摆摆手，将一枚玉简摆在红木桌面上，开口道：“不必多礼，人之常情罢了，这是我那师弟要我一并带来之物。”

见李通崖上前把玉简收下了，萧元思轻声道：“家中可有什么难事或疑惑？大可提来。”

李通崖与李项平相视一眼，齐齐开口道：“是有些疑惑，还请仙师随我等来。”

几人挥退了左右，沿着山中院子的石板路一直往上走，不多时便到了一棵枝繁叶茂的大榕树前。他们轻轻绕过那榕树，见后面正立着一株挂着五枚果子的小树。

“咦？”萧元思低眉一望，手中法诀一掐，双手顿时泛起玉莹莹的白光。他这才伸手去摸那果子，又对着那叶子仔细地辨识了几息，这才解释道：“这灵根唤作蛇蛟果，一株应有六枚果实。沿着这灵根往上，越高处的果子越早成熟。当第一枚果子成熟时，唯有将这枚果子摘了，下方的一枚才会成熟。”

“这灵根特性如此，次枚与首枚的成熟间隔在五年左右，也可看作五年结一次果，一次一枚。看这首枚的成色，上一枚果子已经摘了四年多了，这枚也将成熟。”

萧元思将蛇蛟果最底下的枝叶拨开，果然看到一粒小小的嫩青色的果子，便是那新长出来的第六枚了。

“不知这果子有何用途？”李通崖仔细地听了，恭声问道。

“这果树我青池宗内也有十几株，几百年才会结出一金黄色果实来孕育新株，而这赤色蛇蛟果大多用来炼制蛇元丹，用于赏赐宗内有功的胎息境与练气期弟子，用以提升养轮练气的速度。”

李通崖与李项平顿时面面相觑，李家如今一穷二白，哪来的炼丹师！两人修炼了这么久，却连丹药都不曾吃过。

见两人一脸难色，萧元思轻笑道：“这果子若是生吃，估计也就供一人缩短养轮练气的时间罢了。”

又见两人一副欲言又止的样子，萧元思恍然大悟，开口道：“如今这枚果子，我便可先为你等开一炉丹药。以我如今的丹道修为，这蛇蛟丹成丹七八枚。不过按照规矩，我只能交予你等六枚，多出来的须归我。”

李通崖两人自然连声应诺，大喜道谢。萧元思便点点头，一拍腰间锦囊，右手顿时浮现出一玉盒。萧元思手中捏起一股法力，在果子连蒂处一点，又用法力承接，那蛇蛟果便轻轻落在玉盒中。

“草药灵果大多要以玉器装载，方不会伤了灵性，再用法力摘采，才不至于伤了果子。”萧元思一边摘着果子，一边轻声细语地解释道。

“明日便开炉炼丹！”他在锦囊上轻轻一拍，玉盒便消失在手中，看得李通崖两人羡慕不已。

“可还有要事？”萧元思收好了那玉盒，笑着问道。

“多谢仙师！”李项平两人先同他道了谢，这才从袖中取出一张兽皮卷来，双手奉上。

萧元思接过兽皮卷，将那缚着的白绳一解，右手轻轻一展，摊开来看。

“迷障阵？”萧元思举着那阵图看了十几息，摇摇头道，“我当是什么新鲜玩意儿，不过是雾里迷阵那一套，换了个名字罢了。”

将手中阵图一收，递给李项平，萧元思继续道：“我虽然对阵道不甚了解，但这阵图也太过简单，不过骗骗那些胎息境的修士，修成玉京轮便可全身而退，若是遇见练气期修士，破阵夺旗甚是轻松。”

“我李家一穷二白，有这阵法总能安心些。”李项平拱了拱手，苦笑道。

萧元思看着眼前不过承明轮的李项平和周行轮的李通崖，不禁失笑道：“对于你等确实是个不错的选择。”

轻轻一拍锦囊，萧元思手中顿时多了六枚小旗，这小旗蓝白的旗身上绘着一个个玄奥的咒纹，杆身棕红，看上去卖相不错。

“这是我在玉京轮时用的阵旗，旗身用的是白纹鲫的鱼皮，旗杆用的是赤桦木，在胎息境算是不错的宝物，与你这阵法也算契合。”

“如今这阵旗用不上了，便留在此处给你等布个雾里迷阵，今后你们要是寻了更好的阵图，也可凭借这阵旗来布置。”

萧元思笑了笑，挥手止住正欲道谢的李项平与李通崖等人，开口道：“十二灵石。”

李项平顿时哑然，讪讪笑道：“不知这灵石……”

“你等没有灵石？”萧元思当下一滞，开口解释道，“这灵石在修行者间便如同凡人的黄金白银，在坊市或者是店铺通常都以灵石来结算，大一点儿的家族上交供奉时也需要灵石。”

李项平听了这话心中一动，连忙询问道：“不知这白元果与灵稻能抵多少灵石？”

“若有这两物做抵押……”萧元思摸了摸下巴，思忖了一会儿，回答道，“这白元果十枚应能抵上一枚灵石，灵稻则需要一百斤抵上一枚。”

李项平与李通崖两人顿时无语，心中暗道：一百斤灵稻都能逼得万家派出修士在我家租田种稻，这十二枚灵石就是足足一千二百斤灵稻！怕是将我李家卖了都不值这么多钱。

见李通崖两人低头不语，萧元思顿时会意，轻声道：“也罢，你这迷障阵就算折给我了，抵作两块灵石，其余的先记在账上，等到你家凑齐了，便托黎夏郡接收供奉的师兄弟送来青穗峰。”

李项平苦笑一声，躬身谢过，便见萧元思掐了法诀，手中六面阵旗纷纷飘浮起来。

“着！”萧元思轻轻一托，那六面阵旗中的五面便拖着淡白色的尾焰腾空而起，宛若有了意识一般分散开来，一头扎进山脚的竹林中。

霎时间山脚下烟斜雾横，一层层厚重的灰色雾气弥漫开来，彻底将黎泾山笼罩。不多时，灰色雾气渐渐变淡，远远看去，山体上的众人也消失了，整座山仿佛定格在了这一刻，不再有任何变化。

“好了！我为你等布下的是宗内的雾里迷阵，要比那迷障阵好一些。”萧元思收手，将手中的最后一面阵旗往地上一插，顿时浮现出一个巴掌大的阵眼，分为内外两层，闪着淡淡的白光。“这阵眼分为外阵和内眼，若是外阵闪亮，便是有人从山脚下闯阵；若是内眼闪亮，就表明那人已经破阵入内了。”

萧元思拍了拍手，指着阵眼向几人解释道：“若你等修成了玉京轮，用灵识炼化阵眼，便可自如操控阵法。眼下你们只有周行轮的修为，只有在这阵眼的阵旗上滴下指尖血，方能被这阵法识得。”

“多谢仙师！”李通崖与李项平两人连忙上前滴了鲜血，那阵眼一阵闪烁，两人顿觉与这阵眼隐隐有了联系。

见了这派神异的场景，李项平原本因负上债务而沉重的心情也好了许多，他暗自思忖道：这雾里迷阵比预想的要好得多，能隐蔽山门，又能阻挡窥视的凡人，这阵旗也能反复利用，这十灵石也算花得值了。待到小辈长起来，这村中的灵田也都能利用起来，无非多还几年。这山门却是重中之重！尤其是那鉴子……

萧元思收了法术，笑着问道："你等可还有疑惑？"

见众人连连摇头，萧元思长笑一声，低声道："那我便去这山间转一转，杀些妖物，采些灵药，明日天明便回来炼丹。"

"恭送仙师！"李项平等人连忙道，然后看着萧元思唤出一道飞梭，踩着凌空而去了。

李通崖等萧元思走远，扭头对着柳林峰道："舅舅，这书院不适合在山上了，今晚就搬到山下去。"

"我去收拾。"柳林峰应声下去了，李通崖望着李项平开口道："明日便把那鉴……"

"哥！"李项平生性多疑，担心此刻萧元思尚未走远，连忙出声打断。

李通崖顿时会意，两人对视一眼，盘膝而坐，修炼起来。

黎泾山虽然不是什么名山，但好歹是大黎山的余脉，也养出过蛇蛟果这样的灵根，在阵法隔绝内外灵气流通之下，地脉灵机焕发，灵气浓度渐渐上升，直到比外界高上一成才缓缓停止。修炼中的两人顿时一阵惊喜，心中对这阵法更是多了几分满意。

直到灿烂的金光从东边升起，山间的云雾缓缓散去，纷纷凝结在树梢上，形成一滴滴露珠，萧元思才从天而降。他衣冠整洁，踏着飞梭缓缓落在院间。

"开炉炼丹！"他哈哈一笑，从储物袋中唤出一尊一人高的乌黑色丹炉，盘膝而坐，对着两人道，"这蛇元丹虽然冠以蛇蛟之名，却性情温和，虽然是练气期的丹药，胎息境亦可服用，对你们俩大有裨益。"

萧元思从储物袋中取出一截棕黄色的木块，然后双手一合，从丹田中唤出一抹纯白色的丹火来。他将手中的丹火在木块上轻轻一抹，那木块顿时扑哧扑哧地燃烧起来，显现出一抹幽蓝色的火焰。将手中的木块往炉底一掷，萧元思取出玉盒，用法力取出蛇蛟果，便往那炉中投去。待到蛇蛟果在炉中完全化开，熔化成一抹丹红色的药液漂浮在炉中的丹火上，萧元思又取出几味佐药，逐一投入炉中，最后便用丹火不断提炼。过了一个时辰左右，山间薄雾散尽，露水皆蒸发干净，这才有八颗淡红色的灵丹从炉嘴中吐出。

萧元思一掐法诀，八枚丹药顿时飞起，落入他泛着白光的掌中。他取出八个白玉小瓶，将丹药一一分装了，自己收下两个小瓶，其余的交给李项平两人，解释道：“这蛇元丹同样要以玉瓶盛装。须小心保存，服用时再将木塞打开。若是保存不密，药力会逐渐散失，白白损失一粒丹药；若是密封保存，这丹则能保存二十年左右。”

李项平两人自然应下，小心地收下了。李通崖这才和李项平对视一眼，取出三瓶蛇元丹开口道：“还请仙师将这三瓶灵丹带去给小弟，让他好生修炼。”

“不错，你李家是念情的，元思定然带到。”萧元思赞许地点点头，将三个玉瓶收了，拱拱手颇有感触地道，“李家登仙不过数年，根基还是有些浅薄，族中的炼丹、阵法、炼器诸艺还需有人传承，再多多吸纳身具灵窍者入族中，方不至于数代而没……这黎夏郡与古黎道并无强势的修行世家，李家要把握好机会。

“这黎夏郡数百年来不知有多少家族骤然而起，又数代匆匆而没。我萧家身为郡中世家，不知坐看多少楼起楼灭，李家还需多加勉励啊……”

萧元思这一番话发自肺腑，说得李通崖不禁动容。他长叹道：“仙师所言甚是。我们兄弟二人白手起家，如今李姓子弟不过二三十，旁支叶氏也刚刚两三百人，泾儿独自在宗中修行，我等却供不上什么修行资粮予他。”

看着李通崖叹息不止，萧元思皱了皱眉头，轻声道：“我一身丹道修为传自宗内，立下了玄景灵誓，蛇元丹的丹方也不得外传。你等可去坊市寻一寻，或许能有些收获。”

听了这话，身旁等待多时的李项平连忙询问道：“敢问仙师，这玄景灵誓……”

萧元思愣了愣，开口解释道：“族中宗中，皆以这玄景灵誓来秘传功法。施法者以玄景轮为誓，誓由心动。违誓者玄景破碎，一身修为如同流水一般倾泻而出，一时三刻便退为凡人，且气衰神竭，应誓而死。”

“这玄景灵誓对传承大有用处，不知作价……”李通崖连忙接上。

萧元思摆摆手打断他的话：“不值钱的小技巧罢了，人人皆会。我写来给你等。”

于是他接过纸笔，挥毫落纸，一盏茶的工夫就写成了。他轻声提醒道：“却是要注意一点，这灵誓并非昭昭天道，洞悉万物，用以保守秘密尚可，若是要防止对方起歹意，却无甚用处。毕竟人之善恶好歹，天道尚难分清，区区灵誓又能懂什么？”

“多谢仙师提点！我李家记下这份恩情了！”两人连忙道谢。李项平心中长久提防的大石总算落地，心情轻松了不少，暗自思忖道：有了这玄景灵誓，算是补上了最后一环。待到那俩孩子修成了玄景轮，立下誓言，便可放心用他们了。

萧元思接过李项平递上来的回信，收了丹炉，唤出飞梭，轻笑道：“我那师弟修行天赋不错，根骨只算一般，却在剑法一道上天赋卓绝，你等大可不必担心。诸位，有缘再见吧！”

言罢驾起飞梭，在两人的道谢声中腾空而去。

待到萧元思走远，李项平小心地将剩下的三瓶丹药藏进怀里，对李通崖笑道：“泾儿真是有个好师兄。”

李通崖点点头，一边默记玄景灵誓，一边将那玉简递给李项平，示意他看一看。李项平连忙将那玉简接过，轻轻展开。望着那简上密密麻麻的蝇头小字，他顿时一滞，勉强读了数十言，目瞪口呆地低声道：“这也叫不难？”

…………

李玄宣上课时心不在焉，望着台上侃侃而谈的韩文许发呆。

韩文许快五十岁了，鬓上爬满了白发。他二十多岁的时候在郡中一个药铺当学徒，之后机缘巧合来到这大黎山中。二十多年来给村民看看病，给孩子们上上课，过得也算有滋有味。

望着下方认真读书的孩子们，韩文许脸上多了几分笑意。他一生无儿无女，倒是带大了李家的孩子们。这些在他学堂中长大的孩子，与他的子侄辈也无异了。

“嗯？起雾了？”韩文许看着脚下薄薄的一层雾气，有些不安地思忖，“为何会在此时起雾……”

台下有些困倦的李玄宣眼睛却尖得很，顿时打了个激灵，拉拉身边同样昏昏欲睡的李谢文的衣角，低声道：“文弟，看窗外。”

李谢文连忙望去，便看见窗外层层叠叠地浮现出灰色的雾气，当下有些不安，低声回答道：“哥，这是怎么回事？”

“这雾气太过蹊跷。我家大人就在山顶，你我同先生说一声，一起上山告知他们。”李玄宣还不到七岁，说话却已经有了八九岁孩子的气度，小小的眉毛皱了皱，凝重地说道。

李玄宣正说着，却见舅爷柳林峰进了学堂，低声对韩文许说了些什么，韩文许连忙点头，开口道：“娃子们把衣物被褥都收拾好，即日起放假三天。”

李玄宣和李谢文对视一眼，在孩子们的欢呼声中连忙去收拾衣物被褥了。柳林峰通知了韩文许，坐在屋前的台阶上等着孩子们，一时间觉得嘴中痒痒的，伸手去摸怀中的烟斗。这么一抬头，隐隐发现雾中竟然有个探头探脑的身影，蹲在林间悄悄地张望着。柳林峰顿时吓得从地上跳起，手中的宝贝烟斗更是在地上断了嘴。他来不及心疼，颤颤巍巍地喝道：“谁！”

…………

柳苗土在山中转悠了一天一夜，别说仙家宝贝了，连根毛也没看到。眼看着山间起了雾，他打了个寒战，心中暗想：虽说几年前这山上的豺狼虎豹就被赶了出去，但谁知有没有漏网之鱼！这雾来得邪门，还是先行下山吧……

柳苗土起身，沿着山路走了将近一个时辰，眼前却仍是白蒙蒙、雾绰绰的，不见出口：当真邪门了！咋还未下山！

再望望眼前的大青石，柳苗土背脊一阵发凉，失声道：“不可能！”

这明明是他之前坐着的大青石。他沿着山路走了一个时辰，怎么可能还在原地！

柳苗土吓得惊慌失措，转身就跑，大叫着跑了一段路，才停下来喘息。那大青石竟然又到了眼前。

啊……出不去了。夜色已至，柳苗土穿得单薄，心情激荡之下又受冷风一吹，就这么晕了过去。

天蒙蒙亮时柳苗土才醒来。他浑身发烫，隐隐听见有呼喊声，抬头一望，见隐隐约约有个人影坐在不远处。他才爬起身，便听见一声喝问：“谁！”

柳苗土本就迷迷糊糊，顿时膝盖一软、脚底一滑，整个人咕噜咕噜地滚到那人面前。柳林峰将那人的脸一瞧，发现竟然是柳家本家的街溜子，一下子什么都懂了，霎时间一股怒气从心脾直冲天灵盖，一张脸涨得通红，大声喝道：“你为何在这儿？”

柳苗土被这么一喝倒是惊醒了，当下畏畏缩缩地回答道：“上……上山砍柴。”

“还不说实话！”柳林峰用手指着柳苗土的鼻子，大声呵斥，“你上这山怎么不和主家说？这地方也是你能来的？”

这两句才训完，柳林峰自己也被惊醒了，一股寒意顺着脊背爬上后脑。他暗暗思忖：我柳家怎么出了个这样的废物？如今算是倒大霉了！我这外甥凶狠多疑，哪能留得他的命在？只是千万不要殃及我柳家！

看着面前磕头如捣蒜的柳苗土，柳林峰心中有了计较，脸色顿时一变，冷冷地道："跟我来，好歹保住你的小命！"

柳苗土连忙跟着他进了院中。柳林峰拿出一根粗麻绳子，将柳苗土双手背到身后，捉住他的手就绑了起来。

"族长，你……你这是……"柳苗土心中没底，畏畏缩缩地问道。

"带你去请罪，这样才有诚意。"柳林峰一挥手，悄悄往腰间挂了把刀，冷冷地道，"走！"

"是，多谢族长！"

不多时，两人到了院前。柳林峰指了指路边的泥地，开口道："跪在那儿。"言罢便去请李通崖与李项平两人。

进了院中，柳林峰望着上首的两人跪下苦涩道："柳氏管束不严，还请主家恕罪！"

这一跪吓得两人原地跳起，连忙来扶。李通崖沉声道："万万不可，何至于此啊！"

柳林峰苦笑着将柳苗土做的混账事说了，李项平听了只是轻轻道："您自己看着处理便好，不必行如此大礼。"

"还请跟我来。"柳林峰摇摇头回答道，带着二人到了门前，指了指跪在面前的柳苗土。

柳苗土见了三人便哭诉起来。不承想柳林峰一个箭步上前，躬身提臂，对着柳苗土的咽喉就是一刀。柳苗土只唤了两声，便扑通一声倒地不起。

"舅舅还是细心。"李项平拍了拍手，看着那柳苗土倒下，对李通崖笑道，"挑了一块泥地，以免脏了我家石阶。"

李通崖只长叹一声，望着柳林峰道："麻烦舅舅处理了。"

“这是自然。”柳林峰连忙答复，然后拖着那尸体走进了林子中。

两人这才扭头进了院中。李通崖始终皱着眉毛，李项平却拍了拍他的肩膀，沉声道：“他自找的。”

李通崖苦笑一声，望了望弟弟的眼睛，解释道：“我不是怜悯他，只是感慨罢了。正是因为李家有你操持，父亲才愿意放手不管事，我等终究不够果决。”

李项平却笑着摇摇头，回答道：“你同样会处理好，不过是要叫乡里见证过了，历数他八条大罪，堂而皇之地审判他，好叫你心里好受些。要我说，都是同样的结果，何必如此麻烦！”

…………

李通崖站在山下的小院前，脑海里浮现李项平的一番话，心中感慨不已：我不处理他，我李家便会成下一个万家，里里外外被渗透成筛子。

摇摇头，将这个小插曲丢出脑海，李通崖轻轻推开院门，便看见柳柔绚正在盘膝修炼，吐纳灵气。

李通崖暗想：这青元养轮法纯粹依靠吐纳灵气来凝聚玄景轮，提炼吐纳又效率奇低，难怪柔绚修炼了四年还是凡人一个，倒是听闻那李秋阳，靠着蛇蛟果之力进步神速，将要凝聚玄景轮了。

平日里柳柔绚见了他总是笑嘻嘻的，少见她认真修炼的模样，李通崖忍不住多看了几眼。见她睫毛微动，鼻翼翕动，一副将要从入定中醒来的样子，他连忙将目光移开。

“崖哥！”柳柔绚一睁眼见了李通崖，顿时惊喜地叫道。

“嗯。”李通崖低着眉，轻轻地应了一声，颇有些做贼心虚的感觉。

柳柔绚悄悄地看着他侧脸，突然有些低落地开口道：“我已经十七岁了，村里的伙伴们估计早已经结婚生子了，我却连个伴儿都没有。”

李通崖听了这话不禁摇摇头，轻声道：“已经入了仙道，就不必想这些事。你与她们不同，好生修炼，修成玄景轮才是首要之事。”

“我可认真了，一天修炼八个时辰呢！”柳柔绚嘟了嘟嘴，低低地辩解道，又抬头望着李通崖，“崖哥也是因为修炼独身一人吗？”

见李通崖轻轻点头，柳柔绚脸色微红，带着些急促的呼吸低声道：“通崖哥……可还……看得上我？”

李通崖只觉得心跳漏了一拍，眼前有些晕乎乎的，连忙扭头低低地看向田间淡青色摇摆不定的灵稻，轻声道：“你……还是等修成玄景轮再谈其他。”

柳柔绚嘻嘻一笑，凑近李通崖的脸庞，姣好的眉毛轻轻舒展，悄悄地在他的耳边说道：“那通崖哥可别同别人先跑了……”

李通崖顿时面红耳赤，有些羞愤地起身，开口道：“你好好修炼！”言罢逃跑似的出了院子，向远处去了。

李通崖沿着石板路走了一段，用河水洗了洗脸，这才缓缓平静下来，不禁苦笑道：“怕是要栽在这家伙手里了。”

“二哥当真对那柳柔绚有了情谊？父亲真是棋高一着！”却见李项平笑吟吟地坐在岸边，朝着李通崖笑道，“父亲当年安排你带柳柔绚，二哥你只看到了易地而治、以防坐大的外策，却当局者迷，看不到针对你李通崖的内策。”

“三弟休要笑我了！”李通崖苦笑一声，无奈地摇摇头，回答道，“越看着父亲，越觉得老人家身上总有些东西可以学。”

“那是！”李项平点点头，正色道，“萧元思留下的那三枚蛇元丹，我欲等你我晋级玉京轮时用以冲关。雾里迷阵已经让父亲和叶生滴了血，再由我亲自将那法鉴悄悄带上山中小院，至于玄水剑诀……我恐怕是无此天赋，二哥再多看看吧。”

李通崖掬了一捧河水洗了洗手道：“尺泾去仙宗四年多了，这第一批种下的灵稻也将成熟，接下来的日子你我可不得闲。”

…………

黎泾村今年的雪比往年都要厚些。田里的灵稻已然成熟，淡青色的稻穗包裹着一粒粒白玉般的灵米，直挺挺地立在田地中，大雪也压不弯它的枝叶。这灵稻可不比一般的稻谷，叶片锋利如刀，枝叶须用斧头来采伐。李通崖几人在镰刀上附上了金光术，这才将这几片灵田收割完毕。

看着堆积成一个个青色小垛的灵稻，李秋阳踩着雪拍了拍手，笑道："项平叔，这灵稻看着真喜人。"

李秋阳上个月修成了玄景轮，便在家族祠堂中立了玄景灵誓，学了几门法术。这孩子如今也十三四岁了，眉眼长开后也颇为清秀，看上去有了点大人模样。他原本三年前就蓄满了八十一缕灵力，可惜凝聚玄景轮时功亏一篑，只好又调息吐纳了三年来恢复灵力，倒是快被柳柔绚追上了。

"不错。"李项平也是笑意满满，一身法力周行不息，已然修成了周行轮，"那白元果还未成熟，这灵稻已经收割完，且先带回去。"

田芸当初怀的是龙凤胎，为李家诞下了一对儿女，把李项平乐得合不拢嘴。老爷子将孩子看了又看，按照族中字辈，给男孩取名"李玄锋"，女孩取名"李景恬"。

村丁们将那灵稻的叶片一一用铰刀剪掉，再用粗绳捆了，这才敢两两伸手去搬。这灵稻叶片锋利如刀，众人可是吃了不少苦头。待到了黎泾山山脚下，稀薄的雾气渐渐弥漫起来，李叶生向身后的几人沉声道："跟紧了！若是落到了这阵里，小心你们的小命！"

村丁们连忙应诺。几人踩着石板路上了山顶，将几捆灵稻放在院中。李项平便挥手道："带他们下去。"

将灵稻从这稻秆上取下还需动用法力，然后还需要掐动专门的法诀来去皮出糠，以保证灵米的灵气不流失。凡人在这收获灵稻的过程里能做的也就是拿着附着了金光术的镰刀将灵稻割除和搬运罢了，重要的环节还是需要修行者来处理。

“三叔！族兄！”李玄宣从院子里走出，朝着李项平与李秋阳拱拱手。他如今七岁多，身子骨渐渐长开，脸庞同逝去的李长湖颇有几分神似。

“玄宣，过来。”见李玄宣向李秋阳走去，李项平脸色一变，连忙招呼道。待到李玄宣在身边坐定，他这才笑道：“这孩子年前测出了灵窍，修炼神速，估摸着再过几月便可练成玄景轮了。”

一旁的李玄宣听得一愣，心中疑窦丛生，暗暗思忖道：家中分明未为我测量根骨，也未传下法诀，三叔此话……脸上却笑嘻嘻，朝一脸羡慕的李秋阳点了点头。

“宣儿真是厉害！”李秋阳赞了一句，想到自己两年才凝聚了玄景轮，不由得有些羞愧。

两人闲聊了几句，待到李通崖上了山，李玄宣便退下了。几人便花了几个时辰将灵稻摘下，脱去稻壳。李通崖用两个袋子分别装了灵米和灵糠，轻轻一提袋子，开口道：“一百二十斤灵米，灵糠四十斤。待到两年后还能收一茬，这供奉应该是够的。”

李项平送走了李秋阳，将用袋子装的灵米灵糠放在桌面上看了看，只见一颗颗灵米宛若白玉般光洁美丽，不禁赞叹一声，这才将稻米往屋子里一放，朝李通崖轻声道：“玄宣身子骨已经定型，也到修炼的时候了。”

李通崖愣了愣，若有所思地点点头，随李项平一同朝屋子里走去。屋子中烧着炭火，老人冬天嗜睡，李木田已早早睡下，厅中只剩李玄宣一个人倚着炉子烤火。

李玄宣在屋子中望着山间飘落的雪花，看着银装素裹的黎泾山发着呆，见了两人连忙起身，询问道：“三叔，为何要同族兄说我已经快练成玄景轮了。若是我身上没有灵窍，岂不是丢人现眼……”

李项平仔细关好门窗，对着李玄宣比了个噤声的手势，沉声道：“随我来。”

李玄宣顿时闭嘴，乖乖地跟在李项平身后。走到院中最深处的一间青砖瓦房前，李项平取出钥匙，打开房门上的锁，轻轻推开房门，朝李玄宣低声道：“进来。”

看李项平神色凝重，李玄宣也惴惴不安。他见屋中宽阔得很，只在最中间放了一个青石台，台上架着一面青灰色的鉴子。屋内焚了香，闻起来安心怡神。李玄宣去看李项平，见他静静地盯着那鉴子，也不敢说话。

“几月前我便悄悄测了你的根骨。”李项平顿了几息，扭头看向下方满心激动、一脸期待的李玄宣，又开口道，“可惜你气海中并无灵窍。”

李玄宣顿觉晴天霹雳，脑海中一片空白，一股酸楚涌上心头。他双目通红，嘴巴抿得紧紧的，一副难以接受的样子。他对世间灵窍之少并无太多了解，只觉尽管整个村修行者都不足一掌之数，但家中两位长辈都是修行者，连旁支都出了个李秋阳，他就算天赋再差，怎么也应该有灵窍。如今听到自己身无灵窍，这辈子也是凡人一个，他心中顿时一片灰暗，眼眶也渐渐湿润。

“这鉴子是我小时候在河里捉鱼时捡来的宝物。”李项平指了指石台上那面青灰色的鉴子，看着李玄宣的模样，轻轻摸了摸他的脑袋，低低笑道，“你可知它有何妙用？”

李玄宣忍着泪水，认认真真地回答道：“玄宣不知。”

“它的妙用便是让身无灵窍之人亦可修炼。”

李玄宣听了这话顿时一滞，呆呆地望着李项平的脸，心中顿时生起一股太阳般的希望来，忍不住破涕为笑，哽咽着说道：“三叔故意逗我。”

说完看着李项平似笑非笑的脸，李玄宣仔细一思考，冷得打了个寒战，不由得失声道：“莫不是……”

“没错。”李项平点点头，正色道，“你父亲身无灵窍，你二叔与三叔也身无灵窍，甚至你那在仙宗修行的四叔李尺泾，同样没有灵窍。我李家崛起全凭这面鉴子。若不是这鉴子，你我皆是田间务农的小民罢了！”

李玄宣被这消息砸得说不出话来，只觉得天旋地转，他干涩地开口道："就去河中捡起一面鉴子，竟然成就了我家蜕凡为仙？"

"正是！这鉴子可炼化月华，授人玄珠符种。此事太过神异，一旦外泄，我李家必定灰飞烟灭！"李项平嘱咐了一句，瞧着李玄宣震惊的模样，不由得顿了顿。

李玄宣却喃喃自语，嘴里急促又恍然地说道："原来如此！原来如此！难怪我整日询问爷爷筑基期之事，他皆闭口不言，我家一门三灵窍不是因为爷爷曾经是筑基期修为，而是因为这宝物！方才三叔不让李秋阳碰我也是为了掩盖我身无灵窍的秘密，那柳家人私自上山便被即刻处置，不是因为三叔心狠，而是因为三叔恐惧啊……"

李玄宣想着想着，不由得脊背发凉，满头大汗。他朝着李项平拱了拱手，开口道："人们皆以三叔凶狠多疑，却是误会了三叔！我李家有这样的宝物，怎么能不多心？"

李项平也愣住了，呆呆地望了望眼前的李玄宣，觉得这孩子和自己记忆中完全不同，不由得多看了他几眼，轻轻提问："那我同李秋阳说你将成玄景轮又是为何？"

李玄宣摸了摸下巴，思忖了几息，回答道："想必是这鉴子对修成玄景有事半功倍之效！三叔生怕那李秋阳起了疑心，于是谎称我几月前便开始修炼了。"

"好！"李项平满意地点点头，拍了拍他的肩膀，"不愧是我李家的孩子，日日跟在你爷爷身后，倒是学了不少东西！"言罢躬身在那石台底部轻轻一敲，从侧边取出一枚木简来，往李玄宣手中一放。

看着李玄宣恭恭敬敬地接住，他这才低声解释道："这秘法唤作《接引法》，是接引这玄珠符种的妙法，你这月就在院中仔细读了，冬至日便可授这符种。平时就睡隔壁厢房，我会叫人送饭来。"

"是。"李玄宣重重点头，看着李项平关上门渐渐远去，低头仔细地读起来。

…………

"……父亲身体安好，二哥已修成周行，随信送至蛇元丹三枚，还望泾儿努力修炼，早日修成练气期修为。家中一切安好，勿念！"

李尺泾将手中的信小心收好，抹了抹眼角的泪水。他将那三瓶蛇元丹小心摆在架子上，扭头对萧元思谢道："多谢师兄了！家里多承了你的恩情，泾儿感激不尽！"

"哪里的话！"萧元思摇了摇头，"同门师兄弟间本就亲如一家，不必这样客气。"

李尺泾轻轻点点头，静静地说道："有了这蛇元丹，再加上师傅赐下的明神散，我已经有九成把握凝聚玉京轮。"

思忖了几息，李尺泾轻声问道："师傅曾说胎息境入练气期，首先需要吞下一口天地灵气，不知有何关窍？"

萧元思拿起茶杯饮了一口茶，润了润嗓子，解释道："这练气，必须先纳一口天地灵气。这灵气或是提炼山间灵气而成的小清灵气，或是炼化地脉煞气而成的地脉煞气，或是采霞炼雾而成的朝霞彩气……总之，这口气最好能与功法相合，如此才能筑牢法力之基。山外的那些散修九成九用的是提炼山间灵气而成的小清灵气，兼容各类功法，无所长亦无所短。"

"哦？"李尺泾听了这话顿时一阵好奇，急忙询问道，"我家这功法转修何种练气功法较好？又须用上什么天地灵气？"

"我虽然不知道你家功法，但观你法力清亮澄明，宗内也有不少练气功法适合你转修。"萧元思笑了笑，便将手中的茶杯放下，在李尺泾好奇的目光下继续道，"其一曰元清御雨诀，乃是我们青池宗名声最响的绝学，用的是灵山雨雾炼成的雨间雾中气，善腾云驾雾，拨云弄雨，以柔对敌；其二便是山阴林雾诀，此诀用的是山间阴气，宗内少有人修成；其三是难度颇高的一道法诀，唤作月湖映秋诀，此诀自月湖峰第三任峰主修成以来，再也无人能修成。或许有什么关窍，但那人陨落了三百多年，却也无从问起……”

李尺泾自知一身法力与月华息息相关，听了这名字顿时心中一喜，却又听萧元思说无人能成，顿时一滞，急忙问道：“这是为何？”

“这月湖映秋诀曾是仙府传下的法诀，十分神异，需要两种天地灵气，其一唤作太阴月华，其二唤作湖中金秋。这湖中金秋宗内有些储备，倒是这太阴月华，自仙府避世，已经数百年未见过了。那几百年前的月湖峰主偶然得了仙府赏赐才修成了此诀，自他死后，再没人能练成了。”

李尺泾对那仙府也有所耳闻，传闻是横跨数国的庞然大物，只是已经数百年未现世了。他心中低低一叹，当下点点头，谢道：“原来如此，多谢师兄解惑！”

…………

陆江仙将神识从镜面中透出，望着那正运行《接引法》的孩子，那男孩头顶浮现出若隐若现的白芒，长约七寸，微微放着毫光。

这孩子同玄珠符种的契合度还算不错，只是不知修行天赋如何。陆江仙将神识从李玄宣身上收回，只觉得内心怦然动荡，眼前一花，仿佛看到一只纯白如玉的圆盘在眼前浮现，当下明悟：李尺泾那孩子突破玉京轮了！

一股玄秘莫测的力量横跨万里而来，轻轻没入石台上的青灰色鉴子中，陆江仙只觉神魂一轻，浮现出一抹月白色的流光。原本李通崖与李项平突破时都有微小的力量反馈到陆江仙的镜子中，再加上李尺泾多次突破，借着他突破玉京轮的反馈，陆江仙总算凝聚出了太阴玄光。

这玄光大抵有玉京轮全部修为凝聚的一击之力，但攻击范围极大，甚至还要超出我目前的神识覆盖范围。陆江仙修成了这玄光，神识范围也扩大到了整个黎泾村的大小，他当下兴奋不已。

镜身微微发烫，一种隐隐约约的吸引感再度浮现在他心头。陆江仙仔细感觉着这方向，思忖道：神识范围扩大，能感知到更远的东西了！但似乎还是在望月湖之上，只是要比先前远得多。要不示意李家人前去看一看？”

陆江仙心中一凛，暗自道：不行。观其地点，却像是在那湖中坊市里，还是等到李家两兄弟修成了玉京轮再让他们前去一观。

房门嘎吱一响，李木田和李家两兄弟进了屋内。李项平拍了拍李玄宣的肩膀，正色道：“可准备好了？”

“准备好了！”李玄宣用力点头，将那木简递回李项平手中。

李木田看着李项平收好了木简，这才恭恭敬敬地将鉴子请到了案上，摆上了几炷香。

“李家弟子李玄宣，恭请玄明妙法，司命安神，奉道修行，当以时言功，不负效信，随箓焚化，身谢太阴。”李玄宣话音才落，陆江仙便催动法诀。那鉴子镜面上彩光耀耀，如呼吸般吞吐不定，骤然吐出一颗白丸。李玄宣连忙盘膝而坐，引导法诀接应符种。

“柳柔绚昨夜已经成了玄景，再过上几月玄宣也能成就玄景。这么算算，我李家也将有六位修行者了。”李通崖望着地上的李玄宣，轻声道。

“两位周行轮的，三位玄景轮的，泾儿在仙宗应已成了玉京轮。”李项平看着案上彩光四溢的青灰色鉴子，接着道，“我李家本家还是缺乏更高修为的修行者。不说那练气期的汲登齐，光是隔壁的万家都有玉京轮巅峰修士。玉京轮修士诞生了灵识，方可炼丹、炼器、布阵、使用储物袋，出入坊市也安全。”

陆江仙正听着两人对话，忽然神识一动，隐隐约约地感受到一股陌生的气息从西而来，在不远处逡巡不定。

陆江仙的感知分为两层。第一层唤作视识，覆盖范围极大，甚至能隐隐覆盖从梨川口到黎道口整个李家势力范围。这种感知相当于凡人的“看”，只能观察和探知大概画面，好处是一般不会被人发现，甚至当年筑基期的司元白都没有发现他在窥视。另一层便是神识，大约能覆盖黎泾村，相当于凡人的“摸”。在这个范围内，陆江仙可以用神识来扫描整个人，但对方若是实力不俗就会有明显的被窥视。同样在神识范围，他可以使用太阴玄光来打击敌人。如今他凭视识感觉到那人大约是玉京轮的实力，正鬼鬼祟祟地在梨川口附近徘徊。他心中有些不安，暗自道：为何会有玉京轮修为的修士在此徘徊？还是警醒李家人一番。

陆江仙心念转动之下，银白色的月华从镜面上喷涌而出，汇聚成一股股月白色的丝线，在空中凝聚起来。李通崖等人被这变化惊得不轻，不由得面面相觑。

李木田眯了眯眼，沉声道：“别慌，先看。”

“好像是我李家的地图。”李通崖摸着下巴，有些犹豫地开口道。

却见那月华渐渐凝聚成一张亮白色的地图，上方梨川口、黎道口、泾阳村诸村一个不少，看上去精妙得很，唯独那梨川口的地图不断亮着银光。

“梨川口？”李项平喃喃自语道。

…………

陈二牛在梨川口掌了几年事，身上胖了一圈，下巴也蓄起了胡须，看上去终于不像个农户了。白日里算罢了田头的账，把争田的两兄弟协调妥当了，他美滋滋地往榻上一躺，开始想起明天的行程来：“村东的几块地还算好，明日派几人去开垦了，多占几块地下来。”

梨川口和黎道口紧挨着，行政上又不似同样紧挨着的黎泾村和泾阳村有上下之分，自然要靠他这个掌事人事事据理力争。那许文山本想开辟商道，谁想那万家连古黎道都快丢给汲家了，东去自然没有路可走。气得这人这几月暴躁得很，事事要和他陈二牛较劲。

真是麻烦。

正想着，陈二牛听到外头一片喧哗，就见大儿子惊慌失措，匆匆忙忙地冲了进来，张口大叫道：“不好啦，不好啦！父亲！村头死人了！”

陈二牛连忙从床上跳起来，失声道：“什么？”

陈二牛从榻上跳起，将床边的衣物扯过，胡乱往身上一套，拉着儿子就往门外跑，急匆匆地问道：“什么情况！”

陈家长子唤作陈三水，正一脸焦急地伸手取墙上的长刀，口中叫道：“父亲且带上刀，且带上刀！路上说！”

陈二牛接过那长刀，往腰上一缠，迈着大步就往村头跑。

“有村丁夜间去巡田，觉着田间窸窸窣窣像是有人，就走过去看，却见着一具血淋淋的、没了后脑的死尸，当场吓得屁滚尿流。”陈三水一边说着，一边急急忙忙地跟上陈二牛。

“怎么死的？”

“被打碎了后脑，挖了脑髓，死相凄惨。”

一听这话，陈二牛连忙止住脚步，厉声道：“可派人通知主家？”

“未曾……”陈三水有些支支吾吾地回答道。

“你当这事瞒得下去！”陈二牛当即暴跳如雷，恨铁不成钢地叫道。

“我已同那人和田边几户人家商量好了……叫他们先不要声张。这几年头一桩命案便发生在我梨川口，我怕那许文山对父亲不利啊！”陈三水见父亲急了眼，连忙解释道。

“愚笨！这人被挖了脑髓！”

“这……”陈三水见着父亲一脸惊怒，不由得慢了半拍，似乎也回过味来。

“寻常凶杀能挖了脑髓？更何况我与许文山本就是斗给他人看的，彼此对对方都满意得紧，他许文山能落井下石害我？害了我平白得罪这梨川口一百多户人？你们兄弟一个个蠢笨如猪，那许文山比我年轻，今后我若不在了，你等拿什么与人家斗！”

“父亲……”这一番诘问震得陈三水羞愧难当，低下头讷讷不再言语。

陈二牛低沉着脸，心中烦闷异常，冷冷地开口道：“只怕有妖物作祟，你亲自去通知主家。”

陈三水用力点头，急急忙忙地朝黎泾村去了。陈二牛望着长子远去，脸上终于有了几分惊恐和悲意，轻声道：“不知这妖物几斤几两，三水的眼睛放亮些，还能为我陈家留个嗣。”

陈二牛亲历过梨川口那场恐怖的大旱。当时尚且年幼的他坐在门前嬉戏，眼看披着赤红色火焰的大雀在梨川口落下，像啄食小虫般吞下了几个村丁后振翅而去，给梨川口留下了三个月都喷着热气的田地。幸存的村丁吃干净了梨川口附近所有可以吃的东西。从眉尺河中舀来的河水，浇进地里却统统消失不见。陈二牛的父亲挑了一担又一担的水，浇了整整九天的地，抱着饿死的妻子也没了声息。陈二牛咬着牙含泪逃到了黎泾村，把头都磕出了血，才终于进了李家。

那时的黎泾村家家户户都收满了逃难来的同乡，有些人试图冲击大户，却被前几日还是同乡的租户活活打死，更多人只好埋头冲向了大黎山。三个月后，人们慢慢回来了，没人敢去提那一日，也没人敢去提留在村子里的一百多人是怎么活下来的。人们默默地埋起干干净净的人骨，原本有三百户、近一千四百人的梨川口只剩下三百多人。

眼看着面前火光闪动，陈二牛骤然从回忆中惊醒，推开前来迎接的次子陈求水，举起火把，看着血淋淋的、倒在地上空着脑壳的尸体，泪流满面、咬牙切齿地开口道：“这是谁？”

“村头的老叶。”陈求水瞅着父亲脸上的泪水，心中惴惴不安，低声回答道。

“去把全村人都叫起来，点起火堆，拿上刀棍。”

陈二牛低低吩咐了一句，却见一个村丁从村门前急急忙忙地过来了，见着他便开口道：“陈掌事，陈掌事！主家来问，梨川口可有异样？”

陈二牛顿时一愣，心中大骇，疑窦丛生，思忖道：从梨川口到黎泾村走路哪能这么快！若是有村中眼线告密，这一来一回也不能如此之快，怕是这村中人才死，主家便知道了。如此，他们应该有些对付那妖物的手段。

紧皱的眉毛顿时松开，陈二牛心中轻松了不少，高声回答：“村中怕有妖物作祟，已经派人去告知主家了！”

…………

李项平默默望着台上的青灰色鉴子，那支离破碎的镜面似乎同他小时拾到时相比稍稍恢复了些，却还是一副随时会破碎的样子，淡淡的银白色光芒从镜面中散发而出，看上去颇为梦幻。

“那人去了多久了？”

“已经去了一刻钟。”李通崖有些焦急地望着窗外，将手中的木简放下，又开口道，“我等该出去了，那些人见不着我们，恐会坏了规矩来这后院。”

“走！”李项平看了看盘膝而坐的李玄宣，沉声道。

才出后院，众人便见李叶生如同热锅上的蚂蚁般在正院中团团转。见了李通崖两人他顿时眼前一亮，连忙道：“梨川口派人来了，说是有人被挖了脑髓！”

“挖了脑髓？”李项平愣了愣，望着李通崖开口道，“怕是有妖物。”

“不错。”李通崖凝重地点点头，思忖了几息，沉声道，“那妖物挖了脑髓便退去，应该还是惧人，修为不会太高。必定还是在胎息境，若是练气期，大可杀光了全村人驾雾而去。”

“我去看看！”李项平沉思了几息，轻轻皱眉，对李叶生开口道，“叫上村里的壮丁，带上武器。”

“是！”李叶生应了几声连忙下去了。

见李叶生走远，李通崖才皱着眉头开口：“不知那妖物深浅，你我不应去的。”

“今日若不去，我李家在诸村间辛苦经营起来的威望便全完了，我不得不去！二哥你在山上守着，我前去打探一番。你知我性子，不会冒险的。就算出了事，李家好歹还有你在，大不了放弃梨川口，向宗内求援便是。”言罢，李项平朝着李通崖点点头，拿好弓箭，披好黄褐色的藤衣，便急急忙忙地下山了。

…………

万天仓在梨川口住了大半年，日日深居简出，眼看着青绿色的稻芽一棵棵冒出土来，心里欢喜得很。夜里他对着院中的灵田施了灵雨术，正盘膝调息着，隐隐约约听闻院外有人声沸腾。他不由得张目一望，见院外暗沉沉的夜色中火光闪动，像是有人举着火把奔来走去，心中顿时一沉，打开院门便往外看去。看见一个孩子举着火把匆匆忙忙地跑过来，万天仓连忙出声道："那孩子！出了什么事情！"

"大人！村头的老叶死了，说是来了妖怪，叫一村人都过去。"那孩子连忙停下脚步，举着火把，忐忑不安地望着万天仓，见这个大半年不出院门的修士皱起眉头，朝着院外迈了半步又把脚收回去了。

"偏偏是梨川口遭了妖物！这灵稻才种下去大半年，可万万不能有事。"万天仓想去找李通崖，却又怕那妖物惦记着园子里的灵稻，两难之下只好蹲下身去叫那孩子："你去叫陈二牛过来。"

"是！"孩子应道。

那孩子才起身，两人便见林中火光闪动，一群人簇拥着陈二牛冒了出来。"仙师！这可如何是好！"陈二牛满头大汗，主家的人还未到，村中又死了两个村丁，皆是被挖去了脑髓，死相凄惨。他又骇又怒，如同热锅上的蚂蚁般急得团团转。

"可有人睹见过这妖物？"万天仓望着满头大汗的陈二牛，板着脸沉声道。

"不曾，死者往往连一声哀号都不曾发出！"

听了这话，万天仓顿时打了退堂鼓，他是一个玄景轮巅峰小修，哪来的实力对付这种看上去来去如风的妖物？他心中苦笑道："李通崖啊李通崖，你到底在哪里啊！"

"万兄！"

万天仓顿了几息，刚欲开口，一声高喝自远而近，打断了他。

他抬头一看，见一个身披藤甲、手持长弓的青年气宇轩昂地大步而来，正露着白牙朝着他笑。

“少族长！”陈二牛急忙下拜。

万天仓顿时心中门儿清，眼前之人恐怕就是那李项平了，连忙拱手道：“万家万天仓，见过少族长。”

李项平一摆手，示意陈二牛起身，对着万天仓开口道：“万兄稍候。”

他扭头望着陈二牛，沉声道：“全村的老弱妇孺一齐来这院周边，村丁十人一队围坐在外侧，相距三丈，每队保证视野之内至少有五队相保。”言罢便同万天仓进了院中，也不去理会其他人。

“是！”陈二牛顿时找到了主心骨，连忙应诺，旋即下去安排了。

李项平才进院中，万天仓便苦笑道：“李兄，这妖物只怕修为不低，天仓怕是不能帮上忙。”

李项平哈哈一笑，直言道：“万兄也不必与我兜圈子。你万家要保住灵稻，我李家要保住梨川口，你我两家是一根绳上的蚂蚱！”

万天仓顿时一凛，心中叫苦连天，若是这妖物不在梨川口，他万天仓才不管它吃不吃人！原本他抱着灵稻，看着李家吃瘪能笑出声，如今却不得不帮了。将小心思收好，万天仓思忖了几息，从屋中取出纸笔，边坐下写着什么，边开口解释道：“为今之计，最保险便是我修书一封，叫我家家主前来驰援，最好能在天亮之前解决此事！”

“不错！”李项平点点头，又继续道，“你手写三封书信，我派人从三个方向出村，以防路上有意外，到不了万家境内。”

万天仓连连点头，写了大抵一刻钟，却听院外尖叫声、呼救声此起彼伏，一片混乱模样。李项平沉着脸出门去看，院前正坐着一众老弱妇孺，各自点起了火堆，一个个昂起头惊恐地望着远方，低低地哭泣或惊叹。不远处的村丁们已经汇聚在最边缘的那一队人身边，手里拿着长棍和门板，畏畏缩缩地盯着边上的树林。

“是山间狼。”万天仓提着笔站在李项平身边，远远望着林中那对绿莹莹的眼睛，沉声道。

一条大如黄牛、披着一身银灰色皮毛的巨狼正竖着幽绿色的瞳孔从林中迈步而出，银灰色的狼吻尖长，口角宽阔，竖耳垂尾，逼得众村丁连连后退。巨狼抬起头越过众人，那对眼睛冷冷地盯着站在院门石阶上的李项平，尖长的嘴微微翘起，仿佛在轻笑。

“这畜生……”万天仓一时间汗出如浆，默默抹了把冷汗，接着道，“瞧这灵动的神色，至少已经吞服日月精华，凝聚玉京轮了。”

李项平直面这妖物，也是脊背发凉。他望着巨狼微微翘起的嘴角，冷冷盯着他的幽绿色瞳孔，竟然品味出几分不屑出来。

“若是我家家主不敌这妖物……”万天仓忽然抬起头，静静地看着李项平，嘴唇翕动，有些艰难地开口道。

“灵初轮妖物？”李项平眯了眯眼，沉声道，“凡事做最坏的打算，倘若这妖物不止玉京轮修为，咱们便将其往东南方向引。绕过黎泾村，登上黎泾山，我李家在那处有阵法，你家家主借着地势之便，便可诛杀那妖物。”

“罢罢罢！”万天仓将那三封书信仔细改了改，交予陈二牛，看着他命人送出信，苦笑着摇摇头道，“那畜生修成了玉京轮，灵智已开，应还吃过不少人。如今它已经盯上了你我两人，修行者可是大补之物，你我已无路可走。”

“不必慌乱。”李项平摆摆手，紧紧地盯着那妖物的眼睛，嘴角同那恶狼般微微翘起，同样有几分笑意，轻声道，“我幼时见过家父猎狼。这畜生最是谨慎，如今修成了玉京轮，还不得谨慎得没边了？盯上我们才是好事，听我号令即可。”

“陈二牛！”

“属下在！”陈二牛连忙凑上前去，仔细听着。

“村丁们逐步后退，围住我等，一齐往南缓步撤退，老弱妇孺就在原地不须动，那妖物必定来追。外围村丁将门板一并丢了，将火把对外举着，一旦那妖物靠近，或吼或叫，或斥或骂，绝不可有半分惧色！若是那妖物来扑，则用长棍绑着长刀横扫、击打地面。狼腿细长，这妖物必定分外爱惜。”

李项平从箭壶取出一枚磨得光亮的箭矢，手中法诀一掐，淡淡的金光已然在箭头上浮现。他将箭尾在弦上一搭，冷冷地开口道："走！"

第五章 黎夏供奉

那巨狼眯着眼，看着远处的两脚兽急急忙忙地聚在一起，用明晃晃的火指着自己，心中冷冷地笑着：这两脚兽王血肉最香，可万不能放过。先耗尽他们的体力，待旁的两脚兽一拥而散，便可吃那兽王。

它谨慎地慢慢加速，在布满雪的林间穿梭着，看着那些两脚兽越来越惊慌，阵形越来越散漫，满意极了。它自从吃了那只受伤的白鹿，头脑便越来越清晰，也凭借这越来越清楚的脑子躲过了花纹两脚兽的数次围剿，最后丢弃了自己的族群，跌跌撞撞地逃到了此处。

它对付过很多两脚兽，深知这种两脚兽往往会吐黑雾，还会抛出深绿色的骨剑，把他们逼得太紧只会让自己受伤。要慢慢逼，时不时上前攻击，一点儿一点儿地耗尽两脚兽的手段，才好吃掉它们。

它漫不经心地跳过横扫而来的长棍，低头躲过飞来的箭矢，一口咬在一只两脚兽的臂膀上，将其咬得粉碎，心中恶狠狠地想着：这种两脚兽身上没有花纹，不知是何种品种。若不是孩儿们都被那只两脚兽杀完了，哪需我亲自出手！

想起自己被那只花纹两脚兽追了七座大山，受损的元气法力至今都未恢复，它碧绿色的眸子又多了几分冷意。这种没有花纹的两脚兽似乎实力要弱得多，放出的金芒威力不大，却持续不断，惹人厌烦。

…………

冬天的山林夜里尤为寂静，林间的树梢积了许多雪，人扶过就听见雪花簌簌不断往下落，偶尔咯吱一声响，是积雪压断了树梢。

咻！李项平射出一支金光闪闪的箭矢，看着那狼低头躲过，咬碎了一个村丁的臂膀，面不改色地再度搭弓射箭，逼退了准备扑向下一个村丁的巨狼。

看着那村丁喷射着鲜血，惨叫着跌落在地，为洁白的雪地画上一朵炽热的血花，其余村丁不禁打了个寒战，软弱无力地挥动着手中的长棍。一旁的陈二牛冷着脸抱起他，用衣物在伤口胡乱包裹了几下，背在肩上就去追队伍。

“距黎泾山还有多远？”李项平低喝一声，深一脚浅一脚地踏着雪，朝着陈二牛大声问道。

“还有一刻钟的路程！”陈二牛顿时会意，将背上的村丁交到其他人手中，望了望远方，高声回答道。

听到已经渐渐靠近了黎泾山，一众村丁安定不少，咬牙切齿地望着那妖物，心中祈祷下一个被扑倒的不要是自己。

“将这妖物诱往山中伏杀即可！今天若是没能杀了这妖物，让它杀了我等回去了，你，你，还有你，家中妇孺皆会化为妖物口中血食！”李项平抹了抹面上的鲜血，丹田中的法力所剩无几，看着身旁恐惧震怖的村丁们，沉声大喝道。

此言一出，村丁们顿时面面相觑，神色坚定了不少，纷纷重新举起沉重如灌铅的手臂，将火把和长棍指向妖物。

“嗷……”那妖物舔了舔银灰色爪子上的鲜血，看着指向它的火把和长棍，好似有些不耐，踏了踏地面，加快了扑击的速度，一连咬下好几个村丁。

啪！却听一声鞭声凭空炸响，一道碧绿色闪着荧光的藤鞭直直抽来，那妖物猝不及防，腰上顿时皮开肉绽，留下一道血痕。

“嗷……”那妖物高嚎一声，连着退了几步，恶狠狠地望着那持着长鞭的锦服男子。

“家主！”万天仓见了那藤鞭顿时长出了口气，心中一块大石落定，脸上有了喜色。

万萧华一击得手，却没有追击，脸色一阵苍白，站在原地调息了几息，面上这才缓缓有了血色。收到万天仓的手信，万萧华连着施展三道神行术从万家赶来梨川口，又使用法器击退妖物。他纵使是玉京轮巅峰的修为，现在也有些气短，连着调息了几息才续上这口气。

“好硬的妖物。”万萧华看着那妖物背上浅浅的伤痕，不禁倒吸一口凉气，脸色难看地开口道，“凡人先走。”

他这藤鞭原是练气期的法器，凭他玉京轮巅峰的修为，使用起来足以开碑裂石，却仅仅在那妖物背上留下一道血痕。虽然他是草草出手，但也足见这妖物身体之坚硬。

李项平挥挥手，陈二牛连忙招呼村丁们背着伤者踩着雪往西边的黎泾村去了。

望着踩着雪对峙的一人一兽，李项平高声叫道：“万家主，若是难敌这妖物，便往西南去，我黎泾山上有阵法庇护，对付不得这妖物也可逃得一命！”

万萧华望了李项平一眼，低声道：“晓得了。”他手中长鞭一扬，朝着那妖物腰上抽去。

“嗷——”那妖物轻轻一扭腰，躲过了藤鞭，两步便拉近了与万萧华的距离，朝万萧华扑击而来。

恶风扑面，万萧华却镇定自若，手中法诀一掐，一道白玉色的小盾凭空浮现。虽然在那妖物掌中一击而碎，但万萧华也凭此拉开了距离。那妖物在地面上轻轻一踏，重新向万萧华扑击而来。万萧华眼前一亮，暗道：好机会！

手中藤鞭顿时白光大放，向着狼腰抽去。那妖物却不躲不避，眸子中闪过一丝狡黠，狼吻一张，鼓动阵阵漆黑的吐息，直奔万萧华面门而去。

糟糕！好狡猾的畜生！万萧华暗骂一声，不得不松了手中的藤鞭，连连向后退去。

那妖物硬生生吃了万萧华一鞭，也是一阵低吼，用爪子刨了刨地面上的藤鞭，踩着藤鞭望着万萧华，碧绿色的眸子冷冷地看着他。

好狡猾的妖物……万萧华望着这只银灰色的巨狼，嘴角勾起一抹苦涩的笑容。他万家与大黎山不接壤，也少有与妖物对敌的经验，更别说是这种玉京轮的妖物了。

那妖物一刨后爪，将那藤鞭埋进雪中，踩着浅雪向万萧华奔来。他连忙掐诀施法，白玉色的小盾再度浮现在身前。那妖物却四足间黑气升腾，腾空而起，一击将那白玉色的小盾打得粉碎，狼吻向万萧华颈间咬去。

…………

黎泾山山顶小院中，一面青灰色鉴子正灼灼地放着白光，沸腾的白色月华如水般从镜面中喷涌而出。万萧华出现时李项平等人便进入了他的神识范围，镜中的太阴玄光已经跃跃欲试。陆江仙压抑住出手的冲动，想看这玉京轮修行者有怎样的底牌。

好像……不怎么样？看着万萧华连连失利，险象环生，硬生生被那妖物逼出了一道淡蓝色符箓，顶着个水罩朝黎泾山脚发足狂奔，陆江仙也没了看戏的心思，默默祭出法诀，暗自道：就拿这妖物试试水！

陆江仙心念一动，镜身边缘的十二道篆符逐一闪亮，青灰色鉴子拥着乳白色的月华从石台上缓缓悬浮而起，一点儿一点儿调整好角度。在李通崖与李木田震惊的目光中，白色月华骤然喷涌而出，击碎了小屋的天窗，如同一道璀璨的流星般破空而去，留下一地的碎石和散落的灰瓦。发射完太阴玄光，这面青灰色鉴子这才缓缓落定，散去白色的月华，重新落回石台之上。

看着一地的碎瓦和灰尘，李通崖一时间竟不知作何感想。李木田被灰尘呛得咳嗽了两声，对着他挥挥手道：“多半与那妖物有关……快去看看你弟弟怎么样了！”

李通崖这才如梦中惊醒般拔腿就跑，心中暗暗思忖道：还能怎么样？这般大的声势，别说是胎息境妖物，怕是练气期的妖物都被打成碎末了。

…………

万萧华在腿上拍了一道神行术，边向着李项平之前所指的黎泾山方向发足狂奔，边在心中懊悔不已：这下算是亏大了，一道水罩符，又去了半块灵石。

耳边恶风扑来，万萧华灵识一扫，背后已然浮现出一道白色小盾，借着一击之力，再次与那妖物拉开了距离。

这……万萧华望着前方那山，本想估算一下距离，却没想见那山顶上骤然升起一道璀璨的白光，在空中拐了个弯，拖着长长的尾焰就直奔他的方向而来。

万萧华差点儿吐出一口老血，连忙侧身躲避，那白芒却理也不理地越过了他。

他被吓得一口气坐倒在地，看着这道白光从那妖物的脖颈上越过，轻巧得如同击碎一张薄纸般远去，留下一具高高跃起的无头狼尸。

轰！巨狼的尸体颓然倒地，白芒在其身后击倒了成片的大树，消失在远方，震得整片密林的雪齐齐落地，几乎将万萧华埋进雪里。

“喀喀喀……”万萧华狼狈不堪地吐出几口满是灰尘的雪，目瞪口呆地盯着小山般的妖物尸体。

“家主，家主！”万天仓的呼喊声自远而近，他急急忙忙地从雪中抱起万萧华，连声问道，“家主！你怎么样了！”

万萧华愣愣地望着万天仓，口中喃喃自语道：“杀鸡焉用宰牛刀啊……”

万天仓面上皆是汗水，他从怀中取出那还挂着些残雪的藤鞭，沉声道：“天仓生怕丢了宝物，一直潜伏在雪中未走，等那狼妖去追家主，天仓便将这法器拾回来了。”

“好，好。”看到法器，万萧华恍然惊醒，打起了精神，将宝物收进怀中，连忙爬起，向那狼尸奔去。见那尸体的脖颈处挂着厚厚的冰霜，一滴狼血也不曾流出，万萧华连忙在狼尸的关节和几个大窍处掐诀拍打，封住灵性。

“这狼尸可是好东西，万万不能流失了灵性。”万萧华笑着摸着大如黄牛的狼尸的脊背，笑盈盈地开口道。

“家主，那妖物……多半是人家的了。”万天仓看着万萧华喜不自胜的样子，小心翼翼地提醒道。

万萧华的喜色顿时一滞，他瞥了一眼万天仓，沉声道：“我晓得。”

“万家主！”

万天仓和万萧华正大眼瞪小眼地站着，却听见一声高喝。两人连忙扭头去看，原来是李项平和李通崖带着陈二牛等一众村丁寻来了。

“多谢万家主来援！”李项平笑着拱拱手，陈二牛望了望他的眼色，连忙招呼手下的村丁去搬那尸体。

“却是见笑了。”万萧华苦笑着抖了抖身上的雪，又开口询问道，“不知那道救下萧华的白芒……”

李通崖听了这话连忙上前一步，开口道：“家父尚保存有几道当年自制的符箓。仙师远来相助，他老人家生怕那妖物害了您，于是便唤我们用了。”

“原来如此！”万萧华长出一口气，李通崖的回答也和他预估的相差不大，他颇有些感激地道，“谢过令尊了。”

“是我等要谢过万家！”

几人客气了一番，万萧华指着那妖物的尸体笑道：“不知贵族要如何处理此物。这狼妖尸体保存不易，却又一身是宝，骨头血液可用来制墨炼药，皮毛可以用来制符制衣，当真是好东西。”

李通崖与李项平对视一眼，苦笑道：“我家根子浅薄，制符炼药都难得很，是以有些用不上，万家主能出入坊市，不如寄予贵族售卖。”

“这狼妖体型颇大，但有些神异，恐怕吞食过什么宝药，我也不欺瞒你们，在坊市中零零散散能卖上两三块灵石。”万萧华思忖了几息，瞄了一眼仔细听着的两人，接着道，“我身上还有一块半灵石，先予你等，剩下的便用些他物来抵。你等可知读过《杂修秘要》？”

见李项平两人摇头，万萧华心下一愣，暗忖：这李木田真是筑基期修士？恐怕另有隐情……面上却笑道：“这秘要记载着一位灵初轮散修的一些法术要点与修炼心得，并记载有神行术与封灵术等几样小诀，是我在坊市中以一两块灵石的价格淘来的，一并抵给贵族如何？”

李项平望着万萧华满脸的笑容，摸了摸下巴，思忖道：这狼妖的尸体我等也用不上，据说不易保存，不如就跟这万萧华换了，虽说多少亏点儿，好在能各取所需。

于是李项平笑着开口道：“全凭万家主做主。”

“好，好！”万萧华顿时大喜过望，又接着道，“还请贵族派人将这尸体运送到两家交界处，我便唤人过来取。”

“好。”

两人又聊了几句，李项平望了望天色，拱手道：“万家主可要去我黎泾山上坐一坐？”

“不必了，族中要务繁多，便先回去了。日后若是有事，吩咐天仓写信来便可！”

万萧华连忙拒绝，黎泾山上有阵法，虽说两家现在一副气氛融洽的样子，谁知道他进去了还能不能出来？当下明白李项平是在送客，寒暄了两句便告辞了。

…………

雪下了三天，银灰色的雪花在空中肆虐着，家家户户紧闭着门，天气彻底冷了下来。李通崖将黎泾村的小院整理干净交给李秋阳看护，牵着柳柔绚上了黎泾山。一脚深一脚浅踩着雪，柳柔绚披上淡灰色的长裘，笑嘻嘻地牵着李通崖的手，叽叽喳喳地开口：“通崖哥，开春咱们就成婚。”

“好。”李通崖拂去她肩膀上的雪，轻笑着将手中的伞微微倾斜，抖去沾在伞面上的雪花，将伞往柳柔绚身上靠了靠。

黎泾山不高，李通崖领着柳柔绚穿过山脚下沉积的雾气，踩着被积雪覆盖的石板路走了没多久就到了院前。才进屋中，他们便看着田芸拥着毛裘笑盈盈地坐在火炉前。她脸蛋微红，见了李通崖两人开口唤道：“二哥二嫂。”

李通崖笑着应了一声，柳柔绚面对这个大了自己五六岁的弟妹倒是大大方方，凑在火炉旁偷笑着就同田芸低低地讨论起来。

李项平一大早下去给稻田施了灵雨，此刻正在后院吐纳修炼。李通崖将身上的大衣一解，挂在墙上，扭头看向一边默默缝衣的任屏儿，轻声道：“父亲呢？”

“老人冬天嗜睡，还在屋中。”任屏儿抬起眼笑笑，看炉边的田芸正挥手招呼，便放下手中的织物一并坐过去，笑着低声探问起柳柔绚来。

李木田昨天亲自动手拓宽了天窗，忙到深夜，现在还在屋中睡着。李通崖愣愣地望着窗外覆盖整座大山的雪，心中默默地想，若是大哥还在……该有多好。

…………

冬去春来。去年的年头景气，春天雨细不旱，秋天干爽不涝，无雹也无蝗，家家户户都有余粮，故而冬天也无人冻死。黎泾村前年种的第二批灵稻也已经成熟。李家将灵稻采伐了，去皮出糠，得了一百七十斤灵米、五十斤灵糠，加上之前收获的灵稻，一共是二百九十斤灵米、九十斤灵稻，用以交付上供的两百斤灵米已经够了。

有了李秋阳和柳柔绚的加入，李通崖和李项平轻松不少。将诸多灵田交给两人去照料，他们便可以将更多精力放在修炼上。白元果株也开了花，白白粉粉绽了满枝头。李通崖估算着再有几个月这白元果就能熟了，不至于赶不上青池宗的上使前来收取供奉的日子。

李通崖刚施了灵雨，却见万天仓愁眉苦脸地进了院子，朝李通崖诉起苦来："那汲登齐昨日深夜带着人蒙面跨界而来，袭击了我万家诸多灵田。山下的灵稻被烧了十有八九，死了不少凡人，还差点儿被他们攻上华芊山。好在我家家主机敏，在灵稻成熟期间时刻警惕，及时坐镇阵中。那汲登齐带人围攻了一夜，才在天明时悻悻退去。"

李通崖将手中的茶碗一放，有些诧异地开口道："贵族这阵法当真厉害，竟然能守住练气期修士一整夜的围攻。"

万天仓摆摆手，苦笑道："取巧罢了，我万家两百年前出过一位阵法大师，借助华芊山上的一口灵泉构筑了这大阵。只要灵泉不断，这阵法便可不断恢复灵气。"

"好厉害的阵法！"李通崖不由赞道，心中暗自思忖道：自己家黎泾山上的阵法相比之下逊色多了。不过萧元思曾说，遇到更好的阵法依旧可以利用那阵旗来布置！只是可惜我家无阵法传承……

万天仓看了李通崖一眼，见他一脸沉思之色，继续道："可惜他心高气傲，草草便想炼就道基，陨落在华芊山上。"

"炼就道基？"李通崖不禁一阵惋惜，沉声道，"却也是练气期巅峰的前辈了。"

"哎……"万天仓长叹一声，颇有些向往地开口道，"那是我万家最辉煌的时代，家中足足有五位练气期的修士。那位先祖死了十几年后，家中就连着丢了三座苦心经营的山峰，战死了四位练气期的修士、十位胎息境的修士。若不是在宗内有些人脉，早就家破族灭了。后来长辈一个个去了，宗中那位只不过保住万家血脉，也不再管事。此后一代不如一代，但好歹是存续了下来。直到十多年前家主突破玉京轮，这才能打开那几个祖上传下来的储物袋，却发现只剩下点儿灵石符箓，再无什么助力。”

“原来如此。”李通崖深深叹气，将万天仓面前的茶碗添好，见他唉声叹气，低低安慰了他几句。

万天仓饮了口茶，狠狠地一拍桌子，愤愤道：“可恨那汲家！当年我万家与北边的郁家交战不断，汲家不过是夹缝中的小家族，连个练气期的修士也没有，只左右逢源，如今竟然成长到这种程度，几乎将我万家逼到绝境。”

望了望李通崖，万天仓又低声问道：“不知你家中那位大人？”

李通崖懂得万天仓指的是李木田，当下警惕起来。好在兄弟俩早就对好了口风，于是他饮了口茶道：“家父早年离家出走，在古黎道上当兵，随着那杨将军攻打山越。”

“天仓略有耳闻，那杨天衙筑基期修为，带着兵往东攻打那支山越，死了许多人。”万天仓将茶碗挪了挪，疑惑地开口道，“我却听闻令尊归来时便是凡人……”

李通崖苦笑一声，解释道：“家父在家中便得了位仙修指点，成了练气期修为，又在军中征战时得了机缘，炼就仙基，至于为何废了修为，却不便外传。”

“是天仓草率了！”万天仓拱拱手，心中暗道：怕是年纪轻轻炼成仙基，年轻气盛得罪了那些大族子弟。也就那些大族子弟不惧报复，爱好这种将人废为凡人的戏码。

但他仍惋惜地开口：“可惜可惜。”

万天仓望着李通崖闭口不谈，一咬牙，终于开口道：“不瞒李兄，天仓此次前来，希望能用族中阵法传承换一道练气期巅峰或者筑基期的符箓，诛杀那汲登齐！”

李通崖这才恍然大悟，心中暗道：我说这万天仓怎么闲来无事来我这儿话家常，这家伙原来打的是这番主意！

李通崖望着眼前的万天仓，一时间尴尬不已。若是家中有那什么练气期、筑基期符箓，他真能考虑拿出来同万天仓换取阵法传承，可救下万萧华的那道白芒压根儿不是什么符箓，而是法鉴遇敌发出的攻击。这又叫李通崖无从开口。

“万兄，非是通崖不愿交换，实是不能啊……”李通崖张了张口，吐出一句自己都不信的话，心中一叹。

万天仓自然不肯信，一边皱着眉头苦苦劝说，陈述其中利害，一边心中暗自疑惑：这分明是两家皆大欢喜之事，这李通崖为何语焉不详，一副不太感兴趣的样子？

见李通崖一脸为难，万天仓顿时恍然大悟，信誓旦旦地开口道：“通崖兄放心！这阵法传承中除去我家华芊山上的那地锁华芊阵事关我家传承安危，不可外泄，其余的十道胎息境阵法、三道练气期阵法，一道也不会少，绝对会完完整整地交到贵族手中！”

李通崖见这人话已经说到了这份儿上，当下也是心动不已，只好先使出拖字诀，点点头道：“通崖还需同父亲弟弟一同商榷，再来回复天仓兄。”

“那是当然，那是当然！”万天仓连忙点点头，心中觉得此事已经十有八九落定了，当下放松地舒了口气，又开口道，“这种大事自然是要取得令尊的同意，那我便等着通崖兄的好消息了！”

黎泾山山顶。

这万天仓倒是好唇舌。陆江仙的神识将两人的举动看得一清二楚，心中念头也是百转千回：那太阴玄光的威力相当于玉京轮巅峰的修士全身修为汇聚而成的一次攻击，看起来挨实了连初入练气期的修士都要吃大亏，也难怪这万天仓要来讨要。

对于李家，陆江仙可以说是相当满意。他们全家都凭他的玄珠符种踏入仙道，每个人的玄珠符种都凝聚了一身修为，可以说兴废尽在陆江仙一念之间，让陆江仙很有安全感。每一次有强横气息飞过大黎山时，陆江仙都老老实实地伪装成一面普通的镜子，躲在这深山老林里，就是不想成为他人手中器物。谁知道那些紫府、金丹有什么样的手段？未必奈何不了他这个器灵般的存在。虽说在那些修行者手中他可能恢复得更快，但哪有日日在这山间苟住发育来得舒服？每一个种出去的玄珠符种都像陆江仙的一只触角，为他传递信息，探寻宝物，每个人的每一次突破都在为他增添法力和神识。

“当狗哪有当主人舒服！”陆江仙喃喃自语，看着在自己孕育出的符种庇护下李家生机勃勃的样子，心中满意得很。但换个角度想，倘若自己是李家人，一身修为掌握在一个有自己想法的器具手上，自己绝对忍不下去，是要想方设法去取得控制权的。李家人虽然聪明能干，但也生性多疑，所以陆江仙始终没有表现出神智，而是一副全凭本能行事的模样。至于万家的阵法传承，陆江仙也是心动不已，不知以他这镜身为媒介来布阵，又会是怎样的效果。只是要怎样让李家人取得这传承……

…………

“阵法传承？”李项平皱了皱眉，望着李通崖摇摇头，开口道，“我家可没有什么符箓可给他。”

“可这阵法传承实在诱人，为兄也是眼馋极了。”

李项平也心动不已。他拍了拍大腿，连忙起身，拉着李通崖就往后院走：“去问问父亲去。”

李木田正在后院的小屋中扫地。老人没什么爱好，不吸烟也不赌博，平日里没事就逗弄一下孙子，同田守水聊聊天，在这放着鉴子的小屋里晃悠来晃悠去，好像怕一不注意这鉴子就从天窗飞走了。

李玄宣正在侧屋修炼，这孩子借助鉴子已经凝聚了七十缕月华之力，比起李尺泾当年也就慢了一筹，引得几个长辈都惊喜不已。

听完李项平的话，李木田将手中的扫帚放下，望了望石台上的鉴子，沉声道："这事不好办。"

见着两个儿子一脸惋惜之色，李木田眯了眯眼，又继续道："前些日子那妖物被鉴子的白芒所杀，你二人如何看？"

李通崖两人愣了愣，皱眉沉思起来。

"此等灵器，天生便有诛邪除妖之命，或许那妖物靠得太近，便被鉴子诛杀了。"李通崖思忖了几息，抛出了他心中所想。

"倒也说得过去。"李木田点点头，低声道，"若是要帮那万天仓，大可同他说这符箓必须由我家人来用，再远远地用法鉴偷袭那汲登齐。只是汲登齐非邪非妖，又怎么能引得这镜子攻击呢？"

李项平沉默了许久，突然开口道："修行一道从玄景始，炼丹炼器、画符布阵，就连储物袋都需玉京轮诞生了灵识方才可使用，或许待到我等修成了玉京轮，便可解开些法鉴身上的谜团，借助些鉴子的力量来杀敌。"

"不错。"李通崖点点头，算了算时间，开口道，"万家的灵稻方才成熟了一茬，待到下次成熟至少要两年，届时汲登齐才会越境来袭，所以我等有的是时间。"

李木田坐在石凳上，拿起茶壶将眼前的几个茶碗倒满，慢悠悠地道："且先拖着，待到我李家出了玉京轮，与万家的实力相差无几，再来解决这些个问题。在此之前，便先让那汲登齐替我等压着万家。"

"是。"李项平轻抿了一口清茶，朝着李通崖问道，"二哥进度如何？"

"已经摸到了那青元轮的边角，只待吐纳几月，寻个天气告生、阳明消暗的日子，便可尝试突破。"

李通崖轻轻一笑，望着如水般的月色和流淌在镜面上的淡白色月华，解释道："这青元轮比起承明轮却是容易得多。"

李项平笑着摇摇头："再过几月便是仙宗上使前来收取供奉的日子，也应请教一下万家诸多事宜。"

…………

“法力凝实，化作青元。”挥手散去手中的淡白色的月华青元，李通崖兴奋不已。青元轮虽然算不上什么关卡,但好歹是胎息境的第四层，大半年来顺风顺水地凝实法力还是让他十分满意。

“只是这青元法力看上去有些不同寻常，法力增长如此之大，看上去和那《青元养轮法》中描述的玉京轮修为相近了，看来我家这《太阴吐纳养轮经》真是非同一般。”李通崖将手中青锋一提，用白布仔细地擦拭起来。古黎道上的人们用刀用棍居多，他这把宝剑还是翻了四个村子才从泾阳柳家寻来的。泾阳柳家是柳柔绚的娘家，一听说李通崖要寻剑，就立马把这把压箱底的宝剑送上来了，并且说什么也不要李通崖的钱，皆称是柳柔绚的嫁妆。

“练了大半年，总算能稳定地用出这玄水剑芒，也算是入门了。”李通崖两指一并，在青锋上缓缓划过，那宝剑顿时吐出一道淡灰色的剑芒来，薄如蝉翼地附着在剑锋上，看起来锋利极了。

走出院子，李通崖在山间寻了个无人处，悄悄舞起剑来。

“喝！”舞了几个来回，李通崖手中青锋一提，手腕一动，便从面前的大树上划过，那棵大榕树顿时轰然倒地，震起一地灰尘。

“果真锋利。”兴致勃勃地舞了一会儿剑，李通崖将青锋往腰上一挂，吐纳修炼恢复好了法力，往黎泾小院去了。

黎泾小院的白元果成熟了，挂在淡黄色小苗顶上白盈盈、圆润润的，看上去诱人极了。这白元果采摘起来比灵稻容易得多，用法力采摘，再用玉盒陈放即可。院中一口气结出了十五枚白元果，李通崖向万天仓借了两个玉盒刚好盛下。

“天仓兄，不知这供奉……”

“沿着古黎道往东，一直行到东边萧家的冠云峰，黎夏郡诸家一齐在那处上缴供奉，各家也会带来各自或盛产或富余之物前来交易，就在那山脚下。”听李通崖问起上缴供奉之事，万天仓摆了摆手，细心地解释道，“那山下的坊市由萧家做担保，一般不会有什么夺宝杀人之事，只是钱货两清，离了摊位概不负责，要看各人的眼力。”

“原来如此。”

同李项平和李木田商量了一盏茶工夫，李通崖带上万家送来的那枚松越果和几道法诀功法，收拾好家中的灵稻和灵果，悄悄往万家去了。万家的马车正停在古黎道边上。为了防止汲家得知消息前来偷袭，万家只派出了青元轮的万元凯和一名驾车的车夫来接李通崖。收拾好东西，李通崖将灵稻和灵果放上万家的马车，在夜色的掩护下摇摇摆摆地往东边去了。

…………

“湖中金秋，须要寻得直径三千里的大湖，待到岸上秋色金黄，天朗气清，夜色通明，以丙子呼焯法纳气一夜，便得一份秋气，八十一夜得一缕湖中金秋，十缕便得一份，用时十年，又称一旬湖秋气。”

李尺泾翻着手中的书，默默地记下书中记载的方法，心中暗忖：师傅给的这份《七月练气真诀》倒也详细，不知有没有太阴月华的炼法。

在书中仔细翻了几次，李尺泾喃喃自语：“太阴月华……太阴月华……在这儿！”

“太阴月华，洁白如霜，流动如水，月盈则明，月亏则暗。”李尺泾呆呆地往后翻了几页，张张口道，“就这？”

“哎……”李尺泾早些日子就修成了灵初轮，距离练气期只差些时间积累罢了，于是乘着等人的空隙，早早开始读些练气要诀，“若是没有这太阴月华的线索，只好修那《元清御雨诀》了。”

李尺泾一抬头，见那布武阁外的某项任务赫然消失，阁楼大门一开，一道人影缓缓出现。他在布武阁外等了三天，才见到收取黎夏郡供奉的任务被人揭了。见那人轻轻踩着飞梭就要走，李尺泾连忙道：“这位道友！”

那人闻言一低头，轻声道：“什么事？”

李尺泾这才注意到对方是个面容姣好、身着浅青色长裙的女子，尴尬地笑了笑，解释道 :“道友可是接了那前往黎夏郡收取供奉的任务？”

“不错。”那温婉女子望了望李尺泾,见他才是个十七岁上下的男孩，顿时放缓了声调，柔声道，“你可是有家人在黎夏郡？”

“正是正是！在下青穗峰李尺泾，不知仙子姓名？”

“月湖峰宁婉。”宁婉点了点头，示意李尺泾继续说。

“仙子要去黎夏郡收取供奉，还望能关照尺泾家人一二，尺泾感激不尽。”李尺泾拱拱手，恭恭敬敬地低声回答，“在下出身黎泾李家，就在望月湖边上。”

“都是同门师兄弟，关照一二那是自然。”宁婉轻点螓首，有些疑惑地反问道，“你既生在望月湖，在我月湖峰的辖地，为何不入我月湖峰？”

李尺泾笑着回应道 :“师尊司元白路过大黎山，尺泾福缘深重，得了师尊青睐，便被带回宗内修行了。”

宁婉不满地哼了一声，低声道 :“司元白不好好在他那蕈林原待着，却来我望月湖挖人，好没道理。”

李尺泾只好苦笑两声，假装没听到这话。

“好了。”宁婉抿了抿嘴，轻声道，“可是有什么要让我带去的？”

“有，有。”李尺泾正愁怎么开口，闻言大喜道，“多谢仙子了！”言罢双手递上了个小袋子。

宁婉接过一掂量，传来清脆的灵石碰撞声，看上去有四五枚灵石。她心中有些疑惑，便开口道 :“你在宗中修行，不曾收家中资粮，反倒往家中送东西，这是什么理？”

李尺泾连忙摇摇头，回答道 :“家中托人送来了丹药，峰上一应俱全，一时也用不上灵石，用以修炼又太过奢侈，不如送往家中补贴家用。”

“原来如此，难为你一片诚心了。”宁婉闻言，不由得心中一软，对这男孩有了几分好感，笑着开口道，“我一定带到。”

…………

春寒料峭，吴老汉披着棉衣坐在灰黄色的木椅上喘着气，路上那一支随着寒风高高扬起的酒望子旗像条泥鳅似的舞动了两下，无力地垂落下来。

今天应该有好些生意做了。吴老汉暗自思忖。

越国地处南方，气候湿热，冬天不常有雪，去年那种大雪更是少见。当时大雪压得整条古黎道上车马不行，吴老汉整整一个冬天才接待了三批客人。如今春来雪化，又有八分冷意，正是喝酒的好时候。吴老汉倚着木椅子懒洋洋地蹭了蹭，身下的破椅子嘎吱嘎吱地乱响一通。他眯了眯眼，透过窗户看见远方的小路上升起一阵黄尘，于是连忙起身，一瘸一拐地走到门前，扬声道："荤酒，羊肉。"

见那车马慢悠悠地到了跟前停下，吴老汉连忙开口道："前边的老爷，小店有些荤酒，酸辣小菜也爽口……"

却见车帘一掀，走下来两个披着毛裘的男子。为首的男子看起来不到十七，英姿焕发，手中提着一把长刀，面上尚有些稚嫩，笑盈盈地望着酒肆，身后的男子看上去二十五六，腰间挂着宝剑，相貌还算清秀，双目炯炯有神，警惕地望着吴老汉。

这青年人看上去有些江湖经验，警惕得很。再看这宝剑，他们应该是两个大户世家的子弟。今日有赚头！吴老汉当下有了计较，谄媚地笑了笑，开口道："两位里边请，本店特色的雪花荤酒可是这道上的美味。"

言罢扭头高声道："来客嘞——"

两人往桌边一坐，楼上噔噔噔地跑下来两个汉子，弓着腰讨好地笑着，站在那吴老汉身后。

"来一壶雪花酒，上几样菜。"万元凯将手中长刀一放，见那老汉命人下去做了，朝着李通崖乐呵呵地解释道，"这雪花酒啊，是将羊精膂肉片作薄片，用极好的酒煮烂，细切后研成膏；再用羊筒髓、肾窠脂于锅内熔油，拌入肉膏，用时以温酒浸饮。”

万元凯咽了咽口水，低声道：“我五年前同族兄来过此地，点了这一壶雪花酒，顿时惊为天人，念念不忘至今。在家中来来回回就那么几种吃法，早就吃腻了！”

李通崖在路上摇摇晃晃地坐了几日车，日日吃干粮喝冷水，听了这话也是食指大动，不由期待起来。

两人聊了几句，门外传来一阵喧哗声，走进来几个身着棉衣的汉子。他们咋咋呼呼地坐下了，高声道：“吴老汉，上酒！”

“哎，几位爷来啦？”吴老汉连忙笑着迎上去，挨个奉承起来。

“这春寒真是冻人，哥几个在东口守了一夜，快冻死了！乘着换班时主家放人，赶忙上来喝两口。”为首那虎背熊腰的壮汉大笑道，“这几日不知出了什么事，道上管得严，郡里的几个世家都往道上派人，搞得鸟都不敢吱一声！”

“大虎，这你就不懂了，每隔几年都来这么一次，习惯就好！郡中几个世家抓得紧，几天就过去了。”那一桌上一人慢悠悠地开口道。

万元凯竖着耳朵听了一阵，笑嘻嘻地低声道：“此地临近冠云峰，我猜这些人是萧家俗世的家丁。”

李通崖点点头，心中顿时浮现出萧元思的模样来，不由得对这群汉子多了几分好感。

那小二端了一壶热酒上来，并上了几样小菜和一碗雪白的羊肉膏。万元凯连忙拿起小勺，在那膏上轻轻一挖，在碗里一放，拿起酒壶就往碗里一冲，浸饮之下顿时弥漫开一股诱人的羊肉香。

那为首的大虎抽了抽鼻子，眼中一亮，口中赞道：“好香，是雪花酒！”

万元凯不接那汉子的话茬，美美地嘬了一口，示意李通崖也试一试。李通崖无奈地笑了笑，朝着那汉子礼貌一笑，冲泡起这雪花酒来。浸毕轻轻一抿，美酒的醇香和羊肉的鲜美混合着淡淡的奶味顿时冲上舌尖。李通崖不知不觉便喝完了碗中酒，轻笑道："果然滋味鲜美。"

那壮汉见李通崖两人不去理他，有些尴尬地撇了撇嘴，低声道："不就有几个臭钱……"羡慕地望了望隔壁桌，咽着口水扭过头和兄弟自顾自地聊了起来。

万元凯才饮了几口，便见门外又是一阵喧哗，远远走来一群人，簇拥着一个华服锦裘的青年人进了酒肆。

"族兄！你别看这酒肆破破烂烂，这雪花酒在道上可是一绝。这东口荒山野岭冷冷清清，也就这酒肆能消遣一二。"一个衣着华丽的男子正躬身谄媚地在那华服青年身前比比画画。那男子看上去三十五六，却弓着身唤那华服青年作"族兄"，看上去颇有些滑稽。

"嗯。"那华服青年眼睛有些细长，身上披着雪白的狐裘，腰间系着一个金色锦囊，容貌还算得上是英俊，一副养尊处优的模样，闻言只是轻轻地应了一声。

坏了，这主家的管事怎么来了！那名叫大虎的壮汉脸色顿时一变，别过头去假装不认识，那一桌的其他壮汉也纷纷低头，战战兢兢一句话也不敢吭。

"那华服青年多半是大宗嫡系，这管事平日里高高在上的，见了这人却如此谄媚。"大虎悄悄地瞥了一眼那群人，好不容易认出两个，皆是萧家驻守东口的族兵中的大人物，此刻竟然恭恭敬敬地站在那管事身后，一声也不敢吭。

那华服青年见了店中的环境，微微一皱眉头，却吓得那中年管事心惊胆战，垂着头一句话也不敢说。中年管事在脑海中想了半天的措辞，却恍若做梦一般听到身前的青年笑了，顿时吓得肝胆俱裂，暗忖道：这族兄身具灵窍，入了仙道，向来嚣张跋扈，来了这东口镇守十多天也未曾见笑过，怕不是怒极反笑！

华服青年却颇为礼貌地拱了拱手，脸上露出和蔼的笑容，轻声道："想不到在此处偏僻小店也能见到两位道友！"

中年管事顿时脑海一空，浑浑噩噩地抬起头，便见两个衣着朴素、披着寻常毛裘的男子正坐在店中对饮，自己那位素来嚣张跋扈的族兄正恭恭敬敬地站在一旁。

“道友好眼力！”万元凯望了他一眼，赞了一声，笑道，“不如坐下共饮几杯？”

“正有此意！”那华服青年毫不在意地坐在了那破木凳上，那木椅顿时发出一阵阵嘎吱嘎吱的响声，仿佛要马上散架一般，看得中年管事一阵错愕。

“在下青池治下黎夏郡萧家萧雍灵，见过两位道友。”萧雍灵颇为客气地笑了笑，接过李通崖递过来的酒碗道了谢，这才开口道，“不知两位？”

“青池治下，华芊万家万元凯。”

“青池治下，黎泾李家李通崖。”

两人见他如此谦逊，也客客气气地回应了。

那萧雍灵听到华芊万家面上笑容不变，听到黎泾李家却错愕不已，连声道：“不知可是那望月湖畔的黎泾李家？”

“正是，不想我李家才登仙路，家小业薄，也能传到贵族这种世家大族耳中。”李通崖心中也是吃了一惊，暗自想起了萧元思。万元凯更是尴尬不已，思忖道：这萧家世家大族，对我万家不以为意正常得很，倒是这李家，这才登仙几年，怎么就传到萧家那里了！

“哈哈哈。”萧雍灵笑了几声，客客气气地解释道，“族叔正是青穗峰萧元思，你我两家皆在青穗峰下，我们对贵族自然是有所耳闻。”

“原来如此！”

万元凯心中咯噔一下，这才想起来李家有位拜在青池宗下的弟子，心中顿时五味杂陈，又看向萧雍灵，开口道：“道友年纪轻轻便修成了玉京轮，当真是好修为。”

萧雍灵顿时一滞，尴尬地回答道：“雍灵不过承明轮修为，只因是萧家大宗嫡系，族中长辈赐下了宝物，能够辨识出身具修为之人，故而识别出了两位，并非玉京轮灵识。”

“是在下草率了！”万元凯也是一阵尴尬，连连拱手抱歉。

萧雍灵不以为意，摆摆手一脸得色地开口道：“诸位是来上缴供奉的吧！”

“正是。”李通崖两人对视一眼，见这萧雍灵一副八卦样也是心中一乐，摆出一副洗耳恭听的样子。

“望月湖至黎夏郡一带皆归月湖峰管束，如今月湖峰还剩四位弟子，两位可知来的是哪位上使？”

“不知……”

“是秋湖仙子宁婉！”萧雍灵一脸得色，又见两人满面疑惑，不由得一滞，开口解释道，“宁婉炼化松林朔风入了练气期，又尤为擅长阵法，方才二十四便突破了练气期八层，听说是个一等一的美人，向来不管下面的事。若不是月湖峰几个弟子都腾不出手，她也不会接这个收取供奉的任务。”

萧雍灵滔滔不绝地开口解释，又戛然而止，疑惑地望望万元凯，询问道：“说起这阵法一道，你万家可有传承？这华芊万家总听起来有些耳熟。”

“自是有的。”万元凯憋了老久，听了这话顿时眼前一亮，颇有些自豪地解释道，“我万家两百年前曾出了个阵法大师，名叫万华芊，这华芊山便是以他为名。”

“这样……”萧雍灵点点头，附和道，“我读过族中修的史，有提到这万华芊。家中推测他是得了陨落在当年那场大战里的修士的传承。”

听到感兴趣的内容，李通崖生怕这人又把话题转移到宁婉的美貌上，连忙询问道：“不知这场大战……”

萧雍灵摇摇头，思忖了几息，轻声道：“族中对那场大战也是语焉不详，只是听闻有人打着上宗月华元府的旗号要叫三宗十门皆听从他的号令，最后被三宗愤起而攻，死在了望月湖之上。”

“好狂妄。”万元凯倒吸一口凉气，不由对那人生出一丝敬畏来。

“那场大战打得河水断流，地脉灵机尽断，三宗死了十五个筑基期、数十个练气期的修士，就连高高在上的紫府修士都死了两个，十门更是只剩下七门了。”

李通崖也是唏嘘不已，眼前仿佛浮现出三百年前山脉断绝、河水倒流的画面。

“紫府修士寿五百，得费多少辛苦才能修成？不好好享受，非要去跟别人拼死拼活。”

万元凯叹了口气，有些惋惜地感叹道：“哈哈哈，我等小修，这辈子也不过求个练气期修为罢了，自然看不懂这些高高在上的大修士。”

萧雍灵哈哈一笑，抿了一口雪花酒，拿起筷子在桌上的小菜之中望了一圈，又尴尬地放下筷子，暗暗思忖道：“这地方也就酒能喝。”

“萧兄可知那松林朔风乃何物？”李通崖自知家底浅薄，不放过任何一个打听消息的机会，接着萧雍灵的话茬问道。

“胎息境晋为练气期，须要纳一口天地灵气，松林朔风便是其一。要寻冰天雪地里的松柏林，待到朔风吹来，以独门密法收取。六月得一缕，在雪地高峰上五年便成，若是年年等雪，怕是要十年不止。”萧雍灵微微一笑，解释道。

“原来如此！”

又聊了几句，萧雍灵摆了摆手，笑道：“时候也不早了，便不耽误两位前往冠云峰，不如就此别过。倘若二位今后前往黎夏郡游玩，千万要来找雍灵，到时我等再把酒言欢！”

“那是自然！”

萧雍灵笑着告别了两人，带着一众手下出了店往东边去了。走了几步路，萧雍灵仍一副沉思的模样，中年管事也不好去打扰他，只能弓着身亦步亦趋地走在后面。

正走着，中年管事忽然听到后边有人小声询问："这位爷不是向来以嚣张跋扈出名，怎么今日进退有度，一副谦逊有礼的样子？别说是那两人，我等都看呆了。"

"胡说什么！"中年管事后退一步，在那人脑壳上狠狠地打了一巴掌才算完。

…………

大黎山北麓灵机渐复，妖物也跟着多了起来，李通崖才去了两月，黎道口便来了只熊妖，好在不过是玄景轮修为。李项平距离突破青元轮只有一步之遥，组织起村丁，拉弓射出几道金芒便解决了这妖物。一面要组织人手将这妖物拖去万家卖给万萧华，一面又要规划复建受妖物破坏的街道，李项平一时间忙得不可开交，好几日未回黎泾山。

母亲柳林云同田芸、任屏儿在正院照料小玄锋和景恬，李玄宣练成了玄景轮，前几日欢天喜地地下山跟他三叔除妖去了，又留下李木田一个人独自在后院。老人闲不下来，自己做了套家具，摆在立着石台的屋子外，平日里就守在门口望着料峭的春风在院子里打转。

李木田已经七十二岁了，年轻时留下的伤痛时刻在身上隐隐作祟。农户人家长得快老得快，如今他须发皆白，精力也大不同于往日，此刻坐在院中，尚且挂念着两个离家的孩子，思忖着家中的事务。

"项平和通崖都是让人省心的，可以兴旺我李家，只是泾儿离家万里，那仙宗之中不知深浅，又无人帮衬，不知如今过得怎么样了。"老人摸了摸俱白的须发，扭头望着石台上的鉴子，自言自语道，"一荣俱荣，一损俱损。"

…………

萧家的冠云峰云遮雾罩，淡白色的雾气将那些小院皆遮得严严实实，据说连灵识也透不过去。李通崖和万元凯随着前方的萧家仆从走了一阵，便见到了一片平坦的山顶。

估算着脚程，这冠云峰也不比黎泾山高到哪儿去。李通崖在心中思忖。他看见山顶上坐落着一个大院子，院中站了一片人，大抵三四十位，皆被绮绣，衣着华丽，三三两两低低地讨论些什么。众人皆站着，唯有一位老者老神在在地坐在上首低眉读着书。

“那老人便是萧家老祖萧初庭，是位货真价实的筑基期前辈！”李通崖听万元凯低低开口，连忙将目光从那人身上移开，生怕不小心冒犯了他。

“这萧前辈的经历可谓是颇具传奇色彩。一百多年前这萧家在郡中只能算吊车尾，偏偏练气期巅峰的族长外出死在了妖物手中。萧前辈临危受命，挽狂澜于既倒，凭借一手卓绝的炼丹术，硬生生将萧家维持住了，不久更是炼成仙基，将萧家抬到了世家之位。”万元凯一边在院中望着人，一边小声地解释，忽然眼前一亮，几步上前，恭声道，“卢兄！真是好久不见，近来可好？”

那男子披着石青色的绛丝披风，额头宽大，本应是老实的相貌，脸上却满是倨傲之色，眉头一皱望着万元凯开口道：“嗯，原来是元凯兄。”

万元凯顿时一滞，愣愣地笑了两下，见他腰间佩着灰色的锦囊，心中顿时一阵诧异，思忖道：卢家如今如此富裕？能给他配上储物袋，莫不是……

万元凯顿时脸色一变，失声道：“道友已经突破练气期？”

“不错，家中尚有份小清灵气。”那男子微微点头，轻轻瞟了一眼周边众人，见众人纷纷侧目而视，不由得抬了抬下巴。

“恭喜道友了。”万元凯脸色有些苍白，低低贺喜一声，“如此贵族便有两位练气期的修士了。”

又和那卢姓修士聊了几句，见对方一副爱搭不理的样子，万元凯脸色难看地回来了。李通崖知道卢家，路上过了万家地界便是这卢家，万元凯曾经说过这卢家也有一位练气期修士，语气中多有羡慕。

“这卢家怎的又出了练气期修士！”万元凯在李通崖身边抱怨了几句，“这卢平远曾经来拜访过我万家，出了一些资源助我们抵御汲家。

那时他不过是玉京轮修为，如今却已经练气期了！这小清灵气说得好听，不过是用了山间寻常吐纳的灵气来炼，用心吐纳七八载便成，只能说是大路货色，十个练气期修士里面有八个都用的小清灵气！”

万元凯言语中多有不屑，好像要把刚才受的委屈统统发泄出来，心中却羡慕得要死。两人正低声聊着，却见东边缓缓升起一片灿烂的霞光，身边的修士们纷纷抬头，三三两两讨论起来。

“好大的架势。”

“这便是那霞光云船？”

东边那道霞光缓缓靠近，显露出真身来，是一艘驾着金色霞光的云船，两侧插着一对云雾般的翅膀，破开一层层的云雾，几息之间便停靠到了山顶。

“恭迎仙宗上使！”山顶的修士们纷纷躬身行礼，就连萧初庭都起身来迎。

那霞光云船上飘出几道青色的流光，往山顶上一落，走出个身着青玉色长裙、披着藏青披风的女子，只是她戴着面纱，看不清相貌，身后跟着几个穿着青色衣服的仙宗杂役。

萧初庭上前一步，笑道：“见过上使。”

“前辈不必多礼！”那仙子声音清亮，婉转柔和，颇有高贵之感。

“那老夫便不耽搁了，这些是萧家今年的供奉。”萧初庭低声笑了一下，挥了挥手，下方的萧家人连忙开始往前院抬东西。一袋袋灵米装好了往院中堆，看上去几千斤不止，更有十几箱各类灵物，皆打开了展示。萧初庭继续道：“紫玉灵稻五千斤皆在此处，郡中各类灵物皆是按照往年的份额配足了，仙子大可查验一番。”

“不必了，萧家我还是信得过的。”宁婉摇摇头，轻声道。

萧初庭拱拱手，下面的人顿时担起这些灵物灵米往舟上运。一般的储物袋自然放不下五六千斤的灵物，故而要派出这霞光云船。

下方的各家连忙跟上，将供奉的灵物交予那几个仙宗杂役，挨个儿报上名号。

“郡南乌家。”

“迢云卢家。”

………

“华芊万家。”

“黎泾李家。”

万元凯和李通崖一齐上去将供奉给了那杂役。李家今年的供奉是十枚白元果、两百斤灵稻。李通崖看着余下的九十斤灵稻、五枚白元果，顿时肉痛不已，却猛然听见一道清亮婉转的声音在耳边响起：“你便是黎泾李家的人？望月湖边的李家？”

宁婉朱唇一张，下首的诸位顿时神色各异，暗地里议论纷纷：“这黎泾李家怎么从未听过，竟值得上使亲自过问？”

“谁知道呢……”

萧初庭也向下方望来，对着李通崖点头轻笑。

李通崖先是一惊，微微抬头，瞥见宁婉面纱下嫩白色的肌肤和明朗流畅的下颚线，不卑不亢地回答道：“回上使，在下李家李通崖，我家的黎泾山便在望月湖边上。”

“那李尺泾是你什么人？”

听了这话李通崖顿时眼前一亮，心中大定，知道多半是李尺泾在宗内打过招呼了，于是恭恭敬敬地回答道：“正是在下胞弟。”

宁婉抿了抿嘴，左手一扬，飞出一个小锦囊，缓缓落在李通崖手中，轻声道：“这是你弟弟给你的。”

“多谢仙子！”李通崖连忙接过，见周边众人皆惊异地望着他，不禁苦笑一声。他本是不欲张扬的性子，不想倒成了众人的焦点，顿时如芒在背，连忙道谢。

宁婉对着他点点头，同一旁的萧初庭说了些什么，两人笑着谈了两句，下方的众人都将供奉交上来了。

“回仙师，黎夏郡三十四家，皆齐了！”下方的杂役将东西都点清了，恭敬地向宁婉高声道。

“好。”宁婉点点头，对着萧初庭道，“晚辈还有要务在身，既然供奉已经交齐，便不多停留了。”

“上使慢走。”萧初庭一拱手，笑着看宁婉上了飞舟。

看着霞光云船缓缓升起，向东消失在天边，萧初庭这才扭头望向下方的众人，淡淡地开口道：“诸位都是老朋友了，那些个散修都到山下了，山下的坊市已经开了几日，各位可以前往交易了。

“还是老规矩，这冠云坊市是我萧家的产业，大家还是卖我一个面子，若是谁在这坊市中动手抢夺，强买强卖，便是砸了我家的场子。”

“是。”

下方众人皆应声，纷纷下山去。也有几人前来欲与李通崖攀谈，万元凯羡慕地望了望他，也欲开口说话，却听萧初庭咳嗽一声，笑道：“通崖小友，可愿与老朽谈一谈？”

周边几人顿时止步，万元凯也连忙闭嘴，李通崖赶忙回答道：“前辈客气了，能与您这样的大修士交谈，是晚辈之幸！”

萧初庭呵呵一笑，带着李通崖进了正院，在一张青石桌旁坐下，后边自然有侍者奉上清茶。萧初庭轻轻抿了一口，轻声道：“这冠云峰我也不常来，招待难免简陋了些，小友勿要嫌弃。”

李通崖接过茶杯轻轻一抿，顿时觉得一股清甜从舌尖升起，脑海中一片清明，忍着一口气喝完的冲动赶忙摇了摇头，连声道“不敢”。

“我那孙儿和你兄弟一同在青穗峰修炼数年，也同老夫聊过几句。”萧初庭笑了笑，接着道，“你那弟弟在剑法一道可谓天资卓越，峰主司元白称其是青穗峰数百年来第一，可是珍爱得紧。”

李通崖出身农户，村子里向来都用的茶碗，他捏着那小小的茶杯正有些不适，听了这话顿时一愣，有些惊喜地回答道：“泾儿却未曾同家中言说……”

“你那弟弟是个好孩子，你可看过那锦囊？”萧初庭看着李通崖的模样，眼中闪过一丝缅怀之色，似乎怀念起很遥远的事情，笑道，“其中装着五枚灵石，是这孩子五年间发放的资粮，那些灵米灵丹之类的应该是自己服用了，这些灵石都省了下来。”

李通崖顿时一愣，心中有些酸楚，喃喃自语道：“我李家苦了这孩子。”

“哎，莫要这样想，本是一荣俱荣、一损俱损的事情。”萧初庭摆摆手，手在桌面上一抚，顿时多出了一个白玉小瓶来，又开口道，“我观你还是胎息境青元轮，这里有枚明神散，你用去突破玉京。”

李通崖猝不及防听了这话，赶忙起身，连连摆手道：“前辈！这可使不得。”

“拿上丹药走人，莫要聒噪，家中连个玉京轮都没有，丢了青穗峰的脸。”萧初庭淡淡地开口，皱起眉头起身向后院走去，只丢下两个字，“送客！”

…………

冠云峰山脚下，李通崖苦笑着将怀里的丹药紧了紧，看向一脸复杂的万元凯，开口道：“元凯兄，不知这坊市……”

“哦。”万元凯这才从恍惚中惊醒，指了指前方的小路，解释道，“随我沿着这路走即可，坊市周边有阻隔凡人的幻阵，休要乱跑。”

两人走了一阵，果然豁然开朗，原本荒无人烟的山间小路上顿时出现了一小片聚集处，极为热闹，人来人往，谈论之声不断。

“通崖兄，族中交了任务给我，不如就此别过，晚些在山脚下会合，一齐乘坐马车回去。”万元凯一拱手，朝着李通崖笑道，随后迅速向东而去。

看着万元凯消失在远方，李通崖摇了摇头，看向路边的小摊。

这摊主人正捧着书读着，面上颇有些难色，摊位上摆着几张符箓，几种不知名的灵物和几支小旗。

“这是阵旗？”李通崖望着那几面灰白色的小旗子，谨慎地没有用手去碰，而是开口询问道。

“是，旗身用的玉京轮妖兽精皮，旗杆用的白玉木，只需八块灵石。”

李通崖不由得想起萧元思卖给自家的那六面旗子，询问道：“听说有种旗身用的白纹鲫的鱼皮，旗杆用的赤桦木的阵旗……不知作价几何？”

那摊主顿时一愣，看着李通崖的眼神不禁热切了几分，语气也多了几分尊重，开口道：“这位前辈，赤桦木还算好，但这白纹鲫的鱼皮却是练气期的材料，这些法器请去东边的店中买，这边的小摊都是胎息境的。”

“原来如此。”李通崖恍然大悟，心中暗忖道：看来萧元思卖我家的价格算是便宜，这胎息境的阵旗便要八枚灵石，那阵旗抵作十二块灵石也不算贵了。

“五枚灵石、五枚白元果、九十斤灵米。”李通崖数了数身上的财物。白元果是大部分丹药的佐药，家中尚无炼丹传承，倒可以先卖出去，灵米富含灵气，可以留着回去食用。

还欠萧元思十块灵石。李通崖顿时一阵头痛，心中暗忖道：萧元思也是一副知道短时间收不回来的模样，那上使也早回去了，先欠着吧……过上几年再说。

他在街边晃悠来晃悠去转了两圈，看到了各类法诀灵物，愣是没有找到修行百艺的传承。

李通崖蹲下在眼前摊位上翻找了一番，蒙着黑纱的摊主开口：“道友在寻何物？”声音轻柔婉转，竟然是个女子。

李通崖苦笑一声，询问道：“道友可有修行百艺的传承？”

“你是第一次来坊市吧？”那女子轻笑一声，开口道。

“不错。”

“黎夏郡周边的符箓、丹药、阵法无非就三种来源：青池宗、世家，还有散修。”那女修笑了笑，神采奕奕地盯着李通崖，“青池宗是最大的供应者。为了源源不断地收割廉价材料再生成这些制成品卖与我等，青池宗向来禁止治下任何坊市售卖修行百艺的传承。至于世家大族，谁会把自家吃饭的家伙拿出来售卖？他们和青池宗心照不宣地一起封锁这些修行百艺的流通，好分一杯羹。”

李通崖听着，不由得点了点头，抬眼看了这女修一眼，有些疑惑地回答：“黎夏郡有这么多散修？”

女修不由摇了摇头，微微凑近：“越国有好几千万人，仅仅是一个郡也有六七十万人。青池治下有五郡，怎么说也能凑出三四千身具灵窍者，更别说那些世家大族血脉绵延，修行者估计得五千向上。”

“道友倒是看得通透。”李通崖在摊位上看了看，几张符箓都用处不大，舍不得去买。

“符箓三张一灵石。”

李通崖闻言连忙将目光从那符箓上移开，停留在面前一把淡蓝色的法剑上。

“湛烟石打造，用雪地寒气淬炼过，不但出剑神速，攻敌还能带上冷霜。”女修顿时热切了许多，笑吟吟道，“这剑好用得很，若不是我新得了法器也不舍得拿出来卖，只要十灵石。”

实在囊中羞涩，李通崖有些依依不舍地在摊上扫视了一番，眼看着天色就要暗下来了，拿起摊上的一把乌色长弓开口道：“这弓怎么样？”

“喏，青乌木锻造而成，用的青元轮妖物的筋，灌注法力便可以在箭矢上附着锐气，四块灵石卖你了。”

李通崖轻笑一声，回答道：“两块灵石。”

“不够。”那女修摇摇头。

李通崖指了指那弓弦：“你这弓一看就是用过许久了，两块灵石加上五枚白元果，折作两块半灵石卖给我。”

那女修咬了咬牙，看了看天色，终于回答道：“成交。”

李通崖将灵石与灵果给了那女修，抱着弓起身，紧了紧口袋里剩下的三枚灵石，见周边的小摊已经有人开始收拾东西，抓紧时间在坊市中逛了起来。前边的店铺卖的都是练气期的东西，李通崖也买不起，便懒得去看，一个劲地低头在摊上寻看。才走了几步路，李通崖便见到一个身披麻衣、穿着兽皮褂子的少年站在路边，身旁放着一个大铁笼，里头关着十几只毛茸茸的犬兽。

“道友可要看看这梭林兽！”那少年正愁眉苦脸地站着，见李通崖停下来看着那些犬兽，不由得大喜过望，“这犬兽性情温和，成年便有胎息境第二层承明轮的修为。牙尖齿利，来去如风，咬翻数十个凡人不是问题，平日里喂些灵米即可……”

听了这话，李通崖顿时明白这孩子估计一整天都没卖出去，不由得沉声道：“咬翻凡人有什么用？”

“这！这……这犬兽聪明得很，还能闻风寻物，辨别妖气……”

“怎么卖？”

“一灵石一只……”

李通崖扭头抬腿便走，急得那少年脸憋得通红，拉着李通崖的衣角开口道：“一灵石两只，两只……”

李通崖只好停下来，无奈地摇摇头，解释道：“你这犬兽看着还行，真遇上了修行者远远几道法术就解决了，更何况喂养这犬兽还要灵米！这些修行资粮我自家都不够用，哪能用来喂这些畜生……”

那少年顿时一愣，若有所思地点了点头，撇撇嘴道：“道友稍待，我这儿还有些东西。”

他从怀里取出一个小银盒，有些期待地道：“这物唤作吴柞虫，能吐出吴柞灵丝，只需用些灵糠等含灵气的东西来喂养即可。这虫子牙尖不挑食，灵稻叶或是秸秆都吃的，实在没有灵物，用些动物精肉也可吊着命，不至于饿死。”

听了这话，李通崖顿时有了兴趣，接过那银盒，便见几只青灰色的小虫正在盒中摇头晃脑爬着，下方垫着几片桑叶。

“这吴柞灵丝有什么用处？”

“可织些灵衣、绸缎，寻常刀枪难伤，用以售卖也可。”

想起家中尚存着几批灵叶秸秆，李通崖有些心动，却面露难色道：“我却是怕养不活……”

“道友若是愿意买，我再加上一本虫书，豢养要诀尽在其中，和这几只灵虫一并卖出，只收道友两块灵石！”那少年咬咬牙，眼巴巴地开口道。

“可。”李通崖思忖了几息，回答道。

收好银盒与少年递过来的木简，李通崖见天色已经暗下来，便告别了少年，慢悠悠地走到了车架旁边。那车夫正在车上打着盹，李通崖低笑一声，也默默等待起来。

万元凯来时风尘仆仆，脸上挂着些喜悦，看着抱着弓靠着车的李通崖笑道：“通崖兄得了什么宝贝？”

“一把胎息级别的弓而已，哪里称得上宝贝？”李通崖笑了笑，和他一齐上了车，而后将手中的弓箭递给他，见他试了试弦，开口道，“如何？”

“是青乌木、牛筋。”万元凯将弦挽了挽，皱着眉头看了又看，回答道，“最多三块灵石，多了就亏。”

李通崖闻言笑着点了点头。两人聊了几句，在昏沉的夜色之下各怀心事，很快就在摇摇晃晃的马车上睡去了。

…………

李项平昨日才突破青元轮，同哥哥李通崖一样修成了胎息境第四层，安排好家中的事宜，正在院中研究《玄水剑诀》，却听一阵脚步声从院子外头传来：“哥？”

李通崖风尘仆仆地进了院子，身上淋了雨，鞋面上也沾了泥点，他将手中的布袋往桌面上一放，见面便给了李项平一个拥抱。

李项平长长地松了口气，笑道："你总算回来了，省得父亲夜夜睡不着觉。"

"哈哈哈，我可是带了不少东西回来。"李通崖大笑一声，先是小心翼翼地从怀里取出那银盒，仔细地查看了一番，见那几只吴柞虫一副萎靡不振的样子，不由得低声一叹，这才将背后的青乌色长弓解了下来，笑着往李项平手中一放，"试试可顺手？"

李项平一阵惊喜，挽了挽弓弦，仔细地抚摸了那弓身。法力催动下那弦顿时亮起，闪着莹莹的白光，李项平连声道："这是法器？"

李通崖低笑一声，解释道："这是我从坊市买来的，花了两块半灵石。"

"好贵，你哪来的灵石？"李项平心疼了几息，这才疑惑地扭头问二哥。

李通崖便将冠云峰诸事同李项平娓娓道来，听得李项平连连点头，感叹道："泾儿也长大了。"

不多时，李玄宣和李秋阳等人闻讯上了山。李通崖将吴柞虫和那虫书给了柳柔绚，正色道："这吴柞虫是我家第一次饲养，你将这书仔细读了，在山下挑几个擅长养蚕的老妇，寻个院子养好。我即刻便去叫李叶生，让他带人将灵稻叶和秸秆给你送去。这灵虫一路颠簸，已经是气息奄奄。"

"是。"柳柔绚数月不见夫君李通崖，自是想念得紧，但也知这物事要紧，小心翼翼地接过银盒，往山下去了。

"族叔，这青池仙宗可是奢侈极了？"李秋阳坐在木椅子上，一脸兴趣地望着李通崖，低声道。

李秋阳如今十四五岁，这几年的灵稻主要都由他来负责。他在村子里低调得很，父亲李承福又是个懂事的，约束着他几个哥哥种田盖院，也没搞出什么仗势欺人的丑事来。

"那上使驾着霞光云船，赤霞满天，自是好气派！"李通崖笑了两声，神采奕奕地回答道。

…………

“真是好气派！”李尺泾将左手放在腰间的青锋上，忍着拔剑的冲动，冷冷地开口道。

“我闭关了几年，竟然不知道青穗峰也来了新弟子。”面前的青年轻轻抛着手中的玉珠，淡淡开口道。他相貌颇为英俊，只是双眼之间的距离有些窄，看上去便失了些大气，身上披着狐裘，腰间挂着储物袋，着装十分气派。

随着那青年一步步靠近，身边跟着的几人逐渐向前将李尺泾围住，在这条狭窄的小路上渐渐将他逼到了角落：“师弟别慌，试试你的成色罢了。”

“你好歹是练气期的修士，却带人来围堵我一个胎息境巅峰的灵初轮，也不嫌丢人。”看着几人包围而来，李尺泾缓缓后退，却已经贴上了冰冷的石壁。他将手中的青锋紧握，盯着青年的动作。

那青年微微一笑，手中的金珠光芒大放，猛然向李尺泾击来。李尺泾皱着眉头，身前浮现出一张湛蓝色的灵网，一压身子躲过那金珠，两步欺身而近。

“你青穗峰果然什么都会，就是不会用剑。”青年才嘲笑了一声，就见李尺泾欺身向前，不由得赞叹道，“好果决。”

李尺泾左手持剑鞘，右手按着剑柄，硬生生挨了眼前那人法器一下，顿时吐出一口鲜血，却飞扑一步，已经到了那青年面前。青年一惊，顿时试图用灵识唤回灵珠，却见那淡蓝色大网已经缠住了那法器灵珠。虽然灵珠轻轻一动便挣脱束缚，却也慢了几息。李尺泾咬着牙，手中的青锋终于拔出，一束璀璨的月白色弧形剑光从左手而起，至右手拔出的浅白色长剑而止，顿时喷涌而出，向青年脖颈处而去。

怎么可能！青年顿时寒毛直竖，心中念头闪动，连法诀都来不及掐，脖颈间的平安符灵光大放，撑起一道金色的光罩，堪堪挡住了那剑光，震得青年硬生生退了几步。

“不好！”青年不顾气海中震动一片，连忙变换掐诀，硬生生地止住了向李尺泾后脑而去的金珠，这才神色复杂地看向持剑而立的李尺泾。练气期修士可控制法器远远对敌，唯有设法近身，才可死中求活。李尺泾用的也是修炼玄水剑诀时冥思苦想练成的剑招，威力尤大。

“是你赢了！”青年路上见了向来看不顺眼的青穗峰弟子，本带着游戏之心来吓一吓这新弟子，此刻却神色复杂，若有所思，朝李尺泾拱拱手。

李尺泾脸色苍白，将剑收入鞘，勉强回答道：“多谢道友手下留情，在下这剑也是首次对敌，收不住力。”

青年一拍锦囊，取出几瓶伤药，放在李尺泾身前，低声道：“手下人误伤了道友，在下元乌峰邓求之，来日必定亲自上门赔罪。”

看李尺泾脸色苍白，邓求之连忙派去两人搀扶他回青穗峰，自己带着人落荒而逃似的走了。才走出一小段路，邓求之才脸色难看地转头，狠狠给了身后那人一巴掌：“明日同我去青穗峰赔罪！”

那人委委屈屈地低下头，不禁腹诽道：你自己要去招惹人家……

谁曾想邓求之突然拎起那人的脖子，将他高高举起，一脸复杂地问道：“他没有记恨我吧？”

“公子！您还给了他伤药，不会的公子……”那人吓得不轻，连声求饶。

邓求之听他唠唠叨叨说了几句，突然眯起眼睛，冷冷地看着他，一字一句地说道：“你没有记恨我吧？”

那人顿时心中大骇，双腿颤颤巍巍，带着哭腔说道：“小的没有……”

“那便好。”邓求之随手将他放下，若有所思地自言自语道，“青穗峰李尺泾……”

第六章 太阴月华

李尺泾醒来的时候眼前灯光昏暗不定，身下铺着软软的床榻，师姐袁湍正用药膏轻轻涂抹他的背部，伤口处清凉舒适，已经不大疼痛了。

“唔……”他勉力抬了抬头，看着屋内皆是药罐丹书的陈设，便知是师兄萧元思的阁楼，于是用有些沙哑的嗓音问道：“师兄呢？”

“去元乌峰了。”袁湍轻轻应了一声，秀发如瀑般垂下，乌黑的发梢在他的脖颈处轻轻触碰，“你不过胎息境，受不得那些疗伤丹药，我用法术给你疗了伤，再用上这药，隔天便好了。”

李尺泾却还惦记着萧元思，有些急切地问道：“师兄独自去了元乌峰？”

“还有师傅。”袁湍笑了笑，解释道，“就算那邓求之是世家大族子弟，也不能如此欺我青穗峰。”

“那人有问题。”李尺泾低下头，闷闷地开口道。

“邓家人都是阴晴不定、反复无常的性子，不必理会他们。”

袁湍收拾了药膏，又轻声道：“邓家的功法本残缺了一气，唤作夜月凛气，后来一代代邓家先祖前仆后继地改造修炼，这一百年来总算是能练了，却留下了影响心智的遗症，练成后总会有些阴晴不定，做事全凭喜好。”

李尺泾愣了愣，询问道：“这法诀是几品，竟让邓家人非要去练？”

“五品。”袁湍淡淡地回了一句，见李尺泾一脸震惊之色，笑道，“我当年得知这消息时也很吃惊。不算宗内的秘传，就连青池宗最闻名的元清御雨诀也不过四品，一个治下的家族居然有更高一品的功法。”

一边将药膏收好放在架子上，袁湍一边继续说：“我听闻他家那功法是来源于上宗月华元府，几百年前月华仙府便常常赐下这夜月凛气。这样的法诀我青池宗也有一部，唤作《月湖映秋诀》，同是五品，也因那仙府避世不出就此缺了一气，再也无人练成。”

“我晓得。”李尺泾点点头，回答道，“师兄同我说过，这法诀缺的一气叫作太阴月华，只听闻月湖峰有人机缘巧合之下得到过。”

“在望月湖。”袁湍轻声应了一句，面露羡慕之色道，“三宗七门几百年来所得的五道太阴月华皆得自望月湖，或是前人遗物，或是洞府残阵，或是传承秘境……”

李尺泾却呆呆地望着面前的枕头，心头猛然一动，暗自的猜测呼之欲出，到了嘴边却又咽了下去：“师姐，我想回家一趟。”

“嗯？”

“哥哥们在信中说这几年父亲身体每况愈下，师弟……还想多看他几眼。”

袁湍讶异地低下头，思忖了几息回答道：“我过上几月便要去蕈林原收取供奉，大黎山便在蕈林原西方，一去一来倒也便捷。”

“好，谢谢师姐。”李尺泾笑着谢过了她，躺下默默想着些什么。

…………

李玄宣修炼了一夜，清早施了灵雨出了院子，沿着石板路走了一段。一旁扛着锄头的村民们笑着同他打招呼，纷纷唤他“小仙师”。

李家拾到鉴子至今已经十多年了，各村中新的一辈劳力长了起来，人们也渐渐习惯了李家的统治。村中人怕的是李项平，敬的是李通崖，亲的是看着长大的李玄宣。几乎没有青年人记得窝在山上的李木田，除了几个时不时上山汇报的掌事心里深深地敬畏着他，只余下老人们聚在屋檐下讨论陈年旧事时，才会想起这个老兵。

李玄宣走了一阵，推门进了院子，便见一个半人高的漆木大台如同一张大床在院子里摆着，上方零零散散地摆着些秸秆、枯黄的稻叶，又用特地刨出的木屑、碎土拱了几个小窝，看上去颇为有趣。

“叔母，”他笑着向站在台边仔细观察的柳柔绚拱了拱手，询问道，“怎的山上不见两位叔父？”

“你仲父得了明神散，又取了家中的蛇元丹，闭关突破胎息境第五层玉京轮去了，想必也快出关了。”柳柔绚轻笑一声，将手中的几片灵稻叶放下，摸了摸李玄宣的脑袋，解释道，“几个村子里的灵田都用上了，你叔父便想着去隔壁的眉尺山上寻一寻，好勘探出些灵田来。”

“原来如此！”李玄宣点点头，正欲开口，却听着院门轻轻敲响，门外传来一声呼叫：“族弟可在院中？少族长有吩咐。”

李玄宣连忙开了门，见李秋阳与李叶生正在院外，连声道：“出了什么事？”

“边走边说。”李秋阳拉过他的手，同柳柔绚告了罪，跟着李叶生急忙忙地往山上走，“少族长在眉尺山上见了些异常，便唤叶生叔来叫我等，听闻那山上有个阵法。”

“阵法？！”李玄宣顿时一滞，诧异不已地反问，“眉尺山上从来荒废着，这阵法怎么说也有几百年了吧？”

“那可不是？”李秋阳点了点头，低声应道，“最好是什么修士洞府，让我家赚些东西来。”

李玄宣毕竟才八九岁，跟上两个青年有些勉强，皱着眉头掐了一个神行术，掌中白光在腿上一拍，让自己轻轻松松地跟上两人的脚步，这才接着道：“要小心陷阱！先生说过，从没有天上掉馅饼的道理。”

三人走了一阵，大抵爬了一个时辰的山，便见李项平正坐在一块大青石上调息。见三人上来了，李项平便笑道："你等看着。"言罢起身，取下背后的青灰色长弓，一脚踩在青石上，弯弓搭箭，眯眼瞄着不远处的小坡地。

咻！一道白芒顿时脱手而出，瞬息便要落在那山坡上，空中却泛起一道道涟漪，那箭像是撞上了什么，叮当一声便落在地面。

"好快的箭。"李秋阳先是赞了一句，这才望着那山坡思忖起来。

"这弓是法器，我唤作青乌弓。"李项平笑了一声，正色道，"这山坡下应有一幻阵，或许还有一道专用于防御的灵阵。"

"这阵法看起来坚固难摧，恐怕已经超过胎息境了。"李项平又射出两箭，见那阵法纹丝不动的样子，轻轻叹了口气。

"少族长，我李家并无阵法传承，破阵实属不易，不如与那万家……"李秋阳张望了一阵，在那山坡上走了几个来回，一点儿门道也没看出来，顿时询问道。

"不可。"李项平摇摇头，又轻声道，"二哥即将突破玉京，事情想必还有转机，何必去与那万家共享？不然到时候无论能不能破阵，都必须分他们一杯羹了。若是发现了什么贵重灵物，说不定两家还会反目成仇，何必去冒这个险？"

"家主说的是！"李秋阳告罪一声，表情平静地退到身后去了。

"我叫你等前来也是要做几手安排。"李项平摆摆手，沉声道，"叶生你去筹备一下泾阳村的人手，同平安叔细细商量好，这几年便动手在这山上修山路造庭院，务必将这几块地划出来守住。我勘察了这周围的地脉，山坡周围的土地灵气富足，好大一片灵田，每五年种上两茬灵稻，至少能产出一百斤的灵米，今后便交予秋阳你来管束。"

"是！"李秋阳低声应下，在李项平的示意下同李叶生下了山，去山下同任平安交涉了。

"加上如今我李家产量的三百斤，每五年也能有两三块灵石结余，再几年手头便能宽裕些。"看着两人下了山，消失在视野中，李项平扭头看着笑盈盈的李玄宣，笑道，“怎么了？”

“叔父真是好放心秋阳哥。”李玄宣一脸笑意，抬头望向李项平。

李项平哈哈一笑，低声道：“李秋阳一家低调懂事，特别是他父亲李承福，是个知进退的，你我大可放心去用。如今我李家地阔人稀，不必吝啬手中的权力，大胆放手让这些人去做。李秋阳能成胎息境，却未必能成练气期，成了练气期也未必能生出身具灵窍的子嗣，根本比不得我主脉，此刻也不必提防他坐大。至于泾阳柳家，已经成了我李家的亲家，唯一的修行者也成了自己人，更不必说了。”

看着李玄宣一副若有所思的样子，李项平低下头靠近他耳边，低声笑道：“何况我哪里放心他了？他的父亲哥哥皆在我黎泾山山脚下，李秋阳修为低、年龄浅，泾阳村还有任平安与李叶生管束，他能翻出什么花样来？”

李玄宣顿时眉头一松，心中将这些话过了几遍，笑道：“侄儿受教了！”

李项平这才抬起头，皱着眉头，眼中多了几分愠色，沉声道：“跟在叔父身边好好学，这李家迟早要交到你手上。叔父十六七岁才入道修行，是走不到你后头的，更何况生死无常，这山中的妖兽一天比一天多，谁也不知道会发生什么。我李家要抓紧时间，你也要抓紧时间。”

“生死无常。”李玄宣低低地重复了一声，脑海中突然浮现出自己从未见过面的父亲的轮廓，心中顿时一阵酸涩。

…………

“胎息之要，在于玉京，玉京轮在升阳府，是胎息境第五层，此后再在升阳府凝聚第六层灵初轮，便可吞下一口天地灵气，进阶练气期了。”李通崖从入定中缓缓醒来，心中喜悦非常，感受着自己诞生的灵识在周身游荡。眼前的世界完全不同了，他能看到一丝丝游走的灵气在身边游动，将灵识覆盖在面前的阵旗上。黎泾山上的雾里迷阵顿时一震，李通崖多了一种如臂使指的感觉。山上山下的一切尽在掌握之中，家中几个修行者留在阵旗中的血印也即刻可以抹除。

“凝聚玉京轮之后，凡人再难伤到我了。”仔细调整了山间雾里迷阵的布局，让其完整覆盖这些年多出来的几条小道出口，李通崖拾起地上的一小块青石，轻轻松松地把它捏成粉末，周边一丈之内的事物在脑海中纤毫毕现。如此便能够轻易躲开疾飞的暗箭，也能驱使法力徒手接下白晃晃的刀锋。玉京轮修士可以轻易击败几十个凡人，辗转游击之下甚至可以击溃数千人的军队。

推开后院的大门，李通崖便见到李项平正在院中盘膝修炼，在灵识的探测下，他身上的四个灵轮如同光点般耀眼夺目。

“原来灵识是这样观察到修为的，四个灵轮便是胎息境第四层青元轮。”看着李项平缓缓睁开眼睛，李通崖笑道，“恭喜三弟突破青元轮。”

李项平却是苦笑一声，回答道：“这便是玉京轮的灵识吗？一眼便识破了。”

李通崖哈哈一笑，同李项平对视一眼，两人皆见到了对方眼中的期待之色。

两人穿过后院，走进最后边的小屋，李木田正坐在小屋中，望着一齐跨步进来的两人。

“父亲，我已诞生灵识，可以一观这法器了。”李通崖拱拱手，看着老人缓缓点头，这才小心上前，用灵识去触碰那鉴子。

陆江仙在李通崖突破玉京轮时便醒了过来，感受着玄珠符种反馈而来的力量，心中估算着自己的太阴玄光的威力：相当于胎息境巅峰灵初轮全身精气汇聚而成的一次攻击，倘若攻其不备，应该可以击杀练气初期的修士了。目前的法力大概可以支撑连续使用三次，用完之后便要吐纳月华或灵气数日方能恢复。

感受到李通崖的灵识缓缓投入镜中，陆江仙仿佛被一个小触手戳了一下。他将注意力放到眼前的青年身上，配合地放出耀眼的白光，从石台上缓缓升起。纯白色的月华不断喷涌而出，将镜身托起，淡白色的月光宛若雾气一般从石台上弥漫而下，淹没了小半个屋子，从窗户和门槛处溢出，最后如烟气一般消散在屋外。

李项平几人顿时被这白芒闪烁、月华流淌的阵势震慑住了，感受着清凉的月华从脚踝或是手腕处流淌而过，脑海中一片清明，双目期待地望着那石台。

陆江仙运行《玄珠祀灵术》，按着法诀中的句式捏了几句法旨丢进李通崖的灵识，传递了一些信息过去，再配合催动玄珠符种。李通崖几人气海穴中的玄珠符种顿时轻轻一动，登时两人莫名觉得与面前的鉴子有了种血脉相连的感觉，就连小院中闭目修炼的李玄宣也心有所感，默默地睁开了眼，偏过头望向山顶。

李通崖望着上方的鉴子心中一动，脑海中突然浮现接引法中的承法要令，缓缓下拜，恭声道："李家弟子李通崖仰荷玄泽，恭请玄明妙法，谨出太阴玄光，诛斩恶逆，破秽摄妖！"

陆江仙这才将太阴玄光的控制权稍稍放开。李通崖顿时觉得天地一瞬间模糊了，眼前的石台、鉴子、白气皆消失不见。整个人仿佛飘飘荡荡地飞上了高空，整个黎泾村浮现在眼前，下方的喧嚣人语、鸡鸣狗叫统统回响在耳边，只要自己心念一动，耀眼的太阴玄光下一息便会打击到山脚下的任何角落。

真是神奇。李通崖驾驭着扩大了不知道多少倍的灵识顺着山间路不断疾驰，跨过小院，飞过铺开的石板路，很快便出了黎泾村，直到眼前的世界渐渐变得模糊，这才反应过来。

"呼……"李通崖如同大梦一场般猛然惊醒，眼前的一切缓缓清晰。望着满脸关切之色的李项平和李木田，他抹了抹额头上的冷汗，休息了几息，这才笑道，"我家这鉴子绝非寻常法器，如今应该是认可我家了，可以请出那白芒，唤作太阴玄光。"

闭目仔细思考了一阵，李通崖又开口道："这承法要令如我之前一般即可，每用一次太阴玄光大约需要间隔十二日，周边的十二道篆符皆亮起便可使用了。请过玄光后须用灵米兽肉飨祭，告谢鉴身。”

“如此甚好。”李项平一击掌，脸上带着笑意，开口道，“那诸多问题便可解决了，可以尝试破去眉尺山上的阵法，那万家的阵法传承也可换到手中，若是来了什么强敌，我家也有了自保的手段。”

看着几人议论了一阵，开始商讨祭祀之物，陆江仙心中暗自思忖：如今这种祭祀的手段已经是极好了，既能维持法鉴的神异之处，我又不必亲自下场使用玄光，李家使用起镜子也有了时间与灵物的双重成本，不至于事事来烦我。更何况如今李通崖、李项平还记得这面镜子来路不明，有提防之心，再过几代，法镜便成了李家年年祭祀祖传之物，神圣性与正统性就都有了保证。

神识缓缓升空，感受着不远处望月湖上的强烈吸引力，陆江仙心中充满了期待：这次，会是什么呢？

院中，李通崖等人安排好了祭祀的灵米瓜果，李项平将眉尺山上的阵法同李通崖仔细说了，两人默默合计起来。

李通崖低低望了镜身上的十二道篆符，见皆放着淡白色的光芒，心中暗忖：之前请了太阴玄光，却还未用出，不如就用这阵法试试水。

两人商量了一阵，恭恭敬敬地告了罪，悄悄捧起鉴子就往隔壁眉尺山上走。

眉尺山与黎泾山相邻，山势本就一体，严格来说是一座山的两个峰头，只是几百年来眉尺山归泾阳村管束，黎泾山归黎泾村管束，两村人们也把这两峰看作两座山了。

李项平与李通崖在腿上拍了神行术，不过半个时辰便到了眉尺山，远远地望着李项平指着的那个小山坡。李叶生手脚利索，只是过去了一夜，这山坡上面已经摆了不少木材石料，围起几块地基，圈出了几块肥地。

李通崖将灵识投入镜中，镜身缓缓悬浮而起，一道耀眼的白光顿时刺破黑夜，精准地降落在那山坡之上。陆江仙感觉到太阴玄光撞击在了虚空中的一层薄膜之上。同上次摧枯拉朽地击杀妖物时不同，这次陆江仙隐隐约约地感到一丝丝阻力，有些与太阴玄光僵持不下的意思。只是这阵法的灵力虽然量大，质却未免差了些。

纯白色的太阴玄光硬生生被拦截在了山坡之上，凭空不断有涟漪浮现。僵持几息后一道淡金色的阵法终于缓缓显出形来，几个阵角吐露出一缕缕金芒。只是那一缕缕金光见了太阴玄光仿佛残雪见了太阳般纷纷融化，始终无法形成像样的抵抗，导致阵法闪亮了几息便彻底熄灭。

轰！山坡上震了一震，终于现出一个石质的洞口来，看上去内里还透着微光，隐隐能看到些器具，一道沛然的灵气席卷而出，引得李通崖与李项平两人大口呼吸，双目神采奕奕。悬浮着的鉴子也缓缓灭了白光，十二道篆符逐一熄灭，落回李通崖手中。

李通崖谨慎地望了望洞口，朝着李项平开口道：“我先送归法鉴，再论其他。”

“好。”李项平点了点头，又急忙回答道，“记得牵只羊来。”

李通崖轻轻点头，在腿上拍了神行术，往山下去了。见哥哥远去，李项平席地而坐，调息了一阵，盯着洞口不知在想些什么。

…………

万里之外刚登上霞光云船的李尺泾只觉得气海穴中的玄珠符种缓缓一转，眼前浮现出二哥李通崖微微闭眼站在石台前的模样。

“二哥突破玉京轮了。”他抬起头，透过透明的云舟内部望向远处连绵不断、云遮雾罩的大黎山，轻轻笑了一声，紧了紧出宗之前从师兄那里要来的纳气玉瓶，又用红绳在瓶口上打了一个结，将其系在腰间。这一类纳气纳灵的法器通常不能存放在储物袋中，只好随身带着。

“泾儿，”袁湍笑了笑，轻声道，“待会到了蕈林原，我便让族兄送你去大黎山。这霞光云船会在蕈林原停上三天，在各地收取供奉，你三天内回来即可。”

“是，多谢师姐！”李尺泾赶忙谢过，满心期待地等待起来。

…………

李通崖一去一回，抱着一只咩咩叫的白色小羊羔便上了眉尺山。此刻天色已暗，两人点点头，李通崖便将手中的小羊羔往洞中丢去。

“咩……咩咩。”羊儿叫了一阵，颤颤巍巍地就想往外走。

“去！”李项平强行将它掉头，用树枝往羊腚上一抽，羊儿这才咩咩大叫着进了深处。

几人等了一阵，听着羊儿还在咩咩叫着，这才对视一眼，小心翼翼地进入洞中。隧道可容两人并行，空气还算清新，只是有些昏暗，随着一步步靠近深处，灵气浓度也开始攀升。

刚进洞府，他们便见了一个开阔的大堂，四周的石壁皆是开凿的青石，顶上悬着些夜明珠，提供一点点微光，恰好可以看清洞中事物。空气中灵气浓厚舒适，令人赞叹不已，恨不得即刻停下来吐纳修行。地面刻画着几道淡金色的阵纹，正中心是个小口，嘭嘭地往外冒着灵气，边上放着蒲团，几个青色石架上空空荡荡，积满了灰尘。

李项平环顾四周，只见到一张石桌和几个青玉凳，上面空空荡荡的什么也没有，不禁失望道：“这洞府收拾得好干净，被洗劫了似的。”

倒是壁上还有三道石门，羊儿轻轻一顶便开了，李通崖照旧先放羊进入,这才同李项平蹑手蹑脚地进了第一道石门。门内空间还算宽阔，顶上也挂了夜明珠，摆了几个石架，同样是空落落的。两人仔细翻找了一下，除了灰尘便是几堆朽得不成样子的黑灰。李通崖与李项平对视一眼，相顾无言，只好向下一个石门处走去。

“这洞府中空空荡荡，恐怕不是什么前辈遗蜕，只是被废弃的处所罢了。”

李项平点头，看向洞开的第二道石门，轻声道：“不错，就算是外出死在了洞府外面，洞府中也应有些遗留的用品。这里外收拾得如此干净，只怕主人家早就准备好离开，故而将玉简丹药等都收拾进了储物袋。”

第二道石门后摆着七八个石台，上头放着几个白玉瓶。两人将玉瓶挨个儿查看过，要么里头的丹药失了灵气药性，要么干脆空空荡荡，什么也没有了。石台上有几堆黑灰，已经看不出曾经的模样，最中间的石台放着一个六边形的刻满阵符的玉盘，此刻已经碎得不成样子，青白色的玉质碎片散落了一地。李项平用手拈起一片，竟然还微微发烫。两人哭笑不得，只好退了出去。

“那玉盘与万元凯路上所说的阵盘有些像。”看着李项平疑惑的眼神，李通崖解释道，“阵旗阵盘皆能布阵，与阵旗全凭阵道修为和阵图布阵不同，阵盘只能布下一种阵法，上面刻下的什么阵图便是什么，也较为死板，好在不需要太高的阵道修为，只要懂得调整输入的灵气即可。一旦阵破，阵盘即刻破碎化为一地碎屑，而阵旗布的阵法只要阵旗完好便可以重新布出。”

“原来如此，这阵盘应该就是布洞口的守护大阵用的，我等用太阴玄光破了阵，这阵盘自是碎成一片。”李项平点点头，同李通崖回到了大厅，看着李通崖谨慎地让羊羔先进了第三间石室，这才一齐入内。

石门内放着张石床，上方的垫子已经烂得不成样子，床头放着个小玉瓶。李项平轻轻打开瓶口，里面除了一缕丹香什么也没有了。李通崖眼尖，在那榻上寻出一个细长的青玉瓶和一张材质特殊、写满小字的白布来。两人这才松了一口气，李项平顿时笑道：“好歹不算一无所获。”

“不至于。”李通崖摇摇头，又开口回答道，“单单是这洞府，还有洞府正中的聚集阵法和那口喷薄灵气的小洞，已经算是极大的收获了。我等没中什么陷阱、受什么伤，便得了这样一座灵气几乎比外界多了四成的洞府，也应知足。”

李项平点点头，便凑过去看李通崖手中的白布和细长青玉瓶。李通崖先是摊开那布，细细地读起来：“迟尉顿首：那人已至望月湖，宗内已派人前往围堵，还请道友速速出手。阁下所需烈火朝阳诀已送至，此事了结后灵玉火晶必亲手奉上洞府。那人实力强横，千万警惕，切莫手下留情。若是猝不及防遇了那人，还请飞往我青池宗方向，速速通知我等。”

两人将这段没头没脑的话看完，自是两眼一抹黑，一点儿有用的消息也未获取到，只好收起这白布，看向手中的细长青玉瓶。李项平摇了摇这青玉瓶，见瓶身温温热热，内里好似空无一物，便小心翼翼地拧开了塞子，却什么也不曾倒出来。

李通崖将灵识在瓶身上一转，顿时失声道：“这是法器！”

随后他又皱眉，仔细研究了一阵，用灵识探了瓶内，有些不确定地开口道：“好似是种专用的储存法器，内里存着一股炽热如火的灵气。”

“难怪我倒不出来。”李项平点点头，有些疑惑地开口道，“莫不是那胎息境晋级练气期的天地灵气？”

“无论如何我等如今皆用不上，先存放好吧。”李通崖将青玉瓶往怀中一揣，和李项平仔细检查了洞府的各角落，两人这才牵着羊羔走出洞府。

李叶生此刻正带着泾阳村的村丁在山坡旁夯实地基，不敢靠近那洞口，见李通崖与李项平两人出来顿时松了一口气，笑道：“我一大清早便见了这洞口，还派了人去黎泾山请两个哥哥，没想到扑了个空。”

李项平将羊羔交到李叶生手中，同他聊了两句山上的建院安排，便和李通崖先回了黎泾山。

“那洞府灵气充沛，要胜过黎泾山几成，还需派人过去守着。”李项平边走边低声地与李通崖交谈。

“不错。”李通崖点点头，开口道，“让李秋阳回来吧，眉尺山便由我与玄宣一起看着，这孩子得个好的修炼环境，未来也能走得更远。”

…………

霞光云船速度极快，在郁郁葱葱的蕈林原上飞了一个时辰，很快落到一座飞阁流丹、云遮雾罩的山峰上。

李尺泾跟在袁湍身后下了霞光云船，便见一大片白袍青服的修士恭恭敬敬地拜下，齐声道："恭迎仙宗上使！"

"不必多礼。"袁湍柔柔地笑了笑，顺着石阶下行几步。一个穿着长袍的中年人在石阶下等着，见了李尺泾便恭声道："见过上宗弟子，在下蕈林原袁家袁护远。"

"望月湖李家，李尺泾。"

袁家与李家不在同一郡，互相报上名号时通常报上地名而非山名，以防对方一头雾水不知所谓。李尺泾同他打了招呼，见袁湍轻轻点头："他便是我族兄袁护远，我已经吩咐过了。"

"多谢师姐！"李尺泾拱了拱手，踩上袁家人的飞梭，拜别师姐，往西去了。

飞了一阵，李尺泾见那人沉默不语，便笑着搭了一句话："前辈，师姐称你为族兄，为何看上去……"

"看上去我做她祖父都够了是吧？"袁护远哈哈一笑，高声道，"练气期修士寿命悠长，容颜衰老得慢，我那族妹十八岁便入了练气期，自此颜色难老，如今也不过二十出头的模样。我天资愚钝，前年才入了练气期，自然是一副中年模样了。"

"原来如此！"李尺泾心中直嘀咕，不禁问道，"看来这练气期修士，是越年轻越不容小觑了？"

"倒也未必。练气期虽说寿二百，也并非两百年容颜不变，只是要慢得多。四十岁的修士二十岁的容貌正常得很，倒是耄耋之年的修士多半不好惹，通常都是些修炼了一百多年的老妖怪，不敢突破筑基期，硬生生在练气期巅峰吊着罢了。"

看李尺泾一副若有所思的样子，袁护远微微笑道："以貌取人本不可取。我早年就在这上头吃过大亏，差点儿送掉性命。"

清冷的晨风吹得李尺泾衣角猎猎作响。袁护远的飞梭比司元白当年驭驶的要慢得多，两人随口聊着近年来修行界的琐事，两个时辰左右才见到波光粼粼的望月湖。李尺泾指挥着袁护远将飞梭停在湖畔梨川口处，才笑着拜别："第三日的寅时，我在此等候道友。"言罢，袁护远就驾起飞梭腾空而去。

李尺泾运起乘风术，飘飘然地近了梨川口，远远便见村头蹲着一个六七岁的孩子，脚边放着一把箭矢，左手则拿着一枚乌黑的箭头，在砺石上细细磨着。

见李尺泾飘忽而来，那孩子看呆了一瞬，不慌不忙地起身，恭敬道："仙师大人，这片是青池治下黎泾李家的地界，往东几里地便是古黎道了。"

李尺泾低低一笑，端详了他的眉眼，笑道："陈二牛是你什么人？"

"正是家父！"那孩子顿时眼前一亮，连连拱手，恭声道，"我叫陈冬河，这便去唤我爹爹来。"

李尺泾摆摆手，轻飘飘地一踏，已经消失在了石板路上。

陈家，陈二牛披着大皮袄子，老神在在地喝着茶水，桌边的先生韩文许也轻轻抿着茶，看着陈二牛笑道：

"老陈，你这人倒是奇怪，陈家五子，名字取的不是江水就是湖河，陈家如今也是大户，怎的同个渔户似的？"

陈二牛笑而不语，却听院门嘎吱一响，一位身着白羽长袍、脚踏青靴、气宇轩昂的青年缓缓进了院中，先是轻轻一拱手，朝着韩文许道："先生，好久不见。"

这才望了一眼陈二牛，轻声道："几年不见，陈叔倒是富态起来了。"

陈二牛愣了愣，目光在李尺泾脸上停留了几息，失声道："李尺……仙师！"

"泾儿！"李家四兄弟都在韩文许门下读过书，韩文许自然叫得亲昵些，此时觉得自己一时失言，顿时低下头不再说话。

李尺泾摆了摆手，笑道："带我去见哥哥们。"

“少族长……此刻应在黎泾山上，至于仙师……听闻最近在眉尺山。”

…………

李项平正在前院修炼，谁知石阶上传来一阵密集的脚步声，他皱了皱眉，沉声道：“叶生？”

“哈哈哈。”一阵熟悉的笑声传来，门外跨进来一个英姿飒爽、气宇轩昂的青年，腰间挂着一把三尺青峰，淡白色的剑穗在腰间摇摇晃晃，潇洒极了。

“我回了村子，没想到家中早已经搬上了山，于是便叫叶生哥领我过阵上了上山。”青年言罢笑着摇摇头道，“啧，雾里迷阵。”

“泾儿？！”李项平眨了眨眼，震惊地反问道，“你，你不是在宗内修炼吗？！”

“哈哈哈，眼看就要突破练气期，同师门告了假，回家来看看。”

“我去叫父亲！”

李木田噔噔噔地进了前院。三人坐下聊了一阵，李通崖和李玄宣也赶回来了。

“季父！”李玄宣几年未见李尺泾，自然是亲得很，将他抱了又抱，李通崖也是笑盈盈地望着弟弟。

几人见面自是一阵激动，母亲柳林云也高兴得泪流满面。家中准备了宴席，向李尺泾介绍了李秋阳和柳柔绚等几位新成员，取出存了几年的蛇胆酒，饮酒喝到深夜才作罢。

送走了李秋阳等人，李家几人在后院摆了茶桌，眼中都是一片清明。蛇胆酒含有灵气，但不算醉人，几人都怀着心事，自是没有多饮。听着哥哥们讲罢这几年家中的变化，李尺泾也是感叹不已。他饮了饮面前清茶，正色道：“此次回来，泾儿确有要事，否则也不会在将要突破练气期的关头匆匆归来了。”

眯眼看了看屋子里的石台，李尺泾轻声道：“进去说。”

几人进了屋子，李尺泾一言不发，望着天窗上透出的月光，默默地站着。等月光在鉴子上缓缓凝聚成淡白色的月华，流淌在法鉴身边，李尺泾掐了个法诀，仔细辨别起来。

感受着自己升阳府内的胎息境第六层灵初轮蠢蠢欲动，一身法力流转都快速了几分，李尺泾愣愣地收回手，明明验证了心中所想，却依旧是一脸不可置信地缓缓开口："太阴月华？！"

"太阴月华，洁白如霜，流动如水，月盈则明，月亏则暗，果然如此！"他又辨别一番，终于确认，"整个越国修行界趋之若鹜的太阴月华，三百年仅仅得了五道，每道都被筑基甚至紫府修士小心翼翼地收藏起来。一道成就了几百年前的月湖峰主紫府修士，一道炼成了青池宗主的大雪绝锋，两道被三门大战默默收入宝库，最后一道争得七门中的雪冀门几乎断代。"

"这样珍贵的太阴月华。"李尺泾默默地咽了口唾沫，低声道，"我家用来修炼玄景轮？！"

他歪着头想了一阵，猛地哈哈大笑起来。

上方陆江仙听了李尺泾的自言自语，心中一阵不安：月华元府避世多年，这些太阴月华遭到这样的哄抢，自称仙府传人的修行者则被三宗七门硬生生围杀在望月湖，我这镜子又与太阴月华息息相关，怎么看背后都是一场大阴谋！

他心中越发坚信自己的判断。好好苟在深山里，一个器灵还能老死不成？待手下的修士们强大到一定程度，自己修复得差不多了，再看局势变化。反正眼睛一睁一闭，一个月就过去了，坚持苟住五百年不动摇！利用李家子弟去收集有关月华元府的消息，自己苟好就可以了。

李尺泾笑了一阵，看着周围一圈面面相觑的族人，低声道："这鉴子会凝结出太阴月华！太阴月华也是练气吞服的灵气之一，比那什么松林朔风、湖中金秋都要珍贵。"

他同几人细细描述了这太阴月华几百年来每次现身引起的腥风血

雨，当下李通崖几人才明白这太阴月华乃何物。

“若是真如季父所说，这太阴月华如此贵重，引得筑基、紫府修士出手抢夺，那我家更是万万不得泄露，想要取出来卖也卖不得了。”李玄宣欢喜过后，眉头一皱，带着些稚嫩的声线道。

“不错。”李项平赞赏地点点头，心中也是一阵不安，开口道，“我家也没有太阴月华练气的法诀，就连自家使用也做不到，只能是坐拥宝山、怀璧其罪罢了。”

众人只是知道太阴月华贵重，李尺泾才真正了解面前的鉴子可以引发一种什么级别的战争，也是皱着眉头回答道：“用得上太阴月华的练气法门只有寥寥几种，都掌握在三宗七门手中。我倒是可以借阅那月湖映秋诀，但也须立下玄景灵誓，不得外泄。”

“你可是要练那月湖映秋诀？”窝在一旁默不作声的李木田总算开了口，冷不防地提了一句。

“五品功法……”李尺泾脸上闪过一丝渴望和纠结，当下也是五味杂陈，张了张嘴，没有说出话来。

李通崖几人也沉默了一阵，皆是没有作声，只有李玄宣口快，直接道：“那法诀这般厉害，当然要练！”

李木田摸了摸李玄宣的脑袋，沉声道：“仙宗那边怎么交代？”

“就说季父此次归来在望月湖上得了机缘，那仙宗能说什么？既然几百年来能出了五道，季父得了第六道又如何？”李玄宣歪着头喃喃自语。

李项平缓缓蹲下身子，摸着他的头低声道：“那为何他早不回晚不回，偏偏即将突破练气期时恰好急匆匆地回了家，又在这短短的几日内，恰好在望月湖上得了机缘？宣儿，对付仙宗不像对付手下的村丁。手下的村丁你只要有由头便可以驱使他们，他们不理解修行，所以会畏惧我们，受我们驱使，甚至不需要我们解释。”

将李玄宣的手握起，李项平静静地盯着他的眼睛，继续道：“对于仙宗来说我们就是一群蚂蚁，他们只要有一丝怀疑便可肆意将我们整个李家翻个底朝天，取走自己想要的东西再顺手抹去李家。对付他们千万要谨慎，必须考虑千百次，不能留下一点漏洞。作为掌握一个家族的族长，要懂得如何驭下，还要懂得如何奉上，如何制衡周边谋取利益。”

看着李玄宣若有所思地点头，李木田满意地收回看向两人的目光，咳嗽了一声，沉声道：“通崖不是寻了处洞府？在其中得了一玉瓶，把这劳什子气和太阴月华换一换，就说我李家几年前便从这洞府处寻到了这气，叫你李尺泾回来看看。可能骗过这仙府？”

李尺泾低下头思忖了几息，这才开口道：“可信度有七八成，宗内大概会派人前来探查这洞府。若是这洞府在三百年以上，那便有了八九成。”

“当年那司元白是筑基期修士，都未发现鉴子。区区探查，青池宗不可能派下紫府修士吧？”李项平听了这话，连忙询问道。

“自是不可能！宗内才几个紫府？那几百年前月湖峰主还是胎息境时得了太阴月华修成月湖映秋诀，宗内甚至只派了个练气期修士去收拾前辈遗蜕。”李尺泾斩钉截铁地回答，又思虑了一阵，神色放松了一些，接着道，“谁会想到有面源源不断凝聚太阴月华的鉴子呢？他们甚至不会想到一个地方会同时出现两道太阴月华，宗门派人只是例行公事寻找月华元府的线索罢了，却是我等太过谨慎了。”

“那便这样定下了。”李通崖点点头，从侧边的架子上取出那细长的青玉瓶，递给李尺泾。

李尺泾接过仔细查看了，同心中记下的几百种天地灵气对比，迟疑了一阵，开口解释道：“此物应该是火中煞气，多采自地火口，在诸气中不算珍贵，在越国流传不多，多用以锻造灵器或提高灵器的品质。”

解下腰间的白玉瓶，李尺泾掐了一个采气诀，从细长青玉瓶中抽出了一股赤红夹杂着棕灰的气流，将地火煞气导入白玉瓶中给李通崖收好，这才拿起空荡荡的细长青玉瓶看向鉴子上的太阴月华。他并指掐了一个摄气法诀，那鉴子上的太阴月华顿时如水一般流淌进了细长青玉瓶。待到一整份太阴月华流入瓶中，李尺泾塞好瓶口，封上一道封灵诀，看着鉴子上重新汇聚起星星点点的月华，轻轻道："走，去那洞府看看。"

…………

李尺泾在洞府中转了一圈，用手指在中心处的淡金色阵纹上勾勒了一阵，带着些不确定道："师傅只教导了我些符法，我在宗内也以练习剑法为主，对阵法不甚了解。这阵纹不似越国主流，似乎以聚气养气为主。至于这口喷薄而出的灵眼应该是天然形成，后来者在其上叠加了阵法用以维持形态。有灵眼加持，这洞府灵气比外界高上四五成。"

李尺泾小心翼翼地拓下了阵图，将洞府中的陈设都检查过，断定并无密道密室，这才起身走至石桌边，看向桌面上那块白布："迟尉顿首：那人已至望月湖，宗内已派人前往围堵，还请道友速速出手……若是猝不及防遇了那人，还请飞往我青池宗方向，速速通知我等。"

李尺泾看了一阵，思忖了几息，神色有些复杂地开口道："看来这人应是当年受邀围杀那仙府传人的修士之一，他自觉此去凶险万分，于是将洞府中的东西收拾得干干净净……那一场大战就发生在我大黎山脚下，我入宗门后也多有查阅，其中秘密颇多，宗内记载竟然仅寥寥数字。"

李项平不禁大感兴趣，兴致勃勃地反问道："青池宗怎么说？"

李尺泾皱了皱眉，沉声道："秋七月，散修李江群得月华元府正法，嚣称仙府已灭，三宗七门受命围杀于望月湖之上。"

此话一出，李通崖几人还未反应过来，黎泾山上偷偷用视识观看几人的陆江仙却心中一骇，仿佛遭了雷击般浑浑噩噩，脑海中一片空白，镜身的月华更是忽明忽暗。

李江群……这个名字就像一阵阵刺耳的尖啸在陆江仙耳边炸响。这人好生耳熟！他一瞬间六识皆空，眼前浮现出一片片白茫茫的光来，迷迷糊糊中见了剑光、法诀、符术、流矢，这些法宝灵器的光芒在眼前穿梭来穿梭去，震得他一声惨呼，顿时昏迷了过去，飘浮在空中的法鉴也摇摇晃晃，缓缓坠落在石台上。

眉尺山洞府，李项平皱着眉头，神色十分不解："这李江群既然得了仙府正法，又为何要称仙府已灭？既然他是正统传人，三宗七门又是受了谁的命，要将他围杀在望月湖上？"

李尺泾摇摇头道："所以里面水很深，恐怕有三宗七门的龌龊，我怕再探究下去，会给我家引来灭门之灾！"

"不提这个了！"李尺泾打断了话题，轻声道，"家中可有修行百艺传承？"

"并无。"李通崖摇摇头，解释道，"这些传承无处可寻，只有那万家愿意交易一套阵法传承，还需我家法鉴出手。"

李尺泾思忖了几息，从储物袋中取出一枚玉简，沉声道："宗内传承的符法唤作六壬符术，我已发下玄景灵誓不可外泄，无法用于家中，好在师傅教导我符法时也给过我一枚散修传承作为参考，可以给家中参详一二。"

李通崖两人顿时大喜过望，接过李尺泾手中的玉简。

"此传承唤作《灵中符法》，内具十二道胎息境法符的制作方法，还有三道练气期符法，只是算不上高深，都是些通用的东西。"李尺泾笑了笑，又从储物袋中取出一沓符纸，解释道，"画符需要三样灵物，符纸、符笔、灵墨缺一不可。符纸通常用些灵植，家中最好能寻些种子来自己种植，才不必去坊市中买那些空白符纸。符笔也是法器的一类，我身上也没有多余的，家中还是去坊市中寻一寻。"

"至于符墨，"李尺泾一拍腰间锦囊，取出一个小玉盒来，沉声道，"我这儿还有些，先留予家中使用，若是用完了，恐怕还是要求诸坊市。实在用不起，朱砂拌些灵血亦可画符。"

李项平接过那小玉盒，苦笑道："这画符所费甚多，恐怕家中目前尚无资金来画这符箓。"

李尺泾摆摆手，指了那白玉瓶，笑道："这火中煞气在越国还算得上稀罕物，我家目前也用不上，将其变卖了定能凑齐诸多物件，甚至还大有结余。"

李项平听了这话不禁点点头，开口道："听闻望月湖上就有个坊市，倒也方便得很。"

"火中煞气算是贵重，家中人前去定会遭人觊觎。明日便是月望，还是我以青池宗弟子身份亲自前去，将这诸多物什购买齐全。"

几人仔细商量敲定好了事宜，看李尺泾时间紧迫，便即刻出发前往望月湖。

…………

李通崖与李项平往腿上拍了神行术，走起路来带起一阵风。李尺泾则更为潇洒，轻飘飘地踩着风前行，速度比两人还要快上一筹，看得李通崖两人一阵羡慕。

几人走了一阵，波光粼粼的望月湖便出现在眼前，李项平已经十年出头没来这地方了。

"那年同二哥来这望月湖上取那玉石时，你我尚是十五六岁的孩子，如今也已经成家立业，甚至有自己的孩子了。"李项平感叹了一句，望着夜空中星星点点的繁星，心中忽然多了种如梦似幻的感觉。回头来看这十年间经历的种种，他如处云端，仿佛下一秒睁开眼睛，就会回到那个月明星稀的夜晚，正在湖边的芦苇荡中忐忑不安地等待李通崖归来。

"时间快得很！"李通崖也轻声应了一句。

三人在湖边寻找了一阵，李尺泾与李通崖用灵识反复寻找，终于找到一片隐隐透着法力波动的湖岸，同《黎夏秘笺》中的描述相近。他们按着司元白当年留下的那卷《黎夏秘笺》提到的进入坊市的方法，在湖边拾了一块小石头，往其上附了一道金光术，便向湖中央抛去。那小石子飞了一阵，猛然掉落下来，空中的隐匿阵法受到法力激发赫然露出一道道银光，随后迅速消失。

“这阵法受了触发，不多时应该有大船前来接应。”

李通崖三人在岸边静静等了一阵，见时辰一刻一刻地过去，心中也有些焦虑。错过了这一次，再想处理这火中煞气就麻烦了。

李项平几人等了一阵，干脆在岸边聊起天来，笑着谈了谈小时的趣事，终于见到湖中升起一片淡淡的银光。这便是那接应的大船了？

只见湖中央远远地开过来一艘摇摇摆摆的木质长船，那木船上挂着披满淡白羽毛的大帆，船身灵光流转，看上去也是不错的宝物。

船还未近，便听着一声轻喝：“前面的道友，可是欲上这望月湖坊市？怎的来得如此晚？”

“正是！”李尺泾等人连声应了，带着歉意回道，“我等第一次来望月湖坊市，不懂规矩，这才误了时辰。”

“哈哈哈，道友客气了。”那人大笑了一声，驾着大船便向岸边靠来。

李尺泾上前一步，用灵识仔细地辨别了一阵，心中有些不信任这人，谨慎地开口道：“道友可是接我等前去坊市？”

“正是！”那人哈哈一笑，见李尺泾等人并没有上前，而是谨慎地望着他，啧啧地撇了撇嘴，开口道，“一人一斤灵稻或等价灵物。”

见他开口要价，李尺泾反而放心了不少，左手一拍锦囊，顿时飞出一个淡青色的令牌来。那令牌悬空而置，缓缓投射出几个大字：“青池宗青穗峰。”

李尺泾这才朗声道：“在下青池宗青穗峰弟子李尺泾，执行要务途经此地，多谢道友载我等一程。”

见了这令牌，大船猛然一震，停顿了几息，仿佛在辨别什么，然后才下来一位头发花白的老汉，恭恭敬敬地回道：“原来是仙宗弟子，失敬失敬，还请上船来。”

李尺泾点了点头，几人上了大船，便见这船舱内茶桌茶具一应俱全，古香古色，装潢颇为华贵。

“几人未有坊内熟人同行，老汉也是怕得很，见面也不敢出舱来迎，见了这仙宗令牌才放心了。”那头发花白的老汉笑了笑，连连告罪。

“哪里哪里，出门在外本应如此。”李项平笑着回了一句。

这老汉又开口道：“几位下次前来最好子时便到，周边的家族都在此时入场，收购灵稻、贩卖灵物最是方便。”

“原来如此！”

几人同那老汉攀谈了一阵，便觉得大船猛然一震，隐隐有喧嚣声传来，将目光往窗外望去，便见到了望月湖坊市。这坊市建在湖中的小洲上，面积不大，大概半个村子的样子，街边挂着放着白光的小灯。此刻人流还算多，时不时有人停下来观看街边的商品，同摊主讨价还价。

“这过路费老汉却万万不敢收。”白发老汉将船停靠好，连忙拒绝了李尺泾从储物袋中取出的灵稻，说什么也不肯收。

几人只好拜别了白发老汉，兴致勃勃地沿着街边走起来。李通崖望着摊上的东西，暗自与冠云峰坊市比较：“售卖的物品大抵相近，只是这望月湖坊市中大多以灵稻标价，售卖的物品也更趋近于散装，法术都是一道一道拆分，而非一卷一卷来卖的。”

正思忖着，却听前方的李尺泾笑道：“这摊位上的物品良莠不齐，要买东西还需去柜台上买。”

李通崖顿时一滞，想起自己在冠云峰坊市上对着摊位兜兜转转的一日，愣是没有说出话来。

走了几步路，摊位渐渐少了，几家店面便出现在面前。李尺泾望了一阵，挑了一家售卖法器的店铺，跨过门槛进入店中：“去问一问你们店主，可对火中煞气感兴趣。”

迎上来的店员愣了愣，见李尺泾言罢便扭头望向墙上的诸多法器一言不发，顿时急急忙忙地离开了。不多时，一个赤裸着上身的男子匆匆忙忙地从后院推门而入，如风一般近了身，身上挂着的诸多铁器叮叮当当地响作一片。

“道友可有火中煞气的消息？”那男子满脸胡楂儿，样子粗犷，声音倒是蛮柔和。

“不错，在下青池宗李尺泾，手中有份火中煞气待售。”

“原来是仙宗弟子。”那粗犷男子拱了拱手，笑道，“在下楚明炼，在这坊市中开家小店，不知阁下这份火中煞气作价几何？”

李尺泾一挑眉，沉声道：“七十灵石，最好能以物作抵。”

过惯了紧巴巴日子，一块灵石掰扯成两半用的李项平几人顿时瞪大了双眼，热切地望着楚明炼。

楚明炼摇摇头，笑道：“有些贵了，不知道友看上了我这店中何物？”

“符笔。”李尺泾时间不多，单刀直入，指着墙上挂着的两支符笔道，“不知道友可否介绍一番。”

“自然。”楚明炼点点头，取下那两支符笔，拿起青色的那支解释道，“这笔笔身用的是灵青玉，笔毫采用胎息境巅峰鼬鼠妖的尾毫，算是胎息境、练气期皆宜，需要十五灵石。”

将其放下，楚明炼拿起另一支乳白色笔身的符笔道：“这一支采用烨灵木做笔身，练气期狐妖尾毫做笔毫炼成的符笔，至少要练气期修士才能使用，需要六十灵石。”

李尺泾摆摆手，指了指那支灵青玉笔，笑道：“就它了。还要一枚储物袋，寻常练气期使用的即可。”

楚明炼轻轻一笑，从架子上取下一个棕灰色的锦囊，沉声道：“三尺见方，三十枚灵石。”

一番谈价后，楚明炼以这两样法器加上二十枚灵石的代价心满意足地换走了火中煞气。

李尺泾抱着储物袋和符笔走出店铺，身后的李项平等人还来不及心痛，便见李尺泾进了另一家店铺。

“三百张胎息境符纸，十灵石。”李尺泾指了指柜台上三沓褐黄色的空白符纸，沉声道，“确是青艾木符纸吧？”

“正是正是。”那店员一见李尺泾便知道来了行家，连忙回答道。

数出十枚灵石递过去，将符纸也收入锦囊，李尺泾这才把手中的储物袋递到李项平手中，低低地自言自语道：“符笔、符纸、储物袋已经买齐，还剩下十灵石，该怎么花呢？”

李尺泾这一套行云流水的操作看得当家的李项平两人面面相觑，李通崖连忙上前道：“剩下的灵石便存在家中，以防不时之需吧。”

李尺泾这才点点头，看着人流慢慢稀少起来的坊市，伸了伸懒腰，笑道：“家中可还有什么要事？”

“家中也无甚大事要务，有你三哥和我在，你也无须操心。”李通崖笑了笑，从那储物袋中摸出十枚灵石来，又轻声道，“我们家还欠你师兄萧元思十枚灵石，干脆你顺路带回青穗峰，不须再过一手了。”

李尺泾恍然大悟，笑道：“我却忘了家中还欠着师兄十枚灵石。”

三人聊着天，就这么边走边看着零零散散的摊位，渐渐出了坊市，乘着那大船到了望月湖边，往黎泾山去了。

…………

陆江仙迷迷糊糊中听见了许多杂乱的喧闹声，海量的信息和对话在脑海中浮现，却又如流沙从指缝中流失般消失不见。

“江群兄，这太阴月华甚是贵重，门中大雪绝锋就差这一道天地灵气，今日得你馈赠我青池门感激不尽，要是有用得上我等的地方，门内一定鼎力相助！”一道悦耳的女声在耳边响起，陆江仙隐隐约约看见一张朦胧的脸庞，却什么也记不起来。

“青池门？不是青池宗吗？”陆江仙喃喃自语了一句，终于猛然惊醒，呆呆地望向周围小屋中的茶几摆设。

石台边上的香点了许久，散发着白色的烟气，李木田坐在对面的凳子上打盹。月光照在自己青灰色的镜身上，显得尤为瑰丽。陆江仙仔细思忖回忆了几息，脑海中的一切像做了一场大梦般缓缓消失，只留下一卷法诀——《祭萃夺元法》。

这法诀与《玄珠祀灵术》一脉相承，也是以鉴身为媒介施展的法诀，以香火、魂魄、精血、灵力诸物为施法对象，调和诸气，提炼出一道箓气。卷中号称这箓气：敦修为、长六识、擢根骨、易资质、拔品相、补阙遗……种种神异，妙不可言。

偏偏修补不得我这镜身！看来还是要寻找那些修补镜身的东西。陆江仙遗憾地叹了口气，神识一动，联系上自己游离在外的几个符种，顿时发现李尺泾几人已经出了坊市，正往黎泾山而来。

可惜了，出了这样一件事，坊市中的那道吸引力也未前去探查，只能等到下次了。陆江仙神识一动，青灰色鉴子重新飘浮而起，在柔和的月光下缓缓吸收着月华。

…………

几人回了黎泾山，李尺泾便取出那符墨，向着李项平等人解释道："你等初炼这《灵中符法》，平日里炼符不必真用上符纸符墨，失败了可好生心疼。"说着便取来一杯清水，将那符墨往其中滴了一滴，顿时晕染开来，整杯清水变成了淡淡的酒红色。他又取出一片布帛，放在石桌上摆好，两侧用镇石压紧，将那青玉符笔在清水中静静地浸泡了一阵。

"如此便可。"李尺泾提笔在布帛上迅速勾画，不过一炷香的时间，符头符胆一气呵成，一道淡红色的符文顿时浮现在那布帛之上，浑然一体，散发着淡淡的红光。

李尺泾轻轻放下笔等了几息，那布帛嘭然作响，竟然原地燃烧起来，不多时便化为一抹乌灰，留在桌面上。

"若是这符箓画成了，这布帛承受不住符力，便自燃起来；若是画不成，便将布帛上的墨迹洗去，从头再画便可。"

李项平顿时眼前一亮，笑道："泾儿这真是个好法子，既不必浪费符纸，也少用了符墨，大大减少了费用。"

李尺泾点点头，低笑了一声，解释道："这是师傅教我的小技巧罢了，青池宗传承六百年，自然是有些讨巧的法子。"

抬头望望天色，李尺泾正色道：“我尚有一天的时间，可有修行上的疑惑？那《玄水剑诀》家中可有人练成？”

李通崖顿时来了兴趣，解下腰间的青锋，笑道：“我倒是练成了剑芒，只是那剑气却迟迟不得离体，不知可算练成了？”

“剑芒剑气不过是入门。”李尺泾摆摆手，接着道，“天下剑诀各不相同，但剑法大抵分为几个境界：剑芒、剑气、剑元、剑意，无非剑诀难易不同，便有了区分。这玄水剑诀在练气期剑诀中算是简单，几乎练上一小段时间便能练出剑芒。”

一旁的李项平顿时神色一窘，想着自己数次读剑诀愣是没读出个东西来，更别说练成剑芒了，只好低头抱起那《灵中符法》仔细读起来。

李尺泾言罢解下腰间剑，抽出纯白色的剑身，笑道：“看着。”

话音刚落，剑刃上亮起一道灰白色的剑芒，如呼吸般起伏不定。随着李尺泾一挑眉，那剑芒顿时吞吐而出，化为一道宽约三寸的剑气腾空而去，尖啸着击穿了远处的一棵大榕树。

李通崖皱着眉头看了一阵，李尺泾便亲自上手指点起来。待到李通崖自己下去练了，李尺泾这才想起什么似的一击掌，道：“我在青穗峰上悟了一剑术，仅仅一招，还是先记于家中，免得哪天死在外头，白白让这剑法失传。”

“休要乱说！”李项平低低地骂了一句，正色道，“泾儿在外头要多加保重！我和你二哥也不能替你分担什么，只是守着家族罢了，外头险恶，一定要多加小心……”

李项平絮絮叨叨地讲了一阵，见李尺泾听得专注，沉默了几息，开口道：“你哥我天资愚钝，这些年磕磕碰碰修炼到了胎息境第四层青元轮，越发力不从心起来。若是没有什么丹药、灵物，恐怕到头来撑死了也不过是个玉京轮、灵初轮。你二哥天资比三哥好，但也好得有限，不能跟你比，只是突破练气期是有希望的。依靠我们俩能保持住李家的地盘，又有那鉴子，我李家是不怕断代的。”

就地一坐，李项平带着些唏嘘之色：“你二哥去冠云峰时打听过了，青池宗从治下的家族收取弟子要求很是严格，至少要能修炼到练气期。我和你二哥能死，唯独你不能。”

听着李项平的话，李尺泾眼睛一阵湿润，低低道：“我们一家都能好好的，三哥不必忧愁，泾儿也会在宗内多加努力，为家族争取些资源来。”

“天下哪有年年平安喜乐的事！生死兴亡便在旦夕之间，我倒是不惧。只心忧儿孙辈是否能担当大任罢了。”李项平苦笑了一声，不再讨论这话题，取来布帛和墨笔，让李尺泾写下剑诀。

“我这剑诀才写了一道剑法，便叫作……”李尺泾歪着头想了想，脑海中浮现出那道月白色弧形的剑气，开口道，“便叫月阙剑弧好了。”

言罢提笔，洋洋洒洒地写了好几张布帛，将运气路线、法力在剑身上的分布、出剑手法等统统记得详细，这才满意地收笔。

“待你去了那仙宗，我便将它抄在木简之上。”李项平如获至宝地收好几张布帛，笑盈盈地道。

望望天色，已是又过了一个时辰，李尺泾教了李项平些符术要点，夜里同李木田谈了一夜，又用些法诀补品滋养了老人的身体，这才出发前往梨川口。

…………

在霞光云船上坐了一刻钟，李尺泾心中犹记挂着家中诸事，师姐袁湍见他心不在焉，低声道：“老人家身体怎么样？”

李尺泾这才想起自己是以探亲为名回的家，默默紧了紧腰间的细长青玉瓶，闷闷地道：“还能吃进饭，我替他调理了身子，应该还能将就几年。”

袁湍低低叹了一声，只当是李尺泾心中难受，劝慰道：“修士尚且难免生老病死，更何况凡人呢？顶多是少受点痛苦罢了。”

李尺泾有一搭没一搭地聊着，心中却在考虑如何同司元白解释这太阴月华的来历。

“莫说湖中金秋要从宗内去求，单单是借出《月湖映秋诀》就须要师尊同意，这私练法诀绝计是无门了，还是要先同师尊通个气。”想到这儿，李尺泾朝着袁湍笑了笑，轻声道，“师姐，师尊可在青穗峰上？”

“嗯，我收到了峰内的传信，说师尊昨日便回了青穗峰。听闻你受了欺负，他往元乌峰上丢了十二枚聚雨符，差点儿将元乌峰给淹了。”袁湍扑哧一笑，带着笑意回复道。

“啊？”李尺泾顿时愣了愣，心中生出一阵感动来。

“最后闹得周围几峰的弟子纷纷跑来看热闹，还是元乌峰主亲自赔了罪，才化去了那厚厚的云层。”

“真是劳烦师尊了。”李尺泾苦笑一声。他倒不觉得受了委屈，反而是那邓求之在他这里吃了个不大不小的亏。邓家是世家大族，他也怕将对方得罪狠了。

霞光云船快得很，两人聊了一阵，青池宗山门便浮现在眼前。袁湍将李尺泾在青穗峰放下，驾着船往主峰去了。

李尺泾落地往山间走了一阵，见师兄萧元思正迎着朝霞采炼丹药。萧元思方才收丹入瓶，见了李尺泾顿时眼前一亮，笑道：“师兄给你出了气，将那邓求之胖揍了一顿。”

“多谢师兄！”李尺泾哈哈一笑，在石阶上轻点几步凑上前去，轻声道，“师兄炼的什么丹？”

“瞎捣鼓些东西，试试自己的一些新点子。”萧元思摇摇头，摸着还温热的炼丹炉笑了笑，正色道，“师尊在山顶，你速速去见他吧。”

“正要去呢。”李尺泾点了点头，从储物袋中摸出十枚灵石，笑道，“我倒是忘了家中还欠着师兄十枚灵石，如今算是能还上了。”

萧元思不以为意地摆摆手，将李尺泾手中的灵石随手接过，往储物袋中一丢，低头看起他的丹书来了。

李尺泾则躬身告辞，顺着小路轻飘飘地踩了一阵，远远便见到一座淡白色云雾掩盖下的小阁楼，才上了山顶的平台，便见一人身着青衣，三四十岁相貌，容貌俊朗，笑意温和，腰上佩着一把白光湛湛的宝剑，飘逸出尘地立在楼间。

李尺泾噔噔噔地上了楼，恭恭敬敬地拱了拱手笑道：“师尊！”

司元白眼中蕴含着笑意，轻声道：“那邓求之亲自上我青穗峰给你道歉，却扑了个空，听闻你回家去见父亲了。”

想起李木田，司元白的脸色略有些古怪，他低头望着李尺泾，谁知李尺泾低了低头，扑通一声就跪了下来：“还请师尊恕罪！弟子欺瞒了师姐与师兄，回那望月湖另有要事！”

司元白顿时变了脸色，连忙搀扶起李尺泾，正色道：“何至于此？快快起来说话。”

李尺泾低着头，带着些忐忑开口道：“泾儿年前收到了寄来的家书，得知家中发现了某位前辈的洞府，费尽千辛万苦破开阵门，却发现洞中收拾得干干净净，唯独留下一青玉瓶。家中人看了青玉瓶，发现瓶中存着一份天地灵气，洁白如霜，流动如水。”

司元白皱了皱眉，沉声道：“洁白如霜，流动如水？雪中霜气？松林朔风？不对……总不可能是……”

司元白摇摇头，猛然睁大了眼睛，失声道：“太阴月华？！”

李尺泾重重地点了点头，沉声道：“弟子去藏经阁中查了许久，自觉不可思议，于是寻了借口回家查看，果然是太阴月华！”

“取来看看！”

李尺泾连忙将那细长青玉瓶奉上。司元白接过点了点头，沉声道：“这青玉瓶确是数百年前的样式。”

闭目感受了一阵，司元白猛然睁眼，惊喜道：“果然是太阴月华！这事你做得不错。”

顿了下，他又低头望向李尺泾，轻声道：“这太阴月华尤为珍贵，你要想好如何处置。”

“全凭师尊做主！”李尺泾恭恭敬敬地拱手回答道。

“你这孩子心眼忒多。”司元白哈哈一笑，摸了摸李尺泾的脑袋，又正色道，“你修为已至胎息境巅峰，若是想练成那《月湖映秋诀》，万万不可将这太阴月华上报宗内，只能由你师姐去借阅法诀，我再去求那湖中金秋的配额，先将这法诀练成，等生米煮成了熟饭，再向宗内上报。一旦消息走漏，就算是宗内的几个老祖碍于脸面不出手，月湖峰的一群人也会想方设法从你手中取得这太阴月华。”

司元白满目忧虑，不知在担心些什么，低声道：“青池宗断了这门传承足足三百年，他们已经等待太久了……”

听了司元白这番话，李尺泾也是咬着牙一番愧疚，口中应着“是”，心中震荡不已。李项平与李尺泾皆是生性多疑之辈，李尺泾自小离家，对周边诸事警惕万分，如今望着眼前一脸温和之色的司元白，心中感动非常，终于对青穗峰和一众师兄弟卸下了防备：“多谢师尊！”

第七章 青迟魔门

李通崖送走了李尺泾，便见李木田背着手出了后院，板着脸带着些沙哑的声线道：“去望望那鉴子。”

田守水前年死了，留下一整套为外孙李玄锋准备的木头玩具，从木马、木车到木弓应有尽有。李玄锋才刚能拿起最小的那个松木玩偶，田守水便在大雪中搬木料时摔了一跤，没挺过来死在当夜。李木田亲手埋葬了田守水，同任平安两人在墓前聊了一整夜。或许是那一夜风寒露重，李木田的声音渐渐变得沙哑。

当年意气风发出去从军的三人，田守水敢拼敢打，李木田多虑善断，任平安沉默寡言；如今敢拼敢打的留下了一身伤，早早地便去世；多虑善断的儿孙满堂，脑子却渐渐转不动了；沉默寡言的还在替李家看着泾阳村，年年上交的田税一分也未少过。李木田受了这样的刺激，近几月老得厉害，好在受了李尺泾的法术与补品滋润，面色不再那般枯槁，满头的白发也亮润起来，只是神态依旧疲惫，挺直的腰板也掩盖不住言语和行动中的微小迟钝。

李通崖见老人进了前院，连忙上前搀扶李木田，却被他闷闷地甩开，低声骂道：“你老子叫你去后院看一看那鉴子！”

李通崖讪讪一笑，往后院去了，李木田这才扶着墙边缓缓走到内门的门槛上，靠着门框坐下。他伸出枯瘦的手掐了掐自己知觉迟钝的大腿，咬牙切齿地开口道："老子也要拄上拐杖了。"

后院，李通崖看着在月华中沉浮的法鉴，见镜面上正闪过浮光掠影般的文字，连忙探出灵识，缓缓投入镜中。

陆江仙神识一动，将昨夜根据《祭萃夺元法》中对祀者的要求仔细裁剪修改了一番得出的法诀写出，编了个名字便往灵识中投去。顿时一道庞大的信息顺着灵识流淌而来。

李通崖双目紧闭，脑海中缓缓浮现出一卷法诀——《牲祭法》。此法须以待宰妖兽为祭，在举族之香火中屠宰祭品，以香火、魂魄、精血、灵力诸物祭祀法鉴，便可得一道箓气，据说这箓气可以敦修为、长六识、擢根骨、易资质、拔品相、补阙遗……

《牲祭法》篇幅较大，李通崖闭目接取了一炷香的工夫，这才满脸震惊之色地睁开眼，拿来刀笔和空白木简将其仔细记载下来。他一口气书写到天亮，这才急急忙忙地出门去寻找李项平。

…………

李项平正在眉尺山洞府中吐纳修炼，他才入胎息境第四层青元轮，修炼速度便大大减慢，按目前的速度，恐怕没个六七年都无法尝试冲击玉京轮，更别说冲击失败要再等六七年。昨日万家派了万元凯前来商讨伏击汲登齐之事，这青年已然突破胎息境第五层，成就玉京轮了。

李项平眯了眯眼，心中思忖着：如此看来，万家已经有了两位玉京轮修士，更何况那万家家主万萧华五年前便是玉京轮，如今说不得已经突破灵初轮成了胎息境巅峰了。这些年来我李家实力增加不少，但万家亦非止步不前，这求援之事却一日比一日焦急，恐怕那汲家实力也有了长进。三家如今各自蛰伏，汲家努力消化夺来的土地，万家则默默积蓄力量四处求援，我李家正缓缓增长到应有的体量。待到汲家消化完了土地，万家亮出獠牙，我李家也有了走上牌桌的力量，三家之间必有一战，恐怕要早做准备。

李项平正盘算着局势，却见二哥李通崖自洞府外走来，手中捧着一枚木简，笑道："三弟，你且看看。"

李项平正疑惑着，接过那枚木简，解开系着的白布，轻声道："《牲祭法》？"

仔细读了一阵，李项平脸上的惊异之色越来越浓厚，反问道："这行文与那《接引法》颇为相似，又是以法鉴为媒介，难不成是法鉴赐法？"

李通崖含笑点头，起身从架子上取下抄录好的《月阙剑弧》，也仔细看起来。

李项平看了一阵，沉声道："这法诀中称：'千人香火，练气妖物，便得灰箓一道，万人香火，筑基妖物，便得白箓一道……'未免难了些。"

李通崖笑容一滞，有些尴尬地回答道："虽然好生诱人，但我家如今连最低的祭祀法都难以达成。"

李项平笑了笑，收好手中的木简，摆摆手道："倒也不急，这练气期妖物也不是说碰上就能碰上的，我还有一事想同你议一议。"

想到这里，李项平望了望坐在石凳上读着剑诀的李玄宣，沉声道："我欲在四村间操练一支脱产练武的族兵，五户出一人，专习武事战法，以备不时之需。"

李通崖若有所思地点了点头，正色道："可是那万家又来求援了？局势已经焦灼到了这般地步吗？"

"不只。"李项平摇摇头，回答道，"我还担心西边的山越。大黎山北麓灵机渐复，谁也料不准西边的山越会不会伸手过来。虽然这几年山间不见有山越出没，但有备无患，提防一手总是好的。"

"不错。"李通崖点了点头，沉声道，"若是真待到山越越境而来的那一天，再来组织村丁便晚了。山越中不光有巫觋，还有断发文身的山越众，恐怕不好对付。"

李项平起身整了整衣冠，笑道："玄宣年幼，难以服众，秋阳虽然年龄威望俱全，但又不是大宗，此事我交给谁都不放心，还需二哥亲自去看看。”

“放心吧，此事包在我身上。”李通崖也笑了笑，两人出了洞府，一路聊着回了黎泾山。柳柔绚早早地等在院门口，见了两人便迎了上来。

“少族长。”柳柔绚躬了躬身，神色中带着些喜悦，轻轻地凑到李通崖身边，笑盈盈道，“夫君，我有了。”

李通崖顿时大喜过望，连着笑了两声，将她拦腰抱起，大笑道：“当真？”

“骗你可有好处？”柳柔绚脸色一红，低低地道。

一旁的李项平也笑了起来，轻声道：“恭喜二哥了。”

…………

五年后。

清晨的朝阳破开山间层层的清雾，从树梢和叶子的间缝中撒下，映照出满地淡金色的碎片。

李家在望月湖畔又种了五年地，距离捡到鉴子已经过去了十六七年，黎泾山上的石板路渐渐有了青色，鸟儿在枝头叽叽喳喳地叫着，一派新生景象。而徐老汉呆呆地坐在爬满青苔的石碑旁，佝偻的身体和冰冷的墓碑相得益彰，枯黄的手紧紧地攥着一把泥土。

“老汉……怎么还不死呢？”徐老汉前几年就上了黎泾山，说是要为李家看守墓地。李项平几人拗不过他，只好任他去了。李玄宣为他在黎泾山上的墓地旁搭了一座小屋，时常带些东西来看他。徐老汉会玩把戏，会编草蟋蟀，还会画点儿东西，李家的孩子们都三天两头地往小屋跑。李玄锋在山上没有适龄的玩伴，父亲又忙，这几年都是跟徐老汉一起玩的。

徐老汉笑着同孩子们玩，暗地里却在等死，每夜入睡时都在想：明日该死了吧？结果明日还是照常醒来，太阳依旧正常升起。

就在昨天，徐老汉磨磨蹭蹭、踉踉跄跄的八十岁到来了。怎么有人活到了八十岁还未死?

徐老汉眯着眼，望向远处的山坡，金黄色的阳光照耀下，一个小小的身影在山坡上挥着手，金色的阳光将他的背影拉得很长。

“玄锋来看您啦，徐——大——爷——”那小孩满身污渍，脸上还沾着泥点，头发一缕一缕地散落下来，看上去有几分潇洒，甚至有了几分狂妄不羁的色彩，手中拿着一把小木弓，腰间还绑着一个小小的箭囊。

小孩从洒满黄金色阳光的山坡上蹦蹦跳跳地往下跑，徐老汉则窝在阴暗的角落垂死挣扎，此刻两人就像世界的两极，初生和垂死在黎泾山山腰见了面。

“是玄宣来了？”徐老汉意识清醒了许多，抬头磕磕绊绊地开口道。

“徐大爷，我是李玄锋，我父亲是李项平，不是李长湖。”李玄锋嘻嘻笑了一声，解开裤衩上的绳子，在老汉身边寻了一座高度差不多的墓碑，哼着歌尿了起来。才尿了一阵，李玄锋准备提裤收工，谁知徐老汉眼睛一瞪，勉力抬起拐杖，啪地给李玄锋屁股上来了一下，叫骂道：“那是你太爷爷的墓。”

李玄锋一个踉跄，委委屈屈地将裤子拉起，系好裤间的绳子，满脸不服气地开口道：“死都死了！咋还不让尿？他咋死的？”

“被毒死的。”徐老汉这么一折腾倒是精神了不少，勉强坐起身，娓娓道来，“很多年前，你李家还不是这般强势，有一家大户，唤作元家，害了你太爷爷和你五爷，想要兼并土地。后来你爷爷回来了，报复了元家，反倒把人家的土地拿来分了。”

李玄锋小小的双手一撑，坐在了一旁不高不矮的青苔墓碑上，嘻嘻一笑，高声道：“报复得好！”

徐老汉瞪了他一眼，这才继续说道：“好什么好？元家……逃走了一个娃娃，二十二年后回来将你大伯害了！”

李玄锋的眼睛骤然眯起，细长的睫毛在眉间动了动，他开口道：“全赖爷爷做得不厚道，让那家人走脱了一个。”

徐老汉愣愣地盯了他一眼，轻声道：“你李家人真是从小便坏。”

李玄锋不服气地摇了摇头，大声道：“凭什么就他元家人能害我李家人，若我李家有漏网之鱼，他家便等着被我家报复，我李家让他家走脱了一个娃娃，也被他家上门报复！有什么好坏之争？”

徐老汉也摇了摇头，沉声道：“冤冤相报何时了啊……”

“手脚不利落，自然冤冤相报没时了，若是一家族灭，还有什么冤可报？”李玄锋稚嫩的脸蛋上满是不屑，浑然不像是个七八岁的小孩。

徐老汉咳嗽了两声，自嘲道：“老汉见多了生死，便怕了，反倒不如你个娃娃干脆。”

“徐大爷，”李玄锋认认真真地站在他身侧，开口道，“羊吃草，狼吃羊，人食肉，妖食人，世间万物本是你吃我我吃你。”

“我父亲是这么说的。”挺直了腰板，他做出一副严肃的样子，故作老态地开口道，“锋儿！世间本是大争之世！”

言罢他哈哈一笑，在地上打了几个滚，逗得地上的徐老汉也跟着边咳嗽边笑起来。徐老汉笑了一阵，缓缓开口道：“从前有一户人家，住在村子的边缘，父亲勤勤恳恳地种地，母亲照顾他们的三个孩子。有一天，父亲见隔壁村烟火四起，便叫小儿子徐三上山砍柴。徐三高高兴兴地上山，疯玩到傍晚才回来。可一到家，徐三望见了一地的血迹，十几个人正围坐在他家庭院，架起一口大锅，锅中放着他的双亲，他的两个哥哥已经被剐好了，堆成了两堆。徐三吓坏了，他转身便跑，在山上足足躲了十天。后来呀，他听说原来是隔壁村遭了大旱，村民们饿得走投无路，他家又离村子远，故而遭此大难。”

李玄锋听得入迷，冷着脸低低地道：“若是我，定要报复他们所有人。”

“但是徐三窝囊，窝囊了一辈子，他什么都不敢说，在村子里躲了一辈子。徐三恨他们，更恨那只大雀，恨那修士！”徐老汉痴痴地叫了一阵，伸手将李玄锋拉到跟前，急促又低沉地道，“徐三在山间见了两个杂役在方便时闲谈，他们说引这大雀前来大黎山食人是为了取那焰中乌气去给镗金门少主练气。徐三听得明明白白，却窝了几十年不敢说。”

“徐三，徐三，唔……死了，都死了。”徐老汉急促地喘息了两声，双眼血红，口中吐出血沫，歪头倒在了地上，攥着李玄锋裤腿的枯黄的手终于缓缓松开。

李玄锋愣愣地望着他，足足过了半晌，这才突然开口：“徐三，你也死了。”

温热的泪水从他脸上流淌下来，滴在徐老汉逐渐冰冷僵硬的尸体上。李玄锋呜咽了几句，趴在他的尸体上号啕大哭，哭得头晕眼花，哭得愤愤不平。他哭得太凶，呃逆不止，趴在徐老汉的尸体上休息了一刻钟，直到不打嗝了才慢慢爬起来。他抓住徐老汉的左脚，用力拖到一个半人高的墓碑旁，这才发现老人轻得像一垛柴火，就连他这个孩子也能拉动了。

用力扶起他的上半身，让他靠在那尊墓碑上，李玄锋努力抚平老人痛苦扭曲的脸庞，想让老人看起来安详一些。

“呜——”看着老人布满皱纹似哭似笑的脸庞，李玄锋哇的一声又哭了出来。他连忙扭头，边抹着泪边向山上跑去，跑了一阵，直到抬头能望见金色阳光下的庭院，他才擦干眼泪，撇着嘴向院中走去。

进门便是青砖铺成的地面，一个穿着小皮袄子的小女娃正静静地坐在桌边，手中抱着一只通体雪白的小猫，呢喃地说着话。阳光照在她低垂的眉眼上，她弯起的眼睛好似月牙，让人看了想同她一起笑起来。这正是李家现如今唯一的女孩——李景恬。柳柔绚为李通崖诞下一子，唤作李玄岭，如今正在书院中读书，所以院中便留了李景恬一人。

“锋哥儿，”那女孩抬了抬头，将手中的白色小猫放在桌上，开口笑道，“你这是受了谁的欺负？”

“哪有人敢欺负他？向来是他欺负别人。”却见正院中走来一个少年，眉毛又细又长，眼睛温温柔柔，眉宇间依稀有几分李长湖的模样，笑盈盈地插嘴道。

“宣哥哥，你出关啦？”那女孩眼睛一亮，笑着蹦蹦跳跳地走了过去，拉着李玄宣的手，满是期待地开口道，“可是到了胎息境第三层周行轮？”

李玄宣笑着点了点头，却见李玄锋依旧不说话，便弯下腰去问他：“锋儿怎么了？”

李玄锋闷闷地回答道：“徐大爷死了。”

“什么？！”李玄宣顿时一滞，脸上温和的笑容终于消失不见，眼中布满了悲意，张了张口，没有说出话来。

李玄宣一出生便没了父亲，爷爷李木田虽然宠他爱他，但老人不苟言笑，平日里也总是静静坐着，李玄宣自己也不清楚是敬他多一点儿还是爱他多一点儿。待到长大了些，李项平便日日将他带在身边，李玄宣也是每日里谨慎万分，仔细去揣摩叔父的话语和命令，不敢有一丝松懈。在他十多年的童年时光里，只有徐老汉给他编草蟋蟀，为他画像，同他讲父亲李长湖的故事……

尽管心中痛苦万分，李玄宣还是迅速收敛好情绪，拍了拍李玄锋的肩膀，沉声道：“带我去看看。”

…………

李承福弯着腰，从大堂高高的门槛上迈过去。堂中坐着几位板着脸讨论事的老人，最上首坐着个神色威严的中年人，穿着灰色的狼皮大褂，低着头漫不经心地饮着茶。

“掌事，徐老汉死了。”李承福如今也是两鬓斑白，但身手还算得上矫健，他弯着腰到那中年人身边，低声道。

那中年人一挑眉，也压低了声音，询问道：“主家怎么说？”

“埋在山上，少家主下的命令。”

那中年人点点头，思忖了几息，将茶碗往桌上一放，拍了拍手，低声道：“今日先议到这儿，黎泾山上尚有要务处理，叶生便不留各位了。”

李叶生当了十多年的掌事，如今也二十九岁了，顾盼之间自有一番威严。在平均寿命不足六十岁、十三五岁便结婚的大山里他可以说是正值壮年，就连他的长子李谢文都已经十二三岁了。

任平安前年已经病死，现在管着泾阳村的是大舅柳林峰。这几人听了李叶生的话顿时起身告退，在家丁的护送下各自回村。

李叶生看着人都走光了，这才饮了口茶，沉声道："去把谢文叫来，同我去眉尺山上报家主。"

李项平如今也已经管了十几年的事，下面的人自然是叫他家主。

"少家主出关，我家秋阳上山拜见了，回来说是实力已经与他相当。"见李谢文匆匆进了屋子，李承福抬头看了眼李叶生，满脸喜色，低低地笑道。

得益于李项平这十多年来不遗余力、大大方方地教导李玄宣，明眼人都能看出李项平是真的将李长湖的遗腹子当成李家下一代家主来培养，一众管事村丁自是唤李玄宣为少家主。

"恭喜福哥啦。"李叶生也是笑了笑，朝着李承福拱了拱手。

"嘿嘿。"李承福笑了两声，同李叶生四目相对看了几息，点点头弯腰抱拳退下了。

李叶生见李承福弯腰退了出去，这才冷冷地哼了一声，朝着李谢文沉声道："你可知为父为何向这李承福道喜？"

"孩儿不知……"李谢文挠了挠头，一脸疑惑地望着父亲，"倒是承福叔几年来成日里来问我宣哥的修为如何，孩儿说也不是，不说也不是……"

李叶生深深地叹了口气，双眉紧皱，骂道："叫你天天少去鬼混！多跟在老子身边学点儿东西，你就是不听！主家眼前只有李玄宣有灵窍，那李玄锋、李玄岭不知天赋如何，李秋阳修炼的时日又长，若是修炼得还比李玄宣快，主家能不忌惮？"

李谢文这才恍然大悟，思忖几息后才回答道："原来如此！父亲是怕待到这一代人皆凋零之时，余下李玄宣与李秋阳两人，主弱枝强之下……”

“时候尚早。”李叶生摆了摆手，冷声道，“主家计远谋长，也未必忌惮他，只是我等皆为主脉簇拥，不得不留着心。若是真的有天翻地覆那一天，谁都不得好死！好在宣儿天赋要好，李秋阳也能放开手脚，不必同主家相互提防着。”

说着，李叶生饮了口茶，沉声道：“为父考一考你，若是李玄宣真的修炼缓慢，你可知要如何去做？”

李谢文低着头冥思苦想了一阵，低声道：“探查李秋阳是否谎报修为？”

“不错，孺子可教也。你能想到这一层已经是殊为不易。”李叶生点点头，正色道，“他要是谎报修为，主家怎能看不出？那老狐狸没那么蠢，他只会让李秋阳放慢修炼速度，以观时变。你布好人手，等待主家之命即可。李谢文你要记住，你我这一支替主家做了太多事，家中又无修行者，除却依附主家别无出路，除非……”

“除非什么？”李谢文与李玄宣从小玩到大，感情深厚，听了这话，皱了皱眉反问道。

李叶生脸上闪过一丝恐惧，略有些颤抖地开口道：“除非百年之后主家四脉尽皆凋零，生不出身具灵窍之子。”

…………

李项平比李叶生要大一岁，但修了仙，样貌看起来还要年轻一些，此刻正捧着卷法诀，靠在石椅上仔细读着。李叶生父子正恭恭敬敬地站在一旁，低着头盯着地面。

“宣儿要怎么安排都随他，徐老汉也算是我李家的恩人，再怎么折腾也不为过。”李项平抱着木简读了几行，缓缓开口道，“还有什么事？”

“少家主已经突破，李秋阳上山来拜访了。”李叶生低着头，恭恭敬敬地回答道，身后的李谢文更是低头看着光洁的地面，不敢抬头看四周的陈设。

“不错。”李项平挑了挑眉，脸上多了一丝笑意，状似漫不经心地问道，“李秋阳卡在这胎息境第三层周行轮多久了？”

“已经三年未曾突破了。”李叶生来之前便做好了功课，当下想也不想地回答道。

李项平闻言抬起头，笑道：“做得不错，回去叫李秋阳好生修炼，勿要分心。”

“是。”李叶生点点头，又开口道，“万家这个月又派人前来求援，甚至提出需要粮食和伤药了。”

“哦？”李项平皱了皱眉，轻声道，“年前说是万萧华已经练成灵初轮，入了胎息境巅峰，竟然还如此艰难？这汲登齐真不简单。只要不过分，他要便给他吧。”

一旁的李谢文正竖起耳朵仔细听着，李项平瞥了他一眼，低低开口道：“谢文如今也长大了。”

李谢文连忙躬身出声道：“见过家主。”

“明日便去那黎道口给许文山打个下手，成天在村子里混着也不是个事儿。”李项平笑了笑，朝着李叶生开口道。

“是叶生太放纵他了。”李叶生连忙告罪，见李项平摆了摆手，带着李谢文退下。

两人沉默地走着山路，下了眉尺山，李叶生这才开口道：“你与玄宣感情深厚，家主是愿意用你的。到了那许文山手下要好好学，不要同人家起是非。许文山是个聪明人，不会为难你的。”

李谢文闷闷地应了一声，询问道：“家主将我安排出去，可是要将我放出去当掌事？”

李叶生摇了摇头，回答道：“短则五年，长则七年，待到为父干不动了，李玄宣执掌家族，便会将你调回来。你不需急，好好磨炼自己。”

“是，多谢父亲指点。”

眉尺山洞府，李项平皱了皱眉，心中也有了几分烦恼，他这五年来依旧在胎息境第四层青元轮打磨，没有触及玉京轮。李通崖想为他寻一枚明神散，却听万天仓说那一枚明神散值二十枚灵石，每每市面上出现这丹药立刻便被抢购一空，没有门道根本得不到。李通崖顿时哑口无言，悻悻而退。

“家主！”李项平正想着，洞外却传来一声传报，一个十一二岁样子的孩子走了进来，却是那陈二牛的幼子陈冬河，他在几年前被人查出了身具灵窍，如今跟着李项平在眉尺山洞府修行。

看着这个近十年来唯一查出的身具灵窍的孩子，李项平笑着问道：“何事？”

“万家万天仓求见。”

“进。”李项平取出茶具，看万天仓皱着眉头进了洞府，陈冬河自觉退下了，便笑道，“万兄为何而来？”

“也只有李兄笑得出来了。”万天仓苦笑了一声，深深地一躬，开口道，“我家欲行伏击之事，一切按约定如数交付。”

“怎的如此急切？我二哥七日前已经前往冠云峰交付供奉，万家难道没有派人前去？怎么在这个时候伏击？”李项平皱了皱眉，一脸疑惑地问道。

“那汲登齐不知从什么地方得知了这几日是青池宗月湖峰收取供奉的日子，连着三夜袭击我华芊山。只要时间过了一个时辰，这老东西就马上退开，以防被郡中来援的练气期修士攻击。家中被他整得疲惫不堪，死了几百凡人，连修行者都死了两个。”万天仓眼睛通红，咬牙切齿地解释道，“我万家如今连交付的供奉都拿不出来，已到了背水一战的地步。我家耗了这十多年，已经将家中的底蕴耗得七七八八，再不拼死一战，恐怕今后再无一战之力了。”

“好。”李项平听了这话也咬咬牙，沉声道，“一切按约定，待到你华芊山大阵升起，我便催动符箓，远远地攻击那汲登齐。无论事情成与不成，这阵法传承都必须交付我李家！”

说完这话，李项平察觉到了些不对劲，皱了皱眉，沉声道：“月湖峰每五年的供奉时日不定，都是道上派人来通知，这汲登齐怎会知道月湖峰收取供奉的日期？难道萧华前辈会将此事四处张扬？天仓兄，其中必有古怪！”

万天仓也是被家中的传信冲昏了脑袋，此刻冷静下来想了想，也是皱起眉头沉默不语。

李项平向来谨慎，隐隐嗅出其中有不对劲的味道，见万天仓沉默不语，也暗暗思忖起来：这汲家必定有所倚仗，有了剿灭万家的法子。恐怕万萧华此刻也是惊恐不已，连忙拉我李家下水，可我李家与万家唇齿相依，怎可坐视万家族灭人亡……

“李兄！”万天仓一时间脸色苍白，也不知想到了什么，颤抖地开口道，“这汲登齐恐怕知道我万家背后有援手，故意一点儿一点儿施压，想要逼出后援，这、这是阳谋！”

李项平脸色难看，冷冷地望着万天仓：“这不但是汲登齐的阳谋，还是你家家主万萧华的阳谋！”

…………

送走了苦苦哀求的万天仓，李项平深深地吐了口气，心中烦乱不已。见李玄宣缓缓走进洞府，他便低声将万天仓的话讲了一遍。

这汲登齐如若不是得知了这几日是交纳供奉的日子才围困华芊山，试图让万家交纳不上供奉，那便是有了除掉万家的法子，才会花费这心思前来攻打。如今又任凭万家放出求援信息，想必是有了将援手一锅端的法子。李玄宣思忖了一阵，也是一脸担忧，苦笑着摇头道：“偏偏我家还不得不救。通往郡中的道路仅此一条，若是万家灭了，我李家便孤悬山中，不但事事与外隔绝，还要受那汲家骚扰压迫。”

“要救。”李项平摇摇头，沉声道，“不求击杀那汲登齐，只替万家解了围便可。只是要看看那汲登齐的底牌究竟有几斤几两，能让这人如此猖狂。”

…………

汲登齐那年跪在父亲身后，在瑟瑟秋风中发着抖，看着万家家主缓缓拎起自己的父亲，在他那张满是血迹的脸上吐了一口唾沫，轻轻嘲笑：“汲家，也不过如此。”

汲登齐低头时泪水不断顺着脸庞滑下，从下巴处滴落，沾湿了身上单薄的秋衣，打湿了地面上的砖缝。他勉强抬起头，就见那万家家主身后静静站着一个华服少年，正冷冷地笑着看他。后来他才知道那个少年叫作万萧华，是万家的少家主。

万萧华站着冷笑，他汲登齐跪着哭泣。

这是怎样的羞辱？万家奇袭骅中山，十九息便破解了才修建三年的护山大阵，击杀了当代汲家家主，然后拎出每一个汲家人，甚至是穿着单衣还在睡梦中的汲家人。二十九位汲家嫡系，绝大多数都还穿着单衣，披着被单，颤颤巍巍地跪在院前，眼看着他汲登齐的父亲，汲家的少主受辱。甚至倒塌的院墙外跪了一片的凡人，在他汲家治下的凡人，看着原本的修士嫡系一个个受尽羞辱，族女被扯去披着的被单缩成一团，族丁被踩在脚下挣扎。

每夜梦到这一幕，汲登齐都眦目欲裂，泪水流淌不止，重新坐起来修炼。

那万家家主狠狠地踹了父亲一脚，踹得他口吐鲜血，软软地倒下去。汲登齐哭着抱住那人的腿，叫道：“我汲家会给您当狗，替您在镗金门下看着郁家，并且年年上贡……”

那人冷笑一声，踹飞汲登齐，踹得他头晕眼花，摔掉了两颗牙齿，随即哈哈一笑道：“两家本就是生死仇敌，边界线上灭亡的家族数不胜数。若不是怕灭了你汲家之后我家便与郁家交界，我万家还能留着你？你汲家想当狗，我万家可不敢收。”

万萧华跟在那人后头，笑盈盈地望着他，眼中装满了讥讽。

那人卷空了汲家的财产，带走了趾高气扬的万家人，留下已成一片废墟的骅中山、颜面扫地的汲家、满眼异样的凡人和院中的一具具尸体。过了三日，父亲也死了，他被踢碎了玄景轮，灵气溃散而死。临终之际，他躺在榻上呜呜地呻吟着，汲登齐哭着将耳朵凑过去，听见父亲虚弱地开口："勿忘……破阵，报杀……父之仇。"

汲登齐将嘴唇咬出了血，坐上了家主之位。他开始走上复仇之路，誓要洗刷那日的耻辱，他要让所有人都不敢回忆起万家登上骅中山的那一夜。

过了两年，令汲登齐欣喜若狂又遗憾万分的消息传来了，那万家家主练气期修为，极通阵法，却在大黎山中横死在仇人手中，万家辉煌的时代连尾声都唱尽了，匆匆登上家主之位的万萧华再度收缩势力，东边的土地尽归卢家。

但还不够，万萧华天赋比我好，万家底蕴深厚，这样远远不够。他想。

好在机会来了，镗金门的少主在望月湖上寻一味天地灵气，汲登齐在他身边鞍前马后地效命，在一众护卫冷冷的注视下去给那在树下无聊的男子逗乐，一身金衣的男子终于哈哈大笑，问他想要什么。

他深知这人不是问他想要什么，而是问他凭什么来要。汲登齐说自己不想要什么，自己想要献上一个女子。

汲登齐看出这金衣男子周身重重的护卫眼中的冷漠，于是低声谄媚道："殿下需要一个贴心人，一个身具灵窍、天赋不错的体己人。"

汲登齐送上了他的亲妹妹，身具灵窍又天真无邪的女孩，会笑着抱他、叫他哥哥的女孩。她捂着脸哭，哽咽又坚定地开口说："哥哥，我也想复仇。"

妹妹跟着他走了，成了少门主的婢女，后来年年都把丹药与资粮送到家中。汲登齐废寝忘食地修炼，终于突破了练气期。汲家上下第一时间不是庆祝也不是欢呼，而是激动地流泪。他即刻诛杀了守在汲家曾经丢失土地上的胎息境巅峰的万家老修士，也就是万萧华的叔父，这才发现华芊山上的万萧华不过玉京轮。

谁也想不到万家的练气期修士会突然死去，他汲登齐会在短短十几年间登临练气期。只是万家先祖万华芊留下的护山大阵硬得像个龟壳，汲登齐前前后后骚扰了十多年，始终不能破除。眼看着万家联系上了周边的其他家族，就要回过气来，他恨得整夜整夜失眠。前几夜，汲登齐收到了妹妹的传信，说是镗金门少主又要前往望月湖，他将这信看了又看，心中已经有了计划。

时隔多年，那人又回到了望月湖，还是寻找那一味天地灵气，汲登齐不知道是怎样神异的天地灵气让这人一次又一次地前来寻找，但局势明显有利起来。他让妹妹透露了两家之间的血海深仇，又一味夸大那万家大阵的坚不可摧，终于激起了那人的好胜之心。那金衣男子哈哈大笑：“万华芊几百年前是惊才绝艳、三宗公认的阵法天才，看在玉儿的份儿上，本公子便试一试这阵法的深浅。”

于是汲登齐带着汲家人，提着长刀，缓缓停在华芊山脚下，身后的汲家人身披皮甲，同他一齐静静注视着白光闪烁的华芊山。

“你的援手呢，万萧华。”汲登齐喃喃自语，“再来多少练气期的都没有用了，你万家的覆灭就在此日。你的援手、你的底牌，不会起到任何效果。”

汲登齐忽而有了一种浓厚的宿命感，父亲的目光、爷爷的目光就默默地在身后注视着他，看着他踏破华芊山：“这场大战我汲家背后是镗金门的大势，你看不清，也想不到。”

泪水忽而又从他的脸颊流下，他脸上的表情和果断的神色不再有卑贱的色彩，滚滚的恶欲和涌动不息的悲意在汲登齐的身体中凝聚，让他矮小的血肉之躯显得格外壮实，无论如何也不能叫他再矮小一分了。

…………

李项平缓缓走进院中，双手轻轻捧起石台上的鉴子。镜中的陆江仙骤然惊醒，神识从黎泾山上下一扫而过，五年来的一些变化瞬间映入心中：李家的小辈们也长大了。

李长湖的遗腹子李玄宣正在院中读着书，将木简翻来翻去地看着，好像有什么心事；李项平的长子李玄锋则披着发，呆呆地坐在山腰上的墓碑旁。田芸正在院子中笑盈盈地陪着李景恬读书。李通崖不见身影，算算日子应是去冠云峰缴纳供奉了，留下柳柔绚抱着他们的孩子李玄岭亲昵地说着话。

将神识缓缓收回，陆江仙望向眼前的李项平。

李项平脑海中纷乱繁杂，诸多念头从心头闪过。他缓步进了侧院，默默地望着李玄宣。李玄宣烦乱不堪地整理着木简，见李项平进了院中，顿时一愣，开口道："家主……"

李项平挥手打断了他，沉声道："我且问你，叔父若是回不来了，你待如何？"

李玄宣顿时一愣，有些不敢去想李项平的话，有些哽咽道："叔父……何至于此……"

看李项平紧紧皱着眉头，李玄宣只好调整情绪收敛神色，尽量保持冷静道："找回法鉴。"

李项平点点头，回答道："若是找不到呢？"

"隐瞒情报，宣称叔父闭关突破，即刻派人前往控制族兵，控制住与万家接壤的黎道口以东，随时向郡中求救……"李玄宣神色凝重，越说越快。

李项平摆了摆手打断他，有些低落地开口道："可以了。"

拍了拍李玄宣的肩膀，他沉声道："你季父离家归宗之前给我留下三枚符箓，我又手持这法鉴，就算遇上练气期修士也有一搏之力，不必太担忧我。我李家有人在宗内求仙，局势无论到了何种地步，宗内多少会出手保下我李家血脉。只要法鉴在手中，我李家便有再起的底气。去把锋儿叫来。"

李项平向来禁止庶出或是外姓修炼者接触嫡系儿女，就是为了隐瞒嫡系身上是否有灵窍的事实。如今前去伏击汲登齐凶险万分，要先给李玄锋种下符种，做好最坏的打算。

李玄宣很快带着闷闷不乐的李玄锋来了。李项平顾不得讲话，法力流转李玄锋身体之中，走过那气海穴，果然空空如也，他暗自叹了口气，法力流转李玄锋全身，却猛然愣住了。

李玄锋右手的少府穴中赫然浮现着吞吐的气旋，李项平心中大骇，脑海中空白一片，喃喃道："这，怎会如此？！锋儿的灵窍怎的在右手的少府穴处？灵窍不只处于气海穴？！岂不是还可以在升阳府、泥丸宫？！"

还来不及去细想，李项平脑海中冒出了第二个念头：今后我李家嫡系若是身具灵窍，还授不授符种？要知道，被授了符种才能修炼《太阴吐纳养轮经》，若是身具灵窍便不得授符种，那岂不是只能同庶出一般修炼那散修的《青元养轮法》？那叫什么理？

仔细回忆了《接引法》，李项平脸上的诧异之色越来越浓：玄珠真丹也。一转之初，丹降于心络中，故云丹窟在中宫，丹降为一转……丹降之后，则闭息九侯为一次，至九九八十一为九次。故曰重九数……似乎，本来就是可以授在身具灵窍之人身上的……

上方的陆江仙笑着看着下方呆住的李项平，心中已经猜出他所想，喃喃道："我这玄珠符种自是人人可种，凡人种则升仙，仙窍种则修炼事半功倍，只是你李项平是要两个庸才，还是要一个天才？倒是这李玄锋，竟然在右手的少府穴有一灵窍，看来这灵窍之事背后大有秘密啊！"

李项平来不及多想，眼看时间一分一秒地流逝而过，距离和万家约定的时辰越来越近，只好沉声道："锋儿，可还记得年前父亲叫你记下的那法诀。"

李玄锋见李玄宣与李项平皆是一脸肃色，不自觉也紧张起来，低声道："孩儿早已尽数记下了。"

“来。”李项平一手拉着李玄锋，带他走进了肃穆的后院祠堂。李玄锋睁大眼睛，仔细打量着平日里从来不准他进入的屋子。

目光在后排几尊牌位上扫过，李玄锋望见爷爷李木田正拄着拐杖站在屋中，抬着头望着屋子正中的石台。顺着李木田的目光，李玄宣望见淡白色的月光宛若雾气一般从石台上弥漫而下，一枚青灰色的鉴子正悬在空中。

李项平在李玄锋耳边低低耳语了一阵，李玄锋便点头拜下，稚声道：“李家弟子李玄锋，恭请玄明妙法，司命安神，奉道修行。当以时言功，不负效信，随箓焚化，身谢太阴。”

镜面上顿时跃起一道白丸，圆坨坨、光灼灼，白光闪烁，照得庭中白茫茫一片，直直地没入李玄锋头顶。李项平看着李玄锋盘膝而坐开始引导身体里的玄珠符种，朝着李玄宣沉声道：“看好锋儿，同他解释清楚。”

然后他才躬了一躬身，将鉴子请了下来，轻轻地将其放进怀中，神色复杂，长长叹息道：“箭在弦上，不得不发。”

…………

陆江仙眼看着李项平独自下了黎泾山，在腿上拍了一道神行术，悄悄离开了黎泾村，顺着古黎道走了一阵，眼看着快接近万家地界，这才停下步伐，摸出鉴子低声道：“李家弟子李项平仰荷玄泽，恭请玄明妙法，谨出太阴玄光，诛斩恶逆，破秽摄妖！”

陆江仙神识一动，便将所视统统共享而出，却发现距离华芊山尚远，还到不了太阴玄光的施法范围。李项平明显也发现了这个问题，小心翼翼地走着，手中握紧符箓，时不时将鉴子取出确认方位。

随着华芊山渐渐进入神识的覆盖范围，一道道气息出现在感知中，陆江仙终于察觉到了不对劲：一、二、三……九、十。

十个练气期修士？！李项平闭目感受了一阵，脸上顿时一阵苍白，咬着牙低低地骂出声来：“十个练气期修士？这叫人怎么救？汲家哪来这么多练气期修士！”

镜中的陆江仙更是不断催动镜子传递信息，看着其中七道气息拱卫着中心的那一道，心中也是暗道：这算什么事？若不是李项平谨慎万分，换个人匆匆忙忙撞上去准就暴毙了。

陆江仙才松了一口气，却发现又有一道练气期修为的气息从望月湖上升起。李项平也再度闭目查看，远远感知到一道强横的气息从望月湖方向升起，在空中轻轻一晃，朝着西方而来。

陆江仙心中顿时警铃大作，体会着那道气息身上强烈的熟悉感和吸引感，几乎要喊出声来：这分明就是前几年感受到的望月湖中的那道能修补法鉴的气息！

那练气期修为的气息中赤裸裸的贪欲和恶意在神识范围中就像是个大电灯泡般闪着红光。陆江仙心中闪电般地闪过许多念头：这人准是冲着我来的，在这望月湖中至少蛰伏了十几年了！

李项平也愣了愣，见那气息正如一道流星般直直地朝着他袭来，顿时汗毛直竖，往腿上拍了一个神行术，扭转方向朝北方奔去。

李项平一边狂奔，一边在心里盘算：这人又是谁？！怎的隔着如此之远还能这般明确朝我而来？这下算是被万家害惨了！这人腾空而来，必然是练气期修士，绝不能往西边家中跑！我死了算小事，若是将这人引到了家中，那便是万死难赎了。法鉴还在我手中，万万不能弄丢。

…………

万萧华看着阵外静静站着的汲登齐，恨意几乎要从双眼中飞出，他身边站着个披着石青色的绯丝披风，额头宽大、脸色倨傲的男子，正不满地开口道：“万兄，这李家人怎的还不出手，不是说好地锁华芊大阵升起便动手吗？”

“平远兄，少安毋躁，再等等吧！”

这男子正是李通崖在冠云峰上见的那卢家新晋练气期修士。如今万家花了大代价请他来助阵，务必将汲登齐击杀。

万萧华苦笑一声，心中疑窦丛生，暗道：这李项平也是聪明人，怎么会不晓得唇亡齿寒的道理？我万家一旦灭亡，汲家便毗邻李家与卢家，就连卢平远这蠢货都能看出要帮着我万家吊住一口气，这李项平怎么不晓得？深深叹了口气，万萧华的内心越来越不安。

又等了一炷香的时间，卢平远骂骂咧咧地起了身，也不顾万萧华的劝阻，驾着飞梭出了阵，朝着山下的汲登齐叫道："那汲家家主！你又攻不破这乌龟壳子，白白浪费时间围着这山又有何用？这万家我卢家罩了，速速滚蛋，省得你我还要做过一场。"

话音刚落，山中的万萧华和山下的汲登齐皆是一阵无语。万萧华只觉一阵窒息，心里恶狠狠地想着：这样的蠢货也能到达练气期？！当真不公！

汲登齐则是眯了眯眼，心中满是鄙夷，低声道："老子的脚趾都比这货多二两脑子。"言罢，他提了提刀，正欲腾身上前，却听虚空中一阵哈哈大笑。

仿佛一块隐形的幕布被抽走，被一众修士簇拥着的金衣男子终于现了身。他捧着肚子指着下方的卢平远大笑道："哈哈哈，倒也有趣，居然有比本公子还嚣张的人。"

阵中的万萧华抬头望向空中，见那一群凌空而立的修士显出身形，顿时脸色一阵苍白，脑中嗡嗡作响，空白一片。

一、二、三……八，练气期……都是练气期……怎么可能！他顿时觉得胸中烦闷异常，几乎要吐出一口血来，勉力叫道："元凯！万元凯！"

万元凯也是一脸惊惶，连忙上去扶住家主，眼中微红，沉声道："家主，元凯在此。"

万萧华喘了口气，冷声道："今日我万家恐怕已是在劫难逃，那李项平迟迟不见身影，恐怕也是凶多吉少。召集家中所有嫡系子弟，一旦大阵破灭，马上分批从不同方向越过华芊山，往李家与卢家方向走。"

万萧华脸色苍白，脑子却异常清醒，狠狠给了自己一巴掌，沉声道：

“不对，汲登齐绝不会这样放过我万家。传我命令，三代直系出过灵窍且年龄七岁到十五岁者方可往西边走，其余人和你我嫡系皆守在山上，待到阵破时四散而逃。汲登齐不杀光他们是不会放过我万家的。”

“庶出子弟则……”万萧华正吩咐着，却觉大阵一阵摇晃，纷纷血雨从天上落下。卢平远求饶不成，一个照面便已被那金衣男子笑着斩杀。

金衣男子甩了甩手，随手捞起卢平远的储物袋，灵识探入其中仔细一查，顿时皱着眉低低骂了一句：“穷鬼。”

扭头望着金光闪闪的地锁华芊阵，那金衣男子手中亮出一把附着赤焰的长刀，笑道：“我且试一试这万华芊的手笔。”

…………

李项平才跑出一阵，便觉得四周恶风阵阵。一个身披道袍的老者驾着飞梭已经缓缓停在前方，手上持着的拂尘轻轻一扬，笑着开口道：“道友这般急着往哪儿去啊？”

镜中的陆江仙顿时一凛，感受着一阵阵吸引力从那老者身上传来，仿佛有一道无形的丝线连接着自己，顿时心中一动，暗忖道：这人已经到练气中期，看上去有练气期五六层的样子，这下麻烦了。

李项平咬了咬牙，低声道：“阁下又是何人，何必挡我去路？”

那老者哈哈一笑，慢悠悠地开口道：“老道在这望月湖上守了快三十年了，总算是等到道友了。”言罢手轻轻一挽，摸出个通体雪白的玉佩来。那玉佩正隐隐地散发着白光，尾部仿佛受一根无形的丝线牵引，正直直地指向李项平。

“道友，若将东西交出来，老道尚可为你留一全尸。”老道仿佛已经胜券在握，悠闲地掐了一道法诀，左手持出湛湛白光，笑盈盈地望着他。

李项平闭口不言，摸出一张淡黄色的符箓，往身上一拍，顿时撑起一道纯白色的光罩来，扭头向湖中奔去。

老道也不生气，拍了拍腰间的储物袋，收好那玉佩，这才笑眯眯地跟上李项平，一双眼睛却又警惕地盯着他的一举一动，心中暗忖：怎么像是青池宗的玉元符？两宗不是早就达成了默契？此刻望月湖至蕈林原一带的青池宗弟子早应撤走了才对。

不对，若是青池弟子哪里还需逃？这人怕是和青池宗有些联系，还是要小心谨慎，莫要阴沟里翻船。且先放他跑，待他耗尽了法力，有什么符宝法器也使不出来了。老道越想越欢喜，几乎要乐出声来，如同鬼魅一般悠悠地跟在李项平身后。

简直是天助我也，青池宗的人退走，镗金门的人又在南边打秋风，这小子还慌不择路地往北边镗金门的地界上跑，看来机缘合该入我手中啊。越是想着，老道越是激动，他想起几百年前那仙府传人大杀四方的样子，又想起自己师傅临终时的话来。

老道本是镗金门治下的一名散修，师傅寿元将近之时传了一枚玉佩给他，对当时不过二十岁的他道："几百年前的仙府传人之乱，我这脉也曾参与其中，这玉佩便得自那人。那凶人练成了神通法体，血肉筋骨皆为天材地宝，故而被三宗七门撕得四分五裂。我等这般散修无缘分上一块，只好纷纷用器具去装那些抢夺时飞溅出的血液。你祖师在一片血雨中拾到了这玉佩，也因此受了重伤，归来便坐化了。"

那时他还是个小道，呆呆地睁着眼，听师傅若有若无地喘着气，虚弱地道："我与你师叔研究了一百三十多年，多少得了些线索，这玉佩中应有着仙府传承，只是差了另一样宝物……你……大可外出寻一寻……"

老道正想着，却见前方那人猛然停住了脚步，扭头露出那双鹰隼般的眸子恶狠狠地盯着他，愣是惊得他止住了脚步。一时间他又觉得颇有些丢了颜面，冷笑道："怎么，想通了？"

李项平也冷笑一声，手中亮出一枚青灰色鉴子，那鉴子上白光闪烁，一道强烈的危险感直冲老道脸庞。

"果然有东西！"那老道怪叫一声，一瞬间身旁十二道符箓乍响，身前升起一道金光闪闪的大盾，双手结印，法力迅速注入其中。

这一套操作行云流水，仅仅在一息之间。老道平日里埋头修炼，不常与人斗法，就苦练了这一招三十多年，多次靠着这一套法术符箓叠加保得性命。谁知这危险感转瞬即逝，老道愣了一愣，李项平已经如同兔子般蹿出去老远。

老道恍然大悟，恶狠狠地骂了一声，散去手上的法术，冷笑道："小伎俩倒是多。"脚下轻轻一踏，如同鬼魅般拉近了距离，却见李项平再度亮出了鉴子，白光灼灼地照着他，危险感扑面而来。老道谨慎多年，毫不犹豫地再度打出十二枚符箓，升起一道金光灿灿的大盾。

"蠢货！"却听前方传来一声嗤笑。老道纵是修行多年性子好，此时也生起一股难以遏制的怒火，手中凝聚几缕金光，挥手散去大盾，就欲以一道法术打死李项平。谁知这大盾刚刚散去，老道的瞳孔中便倒映出了洁白无瑕、浩浩荡荡的白光。

…………

李玄宣坐立难安地在庭院中走来走去，家主李项平已经一夜未归，黎道口安插的人手也称未曾见到什么白光异象。

"原本约定好放出那太阴玄光便撤回家中，前后应该用不了几个时辰才对！"望着缓缓现出的晨曦，李玄宣心中的不安越来越浓，几乎要逼得他夺门而出，前去万家探查情况。

昨夜东边的天空上闪起的一道道金色流光仅仅一刻钟便熄灭了。李玄宣迎着夜风独自在黎泾山顶站了一夜，默默地攥紧了拳头。

李玄宣双目微红，脑海中浮现出一个又一个名字，李叶生、李秋阳、陈二牛……倘若是最坏的情况……

李通崖尚在冠云峰，李项平生死不知，如今李家的嫡系掌事之人竟然只剩下十三岁的李玄宣，此外李玄锋不过七岁，李玄岭更是只有五岁。

"少家主！"

一声低呼惊醒了李玄宣。少年抬起头来时已经满面笑容，他温和地笑道："叶生叔？怎么了？"

“属下在眉尺山和黎泾山寻了几次，却不见家主……”李叶生摸了摸胡须，低着眉沉声道。他昨夜也见了天边的金芒，正准备向李项平报一报，偏生来来往往寻了两次，愣是没找到李项平的身影。

“叔父昨夜忽有所感，已经闭关准备突破了。”李玄宣轻轻一笑，望着李叶生的眼睛解释道。

“原来如此！”李叶生这才恍然大悟，笑道，“家主这次是在黎泾山后院闭关？”

李玄宣心中顿时漏跳一拍，面不改色地回答道：“正是。”

李叶生点点头，巧妙地将话题转移，同李玄宣汇报了这几天村中之事便告退了。见李叶生出了山，李玄宣这才缓缓坐在了院中的主位上，端坐在空空荡荡的大院子中，阴沉着脸望着天边。

山下，李叶生急匆匆地进了院子，解下身上的外袍，往迎上来的仆人手中一递，皱着眉头喊道：“李谢文！”

见院中迟迟无人回应，李叶生这才想起李谢文已被李项平派到了黎道口。望着院中围上来的几人，李叶生边接过递上来的茶碗，一边在院子中的主位上一坐，沉声道：“李秋阳可有动静？”

“并无。”

轻轻饮了口茶，李叶生的眉头紧紧皱起，他沉声道：“今日万家可有派人来求援？”

“回掌事，尚无。”

李叶生的脸色一下凝重起来，他望向下首的几人，低着眉以一种轻不可闻的声音道：“主家……可有派人前去……控制族兵？”

见下面几人纷纷摇头，李叶生长长地出了口气，脸上浮现出了一丝笑意：“是我想多了。”

…………

老道练气期修为的灵识和反应速度救了他一命。他下意识地侧身，太阴玄光便只蒸发了他的左膀和整个左手，留下老道挂着冰霜的上半身和冻得发紫的脸庞。

“喀喀。”老道吐出一口乌红的鲜血，血水在半空便凝结成了霜，啪嗒一下落在柔软的泥土上。

“好，好啊。”他苍老的脸庞挑起一个僵硬的微笑，残留的右手撑起一道淡白色的护盾，将李项平倾泻而来的攻击统统抵御住。这个小小的举动又使他吐出一口结着冰霜的乌血。感受着一道道阴寒刺骨的气息在体内游走，老道连忙掐诀护住心脉，保住自己的性命。

一旁的李项平见一通攻击甚至动摇不了那老道的护盾，李尺泾给的符箓又是以保命逃遁为主，只好咬牙舍弃老道，往腿上拍上一枚符箓，驾着风继续向北遁逃而去。西边是李家，自是去不得；往东还聚着围攻万家的十位练气期修士，去了更是自投罗网；南边是地势起伏不平的大黎山，爬得肯定不如飞得快……只能继续往北去了。

…………

汲登齐冷冷地看着地上只剩下一口气的万萧华，将手中的长刀钉在他身上，淡淡地开口道：“你万家杀上骅中山时便早该有如今的准备。”

胎息境巅峰的生命力使万萧华迟迟未死，剧烈的痛苦更是令他瞪大了眼睛，喉咙中发出啊啊的嘶鸣，含着血吐出几个字：“为、啊……为什……么……”

汲登齐眼前缓缓浮现出当年那个骄傲的华服少年。他静静躬下身，低声道：“你以为我们是什么，我们不过是这两家养的牲畜，是他们交易中投上天平的一小颗砝码，他们甚至不在乎你的立场。你年年上交供奉，他们却只是在等我们养肥血肉，我们是养肥了就可以交换宰杀的猪与牛。”

汲登齐看着万萧华挣扎着闭上了眼睛，轻轻地掉了一滴泪，闭起眼抬起头，沉声道：“现在我要你万家全族血裔连同治下八千名凡人为那位大人祭刀，随后大人会顺势而下，前往青池宗无一人驻守的蕈林原，祭杀那里五成到七成的凡人与修行者来收集怨气与血气。”

汲登齐嘴角勾起一抹讽刺的笑容，望着尸体逐渐冰凉的万萧华，又继续低声道："而你心心念念来援的青池宗正调兵杀入镗金门边界，做着同样恶心的勾当。"

"猪牛聪明了，所以要交换着宰杀。"轻轻为万萧华合上双眼，汲登齐从喉咙深处发出一阵沙哑的笑声，冷冷地抬起头，望着天空中金衣男子意气风发的身影。

…………

"萧前辈！"

李通崖恭恭敬敬地拱了拱手，见眼前的萧家老祖、筑基期修士萧初庭眯着眼睛饮茶，轻声道："通崖小友，不如在我这萧家多待上几日。"

李通崖愣了一愣，心中升起一股疑云，低眉沉默了一息，恭声道："不知……"

萧初庭挥了挥手，打断了李通崖的话语，低声道："万家今年未来，应是镗金门应约南下，算算时辰差不多也杀到了蕈林原。你李家如今孤悬山中，蕈林原上又腥风血雨，还是缓几日，待到镗金门撤走再回去吧。"

萧初庭此话透露出了许多信息，李通崖愣了愣，脑中闪电般思索了几息，拱手谢道："多谢萧前辈！"

萧初庭微微点头，闭目沉思起来，李通崖顿时会意告辞。

眼看着李通崖出了院子，院中的灵纱屏风后走出个锦衣少年来，正是万元凯与李通崖当年在酒馆中碰到的萧雍灵。他恭恭敬敬地落了座，疑惑道："老祖，这李家当真值得我家这般结交？"

萧初庭沉默地饮了口茶，望向自己这个最得意的嫡系血裔，低声道："李尺泾破关而出，练成了《月湖映秋诀》，宗内震动不已。"

萧雍灵一时间震惊地瞪大了眼，失声道："《月湖映秋诀》？他哪来的太阴月华？！"

"你甭管他是怎么来的。"萧初庭摆了摆手，低低地道，"同这李家多打点好关系，也莫要显得太殷勤，否则反倒不美。"

见萧雍灵一脸沉思之色，萧初庭话锋一转，冷声道："你可知三宗七门为何向来不制止治下家族厮杀吞并，甚至鼓励边界之间的家族相互仇杀？"

萧雍灵思忖了几息，回答道："青池宗需要的向来不是几块灵石的供奉，他们需要的是催化出我们萧家这样能组织起大批凡人与修行者的大世家，来为他们培养能为筑基甚至紫府修士提供助力的灵物……"

"那青池宗自己难道培养不出这些个练气期与筑基期的修士？非要假借我家族之手，所得尚要分上我们几分。你看看我萧家几百年来在这黎夏郡囤积了多少灵物法器，青池宗难道不知道？"萧初庭饮了口茶，缓缓地反问道。

萧雍灵顿时一滞，心中已经抓住了些什么，却又不敢说出口。

"我替你说，我们这些世家也不过是青池宗种在地里的药材罢了。"萧初庭冷笑一声，沉声道，"花费几百年种出个大世家，然后将其连骨带肉吃得干干净净，再点化提拔出几十个小家族任其厮杀、吞并发育，养出下一茬世家来。"

萧雍灵低着头打了个寒战，有些颤抖地开口道："这岂是……仙家行径……"

"仙魔之争都过去几千年了，谁还去管那些老套的玩意儿？三宗七门哪个不是粉饰山门，矗立在血肉与白骨之上的？"萧初庭哈哈一笑，又反问道，"你当青池峰上的月明琉璃树是怎么种出来的？那是种在李江群的骨肉之中，又以他的鲜血浇灌而成，青池宗上上下下哪个角落不沾满了鲜血？"

"青池仙宗，青池仙宗，叫得好听！"萧初庭冷笑着站起身来，朝萧雍灵问道，"你可知青池仙宗在五六百年前还未跻身三宗时唤作什么？"

"不知。"

见萧雍灵摇了摇头，萧初庭缓缓凑近他耳边，冷声道："青迟魔门。"

"青迟魔门？！"

…………

李通崖下了山，将萧初庭的话语仔细回味了一阵，暗自思忖道：这话是什么意思？就连萧家都知道镗金门南下的消息，青池宗为何无动于衷，任由镗金门在蕈林原肆虐？

念头一动，李通崖心中漏跳了一拍，暗自道：坏了，万家一灭，汲家便将我李家堵在大黎山中。唇亡齿寒，项平必会祭出法鉴出手，也不知现下如何了，我本应速速归家才是。只是这蕈林原如今已是四处烽火，若是绕道又路途遥远，还不如等上两三天来得快。

想着这些事，李通崖的眉头渐渐皱起，却听一声高呼："通崖兄！"

李通崖讶异地转过头，便见萧雍灵急忙忙地从后方追了上来，笑着拉住李通崖的手，叫道："好些年不见，通崖兄到了萧家怎的也不来寻我？我在那破酒馆周边巡了好几天也不见两位。对了，怎的不见万兄？"

李通崖轻轻叹一口气，回答道："我离家时途经万家便不见万元凯，又听闻镗金门南下，如今怕是已经攻破了华芊山，万兄……恐怕已是凶多吉少了。"

萧雍灵顿时一滞，神色也有了些戚戚，长叹道："唉，人有旦夕祸福，天有不测风云，自是无能为力的事。"

同李通崖在山下的坊市逛着，萧雍灵闲聊了几句才正色道："我听闻通崖兄修成玉京多年，距离胎息境巅峰的灵初轮只有一步之遥，不知可备好了练气期法诀，又准备吞服哪种天地灵气？"

李通崖苦笑一声，轻声道："不瞒萧兄，家中唯有一套二品功法《天元练气诀》。这法诀是吞服小清灵气的练气诀，家中又无什么采气之法，恐怕还要去坊市中购买小清灵气，也是头痛得很。"

萧雍灵顿时愣了愣，他从小到大都是算着丹毒的累积时间服用丹药，按照自己的喜好量身定制法器，功法秘法更是随意选择。李通崖的回答明显出乎了过惯奢侈日子的萧雍灵的意料，一时间竟震得他说不出话来。

李通崖倒是不在意，默默盘算着今年的收成，除去上缴供奉的两百斤，储物袋中还剩下两百六十多斤灵稻和七枚白元果，大约值四枚灵石。

家中的三只吴柞虫五年中吐了十二次丝，打成了三个丝绵，价值半块灵石，至于李尺泾留下的《灵中符法》，李通崖研究了五年，却才刚刚掌握一些诀窍，画出过一两次成品，至今还没敢真的用符纸来画。

李通崖与李项平持家精打细算。那符纸一枚灵石只能买上三十张，而这胎息境的符箓通常一灵石三张，十张中要成功一张才够回这符纸的本钱，这还没算上符墨，自是不敢随意来画。

李通崖正想着找一处地方将手上这些灵物卖了，却听一旁的萧雍灵一脸复杂地开口："这小清灵气通常需要三十灵石左右，通崖兄可备好了灵石？"

李通崖摇摇头，笑道："我却是不急。这小清灵气价格昂贵，足足要抵我家几十年的收入，且先攒着灵石看看吧。胎息境的寿命往往长达一百二十年，我有的是时间。"

萧雍灵愣愣地看着他，突然轻声道："通崖兄三十岁修成玉京轮，进入练气期指日可待，天赋也算得上不错了，却为家族所累……实在可惜，若是生在世家，必定胜过雍灵百倍！"

李通崖挑了挑眉，见萧雍灵颇为感慨，哂笑道："哈哈哈，这叫什么话？世事艰难，向来是抱团取暖，你别看我李家如今局面窘迫，却也是先祖百年积蓄才够着这一点儿机缘跃入仙门。谈不上为家族所累，反倒是赖家族而成。"

萧雍灵若有所思地点点头，笑道："雍灵受教了。"

李通崖笑着摇了摇头，目光从摊位上缓缓移过，正色道："雍灵兄，这练气功法……不知作价几何？"

"若是那七八门大路货色的散修功法，恐怕要不了几块灵石，路边的摊位上便可买着。"萧雍灵又指了指前方的阁楼，解释道，"若是要买二品以上的正法，还需去几家店面，大抵上卖几十上百灵石不等。有些店面将功法与天地灵气一齐售卖，为顾客省去了寻找与采集天地灵气的时间，却要贵上许多。当然，还有些古法秘法，价格起伏不定，全是因人而异。”

李通崖皱了皱眉，疑惑地反问道：“古法秘法？”

萧雍灵轻轻一笑，解释道：“万法皆源于一气，若寻不到法诀中所求之气，那法诀便无从练起。往往时易世变，或是丢了采气法，或是被毁了诞生天地灵气的环境，有些天地灵气再也找不到，因而许多配套的法诀缺了一气，便成了无用之物。这类法诀便唤作古法。”

见李通崖听得专注，萧雍灵点点头，笑道：“还有一类法诀，唤作秘法。有些家族或宗门继承了些神异的古法，却又因缺了一气无处练起，便一点儿一点儿改了法诀，用另外一气或两气代替，称之为秘法。”

李通崖恍然大悟地点点头，接着他的话附和道：“这法子不错。”

萧雍灵摇摇头，心中的倾诉欲大炽，笑道：“后人草草改就的法诀哪有前人千百年锤炼来的保险？这类秘法弱了原版一筹不说，往往还有这样那样的缺陷。我萧家就有几个练了秘法的打手，修炼慢还算是好的，有些还需丹药吊着命。”

“原来如此。”李通崖这才点点头，笑道，“管他什么古法秘法正法，我囊中空空，什么也买不起。”

萧雍灵摇头正色道：“通崖兄莫要妄自菲薄，宗内令弟天资卓绝，族内又有通崖兄克俭持家，用不了几年黎泾李家的名声便会响彻古黎道了。”

李通崖苦笑着摇摇头，客气了几句，心里却暗自思忖道：这青池宗行事诡谲，伏杀仙府传人一事中多有隐秘，只希望泾儿在宗内能平平安安，莫要卷到那些旋涡之中。

第八章 怀璧其罪

李项平乘风走了一阵，眼前便出现了一个小小的果园，用棕木的篱笆围着，果树枝头挂着些金橘，看上去是家农户的作物。

算算脚程，已经深入汲家境内，这家想必是汲家治下的农户。李项平逃了一夜，脸色苍白得很，手中的符箓暗淡下去，眼看已经用尽了。

从怀中取出青灰色法鉴，李项平在其上轻轻一抚，双目微合，感受那老道的气息还远远缀在后头，不由得低低骂了一句。

镜中的陆江仙却看得更加清晰，那老道服下数枚丹药，硬生生稳定住了气息，眼中满是狰狞，踏着飞梭就往李项平的方向飞来。

只要这老道用法术摄取或者攻击我镜身，我便装作自然反击，将其击杀了事。陆江仙皱着眉头望了一阵，见那老道失了左膀，法力流转不畅，太阴玄光残留的力量尚在他体内捣乱，引得他时不时要闭目调息几息，速度自然慢了下来，只是依旧要快上李项平一筹。

老道的脑海中怒火、贪欲与理智反复拉锯，心中恶狠狠地道：只要追上，只要追上那小子，一掌将其打死，夺取那枚鉴子便走。胎息境持这鉴子便有如此威力，到我手上还得了？这人只用上这一次便继续逃遁而非乘胜追击，想必这攻击消耗极大，一时间也用不出来了。

老道驾着飞梭缓缓提速，一片村落出现在面前。前方的果园种着金橘树，那人正在园中不断穿梭提速，脚下不再御风，想必符箓已经用尽了。

李项平手中一翻，将最后一枚符箓扣在手心。这是一枚金刚符，施法之后皮肤骨骼宛若钢铁，应能挨上那老道几下，拼死一搏。

老道正驾着飞梭缓缓下落，却见李项平猛然转身，手中的青灰色鉴子再次举起。

又来？老道差点儿吐出一口老血，硬生生扭转飞梭，歪歪扭扭地斜着落到了枝头上，却见李项平冷笑着站住了，靠着金橘树看着他。

好小子！老道不怒反喜，一拍储物袋收起飞梭，轻飘飘地落在地面上，却见李项平已经冲到了身前。老道也不废话，手上捏出一道璀璨的金光，直直地向李项平的胸口打去。李项平身上嗡然作响，亦是泛起一道白色柔光，试图化解那袭来的金光。老道的法术在那柔光中打了几个旋儿，终于还是轰击到李项平的身体上。

“噗。”李项平顿时五脏俱震，喷出一口鲜血，鉴子脱手而出，歪歪扭扭地就要落在地面上。老道的目光一下被勾走，手中拂尘的一道道白色须毛迎风变长，宛若一张大手般向法鉴抓去。李项平眼中闪过一丝凶狠，趁老道被法鉴吸引了注意力，左手捏起金光术，就要往那老道的脑袋上打。

镜中的陆江仙望着一层层须毛向自己抓来，心头不知为何顿时升起一股浓重的厌恶感，如同有个不自量力的小孩拿起了桌面上的筷子，直直地指着自己的眼睛，心中却暗自道：好机会！

却见那须毛才抓上鉴子，就如摸上了灼热的木炭般纷纷弹开，青灰色的鉴子仿佛受了什么羞辱一般赫然飘浮而起，悬空一尺而立，频繁吞吐着白芒。镜身边缘的十二道篆符逐一闪亮，灼灼白光如水波在镜面上起伏不定，晃得人睁不开眼。法鉴就像个小太阳般静静地悬挂在两人头上。强烈到令人瑟瑟发抖的危机感在两人心头浮现，浓重的威压使李项平与老道动弹不得，如同被按了暂停键。

老道心中顿时咯噔一下，万分悔悟地暗忖道：坏了！不该用拂尘去捉那鉴子的！老道修行多年，也曾听闻过一些神异莫测的法器极具灵性，须请须敬，更有诸多忌讳，如那青池宗的大雪绝锋，若非其认可之人，催动法器也如同一块石头般一动不动。

坏了坏了，这鉴子竟如此神异？怕是犯了这青灰鉴子的忌讳了。

李项平正欲把一道金光术拍上那老道的头顶，却被威压震得动弹不得，眼见那鉴子如同遭遇狼妖那夜父亲与二哥描述般拥着白光腾空而起，顿时明白这老道多半触发这鉴子的自发攻击了，心中大舒了口气。李项平耳边响起那老道低低的声音：“小友，老道蠢笨如猪，不知犯了哪条忌讳，惹得这法器反击你我，小友有什么祭语法诀，还请救上一救……事后必有厚报……”

李项平在心里狠狠地翻了个白眼，根本不去理会老道的胡言乱语。

陆江仙看着动弹不得的老道，顿时对自己的实力有了新的认识，默默地思忖道：原来凝聚起太阴玄光，只要距离够近，甚至可以震慑住练气期修士，使之动弹不得。

神识扫动之下，陆江仙发现这家农户已经有人醒来，一个身着破麻衣的少年正蹑手蹑脚地往这边靠近，趴在树后仔细地盯着两人。

速速解决吧。心念一动，纯白色的太阴玄光倾泻而下，老道只来得及从咽喉中发出半个音节，便同那拂尘一齐如雪一般化得干干净净。

啪嗒！一枚小小的锦囊落在地面上，那拂尘不知用何种灵物制成的柄被化成了淡青色的金属块，轻轻巧巧地落在地面上。随后法鉴缓缓熄灭白光，静静地飘浮在空中。

李项平终于动了动，再度吐出一口鲜血，软软地倒在地面上。他刚准备调息，脑袋上却狠狠地挨了一下，一时间眼冒金星。勉力翻身来看，却见一个身着破烂麻衣的农户少年正满脸贪婪与喜色，骑跨在自己身上，手中举着块石头就往自己身上铺天盖地地砸过来。

“好大的胆子，修士的漏也敢捡？”李项平被他砸得头昏脑涨，眼冒金星，勉强凝聚起身上最后一丝法力，伸出左手去挡他的石头，右手在地上摸索许久，终于摸着一根树枝，附着一道金光诀就往那少年身上扎去。

那一道附着金光术的树枝锋利无比，直直地捅穿了少年的要害，少年一时间两眼发直，吐出几口血沫，倒地挣扎起来。

李项平瘫倒在地，看着那少年挣扎扑腾，生怕再引来了人，连忙抓起锦囊和金属块往怀里一放，拿起空中的法鉴，踉踉跄跄地站起身，往村外跑去。

…………

李通崖在郡中待了几日，终于听闻镗金门的人撤走了，心急如焚地告别萧家人，驾上马车，从古黎道穿过蕈林原归家。他没有车夫，因农户出身也不会骑马，牛车倒是能驾驭，只能独自一人驾着牛车归去。在古黎道上走了一个时辰，他不由掩起鼻来：好浓烈的尸臭。

昨日才下过雨，道边的积尸经过雨水浸泡而肿胀起来，秽臭逼人，再经过一早上太阳暴晒，气味浓烈极了。

真是造孽。李通崖时不时需停下来搬开道上的积尸，因此牛车也不好驾，最后牛也被臭得不干活了，李通崖只好丢下牛车徒步返回。

捂着口鼻，李通崖时不时要停下来抹去因为气味刺激而冒出的眼泪。他心中充盈着莫名又激烈的情绪，连着一天一夜没有吃饭，孤独地在堆满尸体的路上走着。

青池宗会怎么记载？李通崖突然冒出这个念头，模仿着语气冷笑开口道：“夏四月，镗金门入寇蕈林原，数日即退。”他搬开重重叠叠的尸体，在一块染血的青石上坐了一阵，冷笑了起来。

李通崖看到过活人，这些从尸堆中爬出来的村丁仿佛已经不会说话了，一见面便抱着头哭泣，哭完便接着去废墟中寻些吃的。因着李通崖衣着还算整洁，手上又拿着长刀，身上也没什么血迹，看上去像路过蕈林原的行商，很快就有三三两两的孩子缀在他后头，大多是五六岁的孩子，可怜巴巴地望着他。

李通崖沉默着走了山路，打上一只野猪或野狼，丢给身后的孩子，让他们半生不熟地烤了吃了。一路磕磕绊绊，总算到了万家地界。万家的那几个村子如今已是空空荡荡，既无人居住也无人看守，照旧是一地的血和腐臭的尸体。

“玄锋？！”李通崖才走着，便见一个小小的身影正在那一大堆尸体上走来走去，定睛一看，竟然是李项平的长子李玄锋，披着头发在尸体中扒拉着，身上满是干涸的血迹。

“怎么回事？！你父亲呢？怎的在这死人堆里钻来钻去！染了病可怎么办？”李通崖皱着眉头，心中咯噔一下，拎起这孩子，望着他干裂灰白的嘴唇，越发不安起来。

李玄锋撇了撇嘴，低低地道：“我在找我父亲！”

“项平……你父亲未曾归家？”李通崖顿时有了不好的预感，轻声问道。

“宣哥不告诉我，但父亲准是支援万家去了，此时也不知在何处。”

李通崖听了李玄锋的回答，思忖了几息，沉声道：“先同我回家。”

“哦……”李玄锋应了一声，低低地道，“这汲家真是凶狠，万家五个村子一个没剩，全被屠了个干净，这是何必？”

“人是镗金门和青池宗杀的。”李通崖没头没脑地冒出这句话。

李玄锋愣了愣，在心底暗暗地自言自语道：这镗金门和劳什子镗金门少主当真不是个玩意儿。待小爷长大了，定要杀光这镗金门，砍下那少主的脑袋来当球踢！

…………

李玄宣独自坐在院中，心中烦闷异常，自己这几日在黎道口悄悄找了个遍，一处打斗的场景都没有发现，更别说叔父李项平的踪迹了。

“锋儿也不知去了哪儿……派人去寻了一日，也不见他踪影。”李玄宣头痛不已。李玄锋才授了符种，一下山就跑得没影，一会儿就叫着来问他要寻李项平，李玄宣只好想着法子来哄他。偏生这孩子机灵得很，平日里偷听大人讲话，又晓得那万家之事，八九不离十地猜出了大概，急急忙忙地跑出门去。

作为李家的嫡长，李玄宣自然不能像李玄锋一般任性地闯到如今已属汲家的地界上去寻人。尽管心急如焚，李玄宣明面上却依旧要笑着同村中的诸位掌事周旋，尽量在李通崖回来之前将局势稳定住。这自是不好受。

“少家主！”

李玄宣正沉思着，却听院外响起一阵脚步声。李叶生笑着进了院子，正色道：“仙师回来了！”

李玄宣一愣，顿时觉得身上担子一轻，不禁大喜过望，笑着便向山下迎去。

李通崖安排好一路跟来的那些孩子，风尘仆仆地上了山，迎面碰上了李叶生和李玄宣，脸上却不见有什么神色。他拍了拍李玄锋的肩膀，低声道：“去好生洗个澡，好好睡一觉。”

见李玄锋点头下去了，李通崖同李玄宣一齐进了院子，挥退了李叶生，这才轻声道：“说说，都什么事？”

李玄宣闷闷地将这些日子的事情一一讲述了。李通崖仔细听完，冷声道：“万家地界上的情况可探过？”

李玄宣摇摇头，低声道：“侄儿只勒令黎道口之人不准向东泄露行踪，不曾派人越界。”

李通崖冷笑一声，轻声道：“万家覆灭了足足一月有余，你竟然连华芊山下空无一人都不知，你叔父失踪月余，你却还在与那几个掌事周旋！一点儿消息也未曾探查到，更是让锋儿独自溜到了汲家地界上！李玄宣，你当真做的好事！”

李玄宣如遭电殛，直直跪在了院中，眼前一阵酸涩，张了张嘴，没有说出话来。

“有什么好怕的！”李通崖摇摇头，沉声道，“就算项平出了事，仲父我在外，季父还在宗内修行，哪个敢对你动一丝歪念头？你叔父一夜未归你便应即刻派出族兵巡林，再将李秋阳打发去黎道口守着。刀兵握在手上，哪个敢轻视你？就算那几个猜出项平出了事，又岂敢吱声？”

轻轻叹了口气，李通崖低声道：“那几个掌事不过是我李家的附庸罢了，心情好便赏他们些东西，敢跟你磨磨蹭蹭直接处理了就是！我李家的权力来源于刀兵与修为。要果决，要心狠，要敢动手！我李家不消保业守成之主，要的是狼虎进取之君！”

见李玄宣低着头，李通崖语气也软了下来，轻声道：“好在你不过初次掌家，也未犯下什么错处。”

又思忖了几息，李通崖低眉看了他一眼，柔声道：“去眉尺山洞府好生想一想，突破胎息境第四层青元轮再出来吧。”

“多谢仲父！”李玄宣拱了拱手，反倒像是松了口气般恭恭敬敬地退下了。

李通崖去后院换了一身衣服，坐在主位上翻看了一阵李玄宣记录的大小事务，皱眉沉声道：“叫叶生进来。”

门外自然有族兵前去唤人来。李叶生躬着身匆匆进了正院，便见李通崖低头看着一枚木简，也不抬头看他。

李叶生心中顿时漏跳一拍，暗自道：糟了，弄巧成拙了。

虽说李项平和李通崖从小将李玄宣当家主养，但那时李玄锋和李玄岭尚未出生，谁知道如今这两兄弟怎么想？李叶生便眼看李玄宣犯错不作为，借此试一试两人的态度，此时见李通崖一言不发，当下明白自己的那点儿小九九被看破，连忙跪下告罪。

李通崖则皱了皱眉，挥手打断他，低声道：“待家主回来，你自行解释去。”

言罢他收好手上木简，沉声道：“击鼓调兵。”

…………

李项平踉踉跄跄地走了一阵，找了棵大树倚坐着，调息了一阵，待到法力恢复了两三成，起身在腿上拍了一道神行术，顶着疲惫继续向南走。走了一个半时辰，李项平才敢放松下来。他爬上一棵大榕树，在上头半梦半醒地躺了好几个时辰，这才觉得体力略有好转。此处是荒郊野岭，也不见什么人烟，李项平抓了只野兔烤了吃，花了几天时间吐纳灵气梳理气脉，重新向南走。身上的外伤好得差不多了，内伤却没有那么容易治疗，内腑还是隐隐作痛，实力只恢复了七七八八，李项平生怕遇上什么妖物，走得谨慎，回到自家地界时已经过去了月余。

才进自家地界，李项平便见几队族兵在林中巡游着，心中暗忖道：看来家中还算安稳，汲家未曾西进。

虽然那几队族兵穿着自家服饰，李项平出于谨慎依旧绕过了他们。他一直悄悄走到黎泾村，见一切如常，也未曾有什么动乱后的迹象，这才放心上了山。

李通崖正皱着眉头擦剑，听到一道脚步声，抬头愣了愣，见李项平一身狼狈，笑盈盈地站在门前，嘴角顿时微微翘起，笑道："就知道你小子狡猾，准死不了。"

李项平撇了撇嘴，往桌边一坐，拿起桌上的茶碗咕噜咕噜灌了下去，这才开口叫道："这叫什么事！被一个练气期修士撵了一天两夜，差点儿被一掌打死。"

将这些时日的经历讲了一遍，李项平将外袍一解，把法鉴轻轻放在桌面上，看着青灰色的鉴子缓缓飘浮起来，这才甩出一枚锦囊和一块淡青色的金属块，笑道："看看？"

李通崖点点头，灵识探入储物袋中，哗啦啦地倒出一小堆物品来。除去一堆衣物杂物和金银不谈，老道的储物袋中尚有二十五枚灵石，几种胎息境的疗伤丹药，一个仔细封装、上书"玉芽丹"的玉瓶，一沓发黄的符箓和一枚泛着白光的玉佩。最后叮当一声，掉出一把灰白色的长剑来。

李项平才拿起那玉佩，原本在鉴子中半睡半醒的陆江仙便打起了精神。眼看着距离自己仅仅一寸的玉佩，他顺着两者之间的联系轻轻一引，那枚玉佩顿时像一只欢快的飞鸟般跃起，一头向青灰色的法鉴上撞去。

“嗯？”事发突然，李项平也未能拽住玉佩，只看着那玉佩骤然跃起，轻轻贴在镜面上，一道道白气蓬勃而出，如同倦鸟归林般没入镜中。

镜身边缘的十二道篆符逐一闪亮，陆江仙只觉得通体舒畅，神识范围不断扩大，一道道信息流淌而出，于是沉神梳理起来。

李项平两人见玉佩上的白光缓缓退去，啪嗒一声落回桌面，相视一眼，将法鉴请回了石台上，又等了一炷香的时间，未见什么异样，这才回到正院继续清点起东西。

老道生活过得也清苦，疗伤丹药不过是胎息境。将这几瓶疗伤丹药与那二十五枚灵石一并收好，李项平轻轻拆开那枚玉芽丹，一股沁人心脾的丹香顿时涌现。仅仅是闻了闻，两人便觉得体内的法力激荡不已。

“这丹药的药力还要胜过家中余下的那两枚蛇元丹，据说蛇元丹已经是胎息境与练气期皆宜的丹药了，这玉芽丹定是练气期的丹药。”

连忙将那玉芽丹封装好，李项平却见李通崖已经爱不释手地拿起那长剑仔细研究起来，顿时笑道：“这剑怎样？”

李通崖笑着摇摇头道：“应是那人胎息境用的武器，看上去也不过价值三五枚灵石的样子，却比凡铁好多了。”

这么一说，李项平顿时想起自己的青乌弓来——李通崖花了两块半灵石买到手的法器，重量却不轻。先前他本想着放一道太阴玄光便撤走，带着弓反而不好行动便将其留在了家中，谁知遇上了那老道，打斗时也无趁手的兵器了。

“话也不能这么说，兴许背着弓早就被老道追上了。”

李项平出神地思考着这次逃杀，李通崖则默默打开了那一打符箓，同《灵中符法》中的要点仔细对比。

“应是一种唤出法盾的胎息境符箓。”李通崖比对了一阵，沉声说了一句，清点了数量，足足有二十四张，价值八枚灵石左右，“倒是可以留些给玄宣玄锋防身，尤其是玄锋这孩子，是个有主意的，就喜欢往外跑。”

李项平想起那老道打出十二道符箓唤出的大盾，低低地骂了一句，笑道：“这老家伙压箱底又金贵的术法连着被我骗了两次，难怪他会恼羞成怒成那样。”

李通崖则拿起那淡青色的金属块看了看，没能认出个子丑寅卯来，于是望了望李项平，皱着眉头道：“身上可还有伤？且先服了药养一养吧。”

李尺泾轻轻收剑入鞘，青白色的月华秋元如同有生命的流水般在他身侧徘徊，映照出一片片月光水光，身后的萧元思也挥手散去手中伤痕累累，几乎下一刻就要消散的玉元法盾，轻笑道：“师弟好锐的剑气，这《月湖映秋诀》修成的月华秋元果然不凡。”

李尺泾却皱着眉头，闷闷地道：“我听闻镗金门攻入了蕈林原。”

萧元思叹了口气，脸色也有些难看，安慰道：“我听我家里人说了，李家并无大碍，师弟不必忧心。”

李尺泾低着头，紧了紧手中剑，却依旧闷闷不乐地开口道：“家中之事师姐已经同我讲过了，只是……为何我听闻蕈林原上无一人驻守？”

萧元思闻言一滞，垂了垂眉，低低地道：“镗金门趁我青池宗换防之时出手……守备的修士中了计……”

萧元思语焉不详地说了几句，见李尺泾若有所思地点点头，连忙转移话题道：“这几年南边的妖物不太老实，宗内打算抽调人手，派去南面御敌。我看了看名单，除去师尊我青穗峰还要出两个人手。”

李尺泾歪了歪头，询问道：“师尊的意思是？”

萧元思弯下腰，笑道：“当然是你与我一齐前去。袁湍不善争斗，便留在峰内。”

拍了拍李尺泾的肩膀，萧元思笑道：“你练的是剑法，不到尸山血海中闯一闯怎么能成，至于我……炼丹上还有两把刷子，宗门的意思恐怕也是将我派去给你们管后勤。”

李尺泾恍然大悟，一时间也有些跃跃欲试，笑道：“倒也不错，只是这一去不知要多久才能归来。”

萧元思点点头，回答道：“这倒也是，你寻空寄信同家中人说一说，宗内也非叫我等白干活，提些要求为家中寻点儿好处自是没问题。”

李尺泾听了这话顿时来了精神，兴致勃勃地开口道：“宗内可否赐下功法？”

“功法？”萧元思皱了皱眉，低声道，“你已经练成了《月湖映秋诀》，何必再去求……”

说着萧元思恍然大悟，低声道：“可是为家中求法？”

见李尺泾点头，萧元思低头思忖了几息，这才开口道：“修行功法向来是诸家之密，恐怕不好要来。”

“算算日子，家中的兄弟们眼看也到了胎息境巅峰，却没有什么好的练气功法，我便想着求上一求。”李尺泾将手中青锋往桌面上一放，闷声道，“功法尤为珍贵，少有人会将自家法门拿到坊市上去卖，甚至不会随身将功法带在身边，到了破族灭门之时也会鱼死网破，将功法统统销毁，要想找一门合适的功法传承着实不容易。”

“不如这样。”萧元思点点头，正色道，“这法诀我萧家来出，你替我萧家向宗内要枚遂元丹作抵。”

“遂元丹？！”李尺泾愣了愣，有些焦急地开口问道，“师兄可是要突破筑基期？！”

“为家中的一位族叔求的罢了。”萧元思摇摇头回答道，“这遂元丹能增加突破筑基期半成成功率，用料本不算珍贵，只是丹方被掌握在宗门手中，丹药只作赏赐，故而变得难得起来。我便折作你一门三品功法……”

“师兄好狡猾。”李尺泾笑起来，低声道，“遂元丹虽然是练气期的丹药，但有价无市，珍贵得很，区区一门三品功法我可不换！”

看着萧元思一脸无奈，李尺泾哈哈一笑，这才开口道：“我任选你萧家两门三品功法，再加上一门采气诀。”

萧元思一时间乐了，没好气地回答道：“一门三品同一门二品，再加上采气诀。”

李尺泾笑着点点头，回答道：“那师兄可不要拿那市面上流通的货色来敷衍我，我要正法，才不要古法秘法。”

萧元思见他那模样也笑出了声，将几门功法一一描述了。李尺泾仔细听完，皱着眉头道：“师兄可有采用湖中金秋的练气诀？黎泾山就在望月湖旁，能用上这湖中金秋最好。”

萧元思摇摇头道：“哪有那么好的事儿？我见过吞服湖中金秋的也就你练成的《月湖映秋诀》。”

李尺泾点点头，思忖了十几息，笑道：“那就这三品的《江河一气诀》和二品的《清灵元法》，家中地界上芦苇河网众多，采取这江中清气也方便。”

眉尺山洞府，李项平闭关了几日，终于将气息调整至巅峰，长长出了口气，自觉体内法力更加纯粹，原本几年都不曾长进的修为终于有了动静，距离胎息境第五层玉京轮更近了一分，顿时有了些喜色。

出了石室，李项平便见李通崖在洞府大厅中静静画着符箓，望着李项平笑了笑，低声道：“出关了。”

眉尺山洞府的三个石室经过了改造，一间存放那些灵稻与灵物，两间专门用来闭关修行，李玄宣正在其中一间闭关。

李项平坐在石桌旁，听李通崖将一路上的见闻和家中诸事说了，皱着眉头思忖了一会儿，道：“镗金门和青池宗的谋划我等无从去管，眼前这汲家已经将我家堵在山中，却不可不防。虽然如今镗金门已经退走，但汲家实力依旧远在我等之上……”

李通崖点点头，沉声道：“华芊山和整个万家地界已成一片废墟。我途经东边卢家地界时听闻卢家折了练气期修士在汲家手上，两家之间结了仇怨。依我看，卢家绝不会善罢甘休。”

“这倒是好事。”李项平饮了口茶，又低声道，“卢家将汲登齐拖在东边，华芊山下又是一片废墟，汲家没有一二十年是腾不出手西进的，待到那时候，二哥也应入练气期了。”

“不错。”李通崖停了笔，轻声道，“下次前往冠云峰，将老道的这些物什卖了，应该能凑出一份小清灵气来。”

李项平眯了眯眼，正色道：“宣儿还是差点儿果断，兴许是未曾见过血。待到他入了青元轮，便唤他去管一管族兵，杀些妖物见见血吧。”

“毕竟才十三岁。”李项平摇摇头。

这时李叶生恭恭敬敬地进了洞府，李项平扭头道：“什么事？”

李叶生低声道：“家主，山下来了十几个万家的孩子，说是……昔日为盟为友，如今家破族灭，望能借一借我家荫护。”

两人顿时愣了愣，将手中的茶碗放下了。李项平神色有些复杂，轻声道：“这些人中可有身具灵窍者？”

“秋阳去看了，说为首者是胎息境第一层的玄景轮，其余几个皆是凡人。”李叶生低声回应。

上首的李项平沉默了几息，沉声道：“将这些万家人打散了编排到诸村之中去，十几岁的分给些土地使其独自成户，十岁以下的孩子则先寄养在书院，再幼小些的便找人家寄养。至于那为首之人，且先带上来见我。”

…………

万天景带着一众孩子们在山间躲了一夜，见华芊山上的大阵轰然破灭，终于死了心，记起族叔送自己下山时的话语，掩着泪磕磕绊绊地向西走。他一路沉默，心如死灰地走着，身后大大小小的孩子们临行前受了家人嘱咐，不吵也不闹，各自安安静静地走着，偶尔的哭泣声被衬托得更为悲凉。

万天景躲过了平日里村落的地界，寻了些果子野兔之类的喂饱身后的孩子们，磕磕绊绊地入了李家地界。他寻人问了几句，驻守在此地的李家修士便赶来了。这李家修士样子不过二十出头，唤作李秋阳，是李家庶出的修士，说话也算客气，听闻万家之事也是戚戚，一边引着万天景前往眉尺山，一边同他低声聊着。

“你等可曾修行？”李秋阳轻声问了一句，胎息境第三层是周行轮，他在这一境也有两三年了，却迟迟没有突破的契机，家中也少有修士对比，便想着看看万天景的修为如何。

“在下入了仙道，如今是玄景轮的修为。”

望着万天景十四五岁的样子，李秋阳顿时轻松了不少，心中暗忖道：也不是谁都像李玄宣那般修炼神速，修炼六年，十三岁就成了胎息境第三层。

李家的效率快得很，万天景才同李秋阳聊了几句，便见一位颇有气度的中年男子前来领他上山。他低头顺着石板路上了山，见那中年人恭恭敬敬地弯腰，带他进了洞府。万天景轻轻抬眉望了一眼，见那大堂正中坐着位披着衣的中年男子，正低着头读书。

“家主，便是这人了。”

中年人闻声抬头，狭长的眉毛轻轻一挑，那双宛若鹰隼的眸子直直撞上万天景的目光。万天景吓得一时间乱了阵脚，连忙低头跪下，心中惊骇不已，暗自叫道：这人一看便不是寻常人物，多半就是那李家家主了。

李项平点点头站起身，轻轻放下手中的木简，静静注视着万天景。万天景一时间汗出不止，却听上方传来一声温和的嗓音：“抬起头来。”

万天景顿时如蒙大赦，抬头才发现那李家家主身侧还站着一人，看起来温文尔雅，腰间佩着宝剑，手中提着支青绿色的符笔，正笑盈盈地望着他。

“你叫什么名字？”

坐在主位的那中年人终于开了口，万天景沉默了几息，悲哀和仇恨涌上心头，咬牙切齿道：“万天仇！我叫万天仇！”

李项平点点头，又同他聊了几句华芊山那夜的细节，这才挥退了万天仇和李叶生，同李通崖对视一眼，淡淡地开口道：“懦弱无谋，但有几分情义，可以一用，但远不如万天仓。”

李通崖笑着摇摇头，轻声道：“万家也就万萧华和万天仓值得忌惮。这两人若能走脱一个，万家尚有卷土重来的机会，可惜都死在了华芊山。”

李项平摆摆手，沉声道：“除非先祖万华芊能从土里爬出来，否则万家灭亡已成定局。还是考虑今后之事吧！二哥可曾准备好突破胎息境第六层？”

李通崖点点头，回答道：“调息几日，便可准备闭关了。”

倒了壶清茶，李项平将桌面上的几枚木简扫开，提笔在布帛上做了记号，沉声道：“二哥即将冲击胎息境第六层灵初轮，我也有了冲击胎息境第五层的契机，余下二嫂、李秋阳与玄宣皆是胎息境第三层，万天仇是胎息境第一层修为，加上刚踏上仙道的玄锋和陈冬河，不算上泾儿，如今我李家的实力已经同当年的万家相差无几。”

“不错。”李通崖点点头，却想起另一件事来，低声道，“前几日听闻下面的人说西边的山林中常常无故有兽群迁移，甚至逃窜出了一只妖兽。好在修为不高，秋阳带着村丁便解决了。”

“只怕没什么好事。”李项平思忖了几息，回答道，“虽说派人探不见山越的影子，但西边毕竟曾经有山越部族出没，恐怕是他们捣的鬼，还是要多加小心。”

“我已命人深入探查，兴许能得些消息。”李通崖将桌面上的符墨收好，同李项平边聊着出了洞府，向黎泾山走去。

…………

陆江仙梳理罢脑海中浮现的诸多信息，神识游走而出，见着了熟悉的石台和天窗。自己镜面上的裂纹并无大的变化，倒是镜身上亮起了一圈白莹莹的线，玉佩中的白气并非助长太阴玄光，而是给法鉴带来了新的能力。

镜身可以采用《祭萃夺元法》中所得箓气结合太阴月华凝聚出一枚箓丹，修行者一个大境界仅可服食一枚。可破关障精进修为，具体效果则依丹中箓气多少而定，多则对筑基、紫府亦有奇效。然而同玄珠符种一般，服食这丹药则会在升阳府神魂之所隐秘地留下一道箓印，增加宿主吐纳灵气的速度，待到宿主死亡时便竭尽其精气转化为箓气回馈鉴身。

“法鉴的风格还是一如既往地物尽其用……”陆江仙忍不住感叹一声，心中也有些无奈。前几年他便得了这《祭萃夺元法》，却因条件苛刻迟迟不能采出箓气，只能待到李通崖突破练气期再来一试了。

…………

阿会刺前几日越过山林，骑着马带着族人一直走至族中所说的大鱼溪。他唤来族巫驱赶走了山间的野兽，刚让族人安营扎寨，就有老族人来劝他回去：“大王，大鱼溪往东是魔门的地盘，还是回头吧！”

阿会刺两眼一瞪，身上的兽牙与玉石相互碰撞，发出叮叮当当的响声，怒道：“回头你去和伽泥奚那条恶狼拼命？带着脑袋去黎山中送死？还是能使一使巫术飞渡望月湖找到一处供这九百族人安身之地？”

老人顿时没了声音，叹着气回到族群中去了。

阿会刺冷哼了一声，饮了口果酒，便见几个族人进了帐中。他们带出一个白白嫩嫩、干干净净，将头发绑得严严实实的生人，往阿会刺面前一丢，笑道：“大王，这生人在营边窥来探去，小的几个便把他擒回来了！”

原来是李家派出探查消息的族兵。其潜伏山林探查消息的本事自然比不上常年穿梭山林的山越，因而轻易便被捉住了。

阿会刺摸了摸脸庞，露出脸颊上的四道花纹——那代表着他胎息境第四层的修为。他拎起那人，冷冷地道：“生人？倒是好久不见了！”

见那人瞪大了眼睛，一脸惊恐地挣扎起来，阿会刺冷笑了一阵，将其丢在地面上，高声叫道：“来人！”

立刻有族巫拖着这人下去，毒虫蜂针一一安排上，帐外顿时传来一声声惨叫。阿会刺美滋滋地饮完一杯果酒，那人便什么都招了。

“李氏部族？”阿会刺皱了皱眉，摇了摇头，听那族巫叨叨说了一阵，没听出“练气”这个字眼，顿时高声道，“管他的！先抢了再说！都给爷起来干活了！”

…………

陈二牛鬓上的白发也多了，这几年过得也是得意，家中幼子陈冬河入了仙道，他逢人就要吹上几句。

陈冬河出生时就哭得响亮，陈二牛越看越喜欢，否了自己想出来的名字，去请先生韩文许取名。韩文许见陈二牛大冬天的冒着雪抱着好酒与肉干上门来，顿时哭笑不得，按着陈二牛“江河湖水”的取名传统给孩子取了名，叫陈冬河。

陈冬河从小就聪明，陈二牛看着他的几个废物哥哥总算松了口气。谁知前几年陈冬河还被查出了灵窍，可把陈二牛乐疯了。他果断把这个宝贝儿子送到了李项平身边修行。

“唉。”陈二牛叹了口气。万天仓死在了华芊山，梨川口换了万天仇来驻守。这孩子还算和善，同陈二牛处得挺好，只是西边的山林总有野兽窸窸窣窣地冒出来。陈二牛这几天也没睡好，心中总是惴惴不安。在床上躺了一阵，陈二牛迷迷糊糊将要睡着，却猛然听见一阵阵惊叫声：“父亲！父亲！”

陈三水猛地冲进了房里，轰然一声巨响，吓得陈二牛一屁股从床铺滚到地面上，疼得哎哟哎哟直叫唤。

“逆子！你……”陈二牛还来不及骂出声，便见陈三水拖着他踉踉跄跄地到了门口，指着东边给陈二牛看。

“遭了瘟的……”陈二牛扶着门框的手顿时一滞，呆呆地望着东边山坡上星星点点的火光，只见一个个赤裸着上身、臂上文着图案的山越正冒出身子，大笑着挥舞长刀向山下冲来。那宛若一条长龙的队伍已经杀到了村中，隐隐约约传来哭喊声、尖叫声。

身后的陈三水正在屋中翻来覆去地收拾着细软，颤抖着叫道：“父亲，快跑吧，趁现在还来得及……”

陈二牛心中一闷，差点儿一口气没上来气得昏死过去，他一巴掌盖在陈三水的脑袋上，怒喝道：“滚去通知主家！”

看陈三水愣着不动，陈二牛一脚踹在了他的屁股上。见他屁滚尿流地跑了出去，陈二牛只觉得眼前天旋地转，生出一股深深的无力感来：“真是个废物。”

稳定了情绪，陈二牛进屋拎起了睡得死沉如猪的次子陈求水，咬牙切齿地开口道：“家主前些日子已经注意到东边的异常，族兵就驻扎在村后，你给我滚去看看情况如何。”

见陈求水睡眼蒙眬地在屋中打转，陈二牛快要被怒意冲得晕厥，连忙闭着眼喃喃自语道：“不急，不急，家中还有冬河。”然后才抽刀披上藤衣，咬牙切齿冲出院子，顺着巷陌之间的道路悄悄地往阴影中潜伏而去。

…………

“家主！”李项平缓缓睁眼，却见李叶生一身尘土，狼狈不堪地进了院子，沉声道，“西边的山越袭击了梨川口！”

李项平一骇，当即起身，将墙上的甲衣往身上一披，青乌弓轻轻一提持在手中，身旁的陈冬河已经乖巧地为他绑上了箭袋。

“什么情况？多少人马？可有修士？”

“据说草草一望便有数百人，并未见到踏空飞着的人。”

李叶生虽然未曾修行，但对修为的划分还是知道一些，平日里也见过修士诛妖，明白大部分地上跑的妖物都不足为惧。李项平和李通崖嘱咐过，一旦遇到凌空而立的人或者妖物要马上撤退向他们汇报，他便知道能飞的才是厉害的。

往腿上拍了一道神行术，李项平低声喝道：“派人去唤李秋阳与李玄宣！”迟疑了一瞬，李项平没有打扰正在闭关的李通崖，脚下轻轻一踏，向山下奔去。

“叶生随后便领上村丁前来支援！”李叶生高呼了一句，见李项平已经消失在山间，连忙也迈开步伐去唤人了。

在路上穿梭了一阵，近了梨川口，李项平便见八百族兵驻扎处已经鼓声大作，安插进的几个百夫长正一脸难色地徘徊，地上还瘫坐着一人，掩着脸哭着。低低望了一眼，李项平只觉得此人面貌有些像陈二牛，遂将手中的玉牌轻轻一掷，继续向西方奔去。

几个百夫长早便认出了李项平，连忙带着身后的族兵们跟上，窸窸窣窣地穿过林间，往梨川口去了，只留下陈求水呆呆地坐在尘土之中，对瞬息之间发生的事迷糊不已。他起身拍了拍尘土，东张西望，不知该往哪处去。

梨川口的火已经烧起来了，零零散散的村丁在巷陌之中与山越对峙着，保护着身后的妻女，更多的人已经四处溃散，任由山越劫掠。李项平带着族兵赶来时，山越已完全散入村落中四处劫掠，没有任何队形可言。他只好皱着眉头带兵从石板路上先行前去灵田小院。小院旁围了十几个山越兵，正叽叽歪歪地说着土话，举着块大青石往院中砸。好在院中放置了阵盘布了阵法，大青石在空中滚落了一阵，颓然落回院外。

“好在灵田无事，这万天仇估计还会几道阵法，找个机会让他写出来看一看。”李项平带兵赶到，望着这一幕点点头，挥手便让族兵们上前。那些山越吓得四散奔逃，几下便被擒获了。

“家主！”万天仇在阵中看得清楚，见李项平前来驰援，连忙自觉打开阵法，有些生涩地叫道。万家一夕覆灭，万萧华将所有传承统统毁在了华芊山上，说好的阵法传承也没了踪影。逃出来的万天仇只带出几个阵盘，又学艺不精，连十道胎息境阵法也才学了三道，好在还懂得把阵法布上，不至于让灵田遭殃。

呜——

正准备下令分散追击，李项平便听到一阵厚重的号角声响起，村落中的山越兵纷纷如潮水般退去。他挑了挑眉，轻提手中的青乌弓，挽弓搭箭，仔细听了几息，松手便有一道白芒向山间飞去。

“且先追上一阵。”李项平挥了挥手，身后的族兵纷纷行动起来，顺着山越部众逃窜的方向赶去。

…………

“怎的来得这般快！”阿会刺坐在林间，望着一队队族兵进了村子，连忙起身叫道，“收兵！收兵！莫要去同那些人拼命，抢够了就走！”

他这几百残兵败将也就劫掠一番，哪有心思再和这群族兵周旋？保全部众才是关键。只要有这些部众在，他阿会刺去哪个部落都能讨上口饭吃，若是全折在这儿了，他的权势和价值就会大打折扣，只能沦为打手了。

身边的族巫连忙取出号角，呜呜地吹起来。见部众纷纷向山间退回，阿会刺松了一口气，坐回树旁。刚放松下来，阿会刺便看着一道白芒迅疾飞驰而来，身边吹着号角的族巫脑袋嘭然炸响，如同个破碎的西瓜般血水四射，溅得阿会刺一脸皆是红白之色。

“吓老子一跳！”一脸惊骇地望着插在树上、箭尾尚在震颤不已的长箭，阿会刺咽了口唾沫，缓缓地退了几步，低声道，“退，退进林子里！”

顿时又有族巫战战兢兢地拿起号角吹了两声，连忙抱头蹲下，看得阿会刺牙痒痒，却又不敢亲自上手，只能躲在大树后头。他远远望去，凭着胎息境的目力看清了下方的情景，顿时松了一口气。

山下的族兵缀在部众后头，咬下了近百人，引起一片咒骂求饶声。靠着这近百人阻碍，山越部众终于进了林中。族兵们斗志昂扬，眼看着要追进林中，村落中也响起锣鼓之声，便见那些族兵迟疑地停止了追击，带着俘虏回村中去了。

“真怂！”阿会刺悻悻地骂了一句，扭头带着人往山林深处钻去。

…………

驱兵杀了一阵，见那些山越全进了林子，李项平连忙鸣金收兵。看着俘虏的几十山越，他心中的火气算是消了一些。看着陈二牛一身血地从村前慢慢地走回来，李项平轻轻拱了拱手，沉声道：“辛苦陈掌事了。”

“咯咯……不敢……”陈二牛咳嗽两声，连声推辞。

一旁的李玄宣披着甲衣上前来，身后还跟了一群束缚着手的山越。李项平点点头，低声道：“宣儿，你带着人就地休息，这事不能就这么算了，不能让几百山越平白劫走梨川口的财物与子女。”

李项平抬起手一招呼，见李叶生带着几个村的村丁已经到了梨川口，才沉声吩咐：“我回一趟黎泾山，你整顿一番人马。”

众人纷纷应声下去，李项平言罢即刻扭头回程。才到黎泾山，他便见着了匆匆出关的李通崖，对方一身法力圆满，已然是胎息境巅峰了。

“二哥既然出了关，这事情便更有把握了。”李项平咬牙笑了一声，眼里透出点怒火来。他换了身衣物，进了祠堂三拜九叩，越过摆满祭祀的瓜果和香烛的香案，对着石台上的鉴子恭恭敬敬地鞠了躬，请了法鉴下来。

“小心些行事。”冷不防听着一声苍老的声音，原来是父亲李木田。

李木田已经枯槁得不成样子，静静地坐在院子中，沙哑着声音说了一句，深深地喘起气来。老人常在院子中迷迷糊糊睡着，清醒的时候不多，时常会忘了去正院吃饭，需要李玄锋进来叫他，却对脚步声异常敏感，李项平才进院子他便被惊醒了。

“是。”李项平应了一声，望着李木田的模样，心中生出一丝担忧，也不知父亲还能撑多久，脸上不由得浮现一丝不舍。

咬咬牙，李项平扭头出了后院，向李通崖道：“不需用太阴玄光，只用这鉴子通晓远近之能，即可打那山越一个措手不及。有鉴子在，就算有练气期修士也能全身而退。”

“可。”李通崖随着李项平下了山，一路听着弟弟沉着脸将这几天发生的事讲罢，这才若有所思地点点头。

两人不停歇地赶到驻扎处，夜色尚深沉，村丁们和族兵们正掩面迷迷糊糊地睡着。随着两声锣响，众人都跳起来，披好衣甲，持着刀盾，取出横枚衔在口中，用衣巾紧紧缚在面上防止其掉出，纷纷集合在一起。

一边等着李玄宣同李秋阳带着兵马集结好，李项平一边闭目悄悄摸上鉴子，将整座山的情况扫得一清二楚。手中的青乌弓一搭，数道流光飞入山间，挨个儿射死了山越留在林中监视的哨兵们。李项平这才将弓往身后一背，高声道：“走！”

阿会刺将所得的财宝和生人统统聚拢在一起，先将粮米与财物分了，这才仔细瞧了那些生人一阵。他拎过一个姿色最为出众的女子抱在怀里，见对方瑟瑟发抖，哈哈大笑道：“还是生人女子姿色好。”

周边的一众部众顿时一阵哄笑，阿会刺也跟着笑了一阵，低声恨道：“若不是伽泥奚那条饿狼东进，我等怎会落到如此地步？可恨我阿会部整整三千人的大寨，尽毁在他手中。”

一听“伽泥奚”这名字，一众部族顿时笑不出来了，画着花纹的脸上满是惊惧和仇恨，便闻有人低声道：“南边人都说伽泥奚生来就是一统北麓山越的狼王……”

“老子还听闻这人是人与狼交合所诞！狠戾似狼，狡猾似狐，奉祖先的命令东进……”

“说的什么话！晦气！”阿会刺打了个冷战，连忙打断那人的话头，又举杯大叫道，“喝酒！才劫了这李家部落，怎的不庆祝下？来！一人分上一个生人！”

一众部众顿时眉开眼笑，喧闹地叫起来。阿会剌哈哈笑着，叫骂着这李家软弱，心中却暗自道：那一箭修为不弱，明日再干上一票便离这李家部落远些，省得叫他报复回来。

“不对。”阿会剌悚然一惊，高声咆哮道，“多久未曾有探子回报了？！”

一众部众顿时哈哈大笑，高声叫道：“放心吧大王，生人哪能察觉到我等的探子！”

阿会剌只觉得脸上一阵刺痛，猛然抬头，眼前却缓缓亮起一道白芒，惊得他腿脚一软，坐倒在地上，连滚带爬地退开一步。那支箭矢就插在阿会剌眼前，直直没入土中，溅起一蓬沙土，留下一个小洞。

周边顿时喊杀声大作，四周的山林间升起一道道火光，持着刀兵的李家族兵纷纷冲入一片混乱的山越中。那一众饮酒的部众已经被射成了筛子，阿会剌缓缓站起身，不可置信地开口道：“怎么可能？”

提起手中的大锤，阿会剌怒喝道：“起来！都给我起来！”

周边溃散的山越部众仿佛找到了主心骨一般，纷纷向他靠拢。阿会剌放眼望去，心中默默估算，身边也才两三百人，整个山越部族已经被分割成了四五片，在刀兵中不断挣扎着。

要完了。阿会剌心中咯噔一下，却见不远处缓缓走来一个中年男子，他身上披着轻甲，手中提着把灰白色的长剑，剑身上缓缓放着毫光，一道道锐利的灰光吞吐不定，看得阿会剌眼皮直跳。

那中年人只是轻轻一踏，瞬间拉近了距离，一剑便向他刺去。阿会剌连忙伸出大锤去挡，却被震得武器差点儿脱手而出，五脏六腑一阵疼痛，心中顿时一骇，心知这人修为远在自己之上。

…………

李玄宣一刀放倒眼前的山越，他胎息境第三层的修为在这混乱的军阵中如同武装到牙齿的成年人加入一群儿童的意气斗殴，当真是一扫三四个，随意一拳便能打死一个。更何况周身还有十二名族兵亦步亦趋地保护他这个少家主，个个都是挑出来的精兵，冷冷地扫视着周边。

李玄宣仿佛也被激起了骨子里的狠厉，双目通红，拎起一个老山越便要掷出去，却猝不及防撞上那老人的目光。

满头的白发、深深的皱纹、惊恐的目光，仿佛一个响亮的耳光打在了李玄宣脸上，惊得他手脚一麻，望着这个年龄能够当他爷爷的老人，一时间他不由得愣了一愣。谁知那老山越流着泪，呃呃地叫了一声，大口咬在他的手臂上，反而震碎了一口烂牙。仿佛又有一个耳光抽在了李玄宣的脸上，吓得他条件反射般地用力一掼。那老人顿时发出一声惨叫，两只眼睛直直地仇恨地盯着李玄宣，刺得李玄宣泪光闪闪。

李玄宣看得头晕目眩，在原地呆了两息，只觉一股寒意顺着天灵盖一直钻到他的脊柱里。眼前的世界突然变得冷清起来，喧闹和大叫声渐渐远去，这个世界遮遮掩掩了十三年，终于在他面前轻轻地揭下了面纱一角。

“原来……如此……”缓缓地取下腰间的大刀，李玄宣不再激动，而是平静地、一言不发地挥舞起来。

…………

“大王，快撤吧大王！”

不远处，几个山越族人正惊恐地大叫着。阿会刺摇摇头，接了李通崖一剑，手中一把大锤顿时脱手而出，只好大骂道：“这还怎么撤?！都给人统统围起来了，怎还逃得了！”

阿会刺望着一个个倒下的族人，心疼地大叫着：“住手！住手！我愿降了！”

李通崖剑身上的灰光缓缓熄灭，他静静地盯着阿会刺，周边的部众顿时熟练地抱头下蹲。族兵们也愣了愣，便听一阵传令声叫道：“降者不杀！降者不杀！”

一时间成片成片的部众丢了武器跪下。阿会刺叹了口气，将手中的另一把大锤丢了，垂头丧气地跪下来。一时间战场上的诸多呐喊声、厮杀声缓缓小了下去。

山越部众一个个被绑起来，李家的族兵们纪律还算严明，一言不发地牵着人。阿会剌的心忽而提了起来，他暗暗思忖道：这生人莫不是不同于部众，即使敌人投降了也要杀他们的头？那可亏大了，还不如和他拼到底……这人是怎么绕开我在山间的耳目的！罢了罢了，这回算是栽了。

正低头胡思乱想着，阿会剌猛然见一双灰色狼皮靴子停在了眼前，连忙谄媚地笑着抬起头，猛然撞上了棱角分明的脸庞、狭长的眉毛和一双狠厉的眸子。

“伽泥奚？！”阿会剌心中陡然一惊，双唇颤抖不已，差点儿从地上跳起，内心的震动无以言表。仔细一瞧，阿会剌这才战战兢兢地发现那对眸子并非噩梦般狠毒的褐黄，而是一种平静的灰黑。

李项平低头望着眼前一脸谄媚的阿会剌，目光落在他肥大的脖颈上，心中暗忖道：这人倒是还有些用处，只是滑头不忠，麾下山越又桀骜不驯，用不好倒是伤了自家。

阿会剌望着李项平，见他目光在自己脖颈处扫来扫去，顿时觉得身后凉津津如芒在背。他脑海中思虑不止，寻求脱身之法，哀声道：“大王！我等皆是受了那伽泥奚的屠杀逼迫，不得不东进，只求一块栖息之地罢了。大王且留我等一命，伽泥奚不出十年必然东进，我等还有用啊大王……”

李项平笑了一声，摆了摆手，李玄宣和李秋阳便上前制住阿会剌。李项平转身吩咐道：“归还各家财物，这些山越部众皆押送下去，至于他……且先押往黎泾山。”

望着李项平同李通崖一并向前走去，陈二牛在人群后头啧啧地摇了摇头。看着低着脑袋跟在自己身后的陈三水，他低低地骂道：“老子被李木田治得服服帖帖就算了，各自生的都是什么儿子！这小子就连李叶生之子李谢文都比不上，李谢文好歹懂得这几年在黎道口兢兢业业！”

想起李木田，陈二牛这心情一下变得低落起来，抬头望了望远处的黎泾山，满脸复杂之色，喃喃自语道：“这头老狼怎的还不死，莫不是吃了什么仙药？十几年来默默在山上待着，总是让人提心吊胆。”

…………

“说吧，”李项平坐在主位上，望着下方老老实实跪着的阿会剌，饮着热茶，笑吟吟地道，“那伽泥奚又是何等人物？”李通崖持剑立在李项平一旁，双目紧紧盯着阿会剌。

阿会剌满头大汗，抬头望着李项平。直到李通崖皱了皱眉，阿会剌身后的李玄宣用刀柄在他那颗脑袋上狠狠一敲，阿会剌这才浑身一颤，反应过来，垂着头颤声道：“伽泥奚……伽泥奚是大王般的人物。”

阿会剌心中却惊骇不已，暗忖道：这两人虽然长相不同，姿态与神色当真是一模一样，皆是那虎视鹰扬之相。

阿会剌这头还在想着，后脑勺又挨了一下，他幽怨地抬起头，却见李玄宣涨红着脸，咬牙切齿道：“区区一个山越头目，怎么能和叔父相比！”

李项平皱着眉头摆摆手，沉声道：“休要说那些没用的，他有多少兵马？实力如何？治下又有多少巫觋？”

阿会剌连忙顿首，谄媚地笑道：“我等被赶出北麓祖地时，伽泥奚已经整合了十几个部落，麾下有三四千兵马。伽泥奚本人则是练气期修为，有两位吞服了天地灵气的人巫为其效力，胎息境的部众和族巫则有十几位。”

李项平与李通崖对视一眼，皆看到了对方眼中的凝重之色。

李家休养生息多年，治下的四村村丁加起来也不过刚满万，撑死了也不过养出一千出头的族兵，临战时最多勉强再凑出一两千战斗力稀松的村丁来。

与其对付这伽泥奚，倒还不如对上汲登齐。李项平在心中叹了口气，回过头来面上却不动声色。他把手中的茶碗轻轻一放，低声道："你等山越平日里采摘狩猎，可懂农事？"

阿会剌愣了愣，犹犹豫豫地开口道："会、会一些，种些草药土棉一类的。"

"也罢。"李项平摸了摸下巴，低声道，"你余下的五六百部众可以进到各村中做些租户猎户，有些手艺的能做些皮匠木匠。好在先前劫掠未造成太大伤亡，村丁们也不至于仇怨你等，你等好自为之，莫要弄出动乱来！"

阿会剌跪在地上连忙点头，期期艾艾地回答道："我这些部众本也是寨子中以打猎营生的，若不是家破族灭也不至于东进劫掠，我一定吩咐好部众……"

"你便先在我黎泾山下种些灵稻吧。"李项平轻轻起身，笑道，"我会派人去教你识字，教你养护灵稻，毕竟是胎息境第四层的劳力，白白杀了怪可惜的。"

…………

青池峰，司元白正静静地跪在刻画着繁复灵纹的石门前，紧紧抿着嘴，神色复杂地望着眼前的阵法。

"老祖，还请收回成命！"他清朗的声音在洞府中回荡了一阵，渐渐消失在风中。

"元白，你这是何必呢……"只听一声叹息，一阵厚重又苍老的声音响起，同样在洞府中回荡。

司元白闭了闭目，神色有些疲惫，张了张嘴，继续开口道："还请老祖……收回成命！"

见石壁后的人沉默不语，司元白眼神坚定，低声道："我青穗峰不会去南疆。"

"胡闹！"一道雷霆般的怒喝在司元白耳边炸响，震得他两耳鲜血直流。

司元白冷冷一笑，继续开口道："你以为我不知道你打的什么主意，无非就是要吃掉泾儿，好叫它们几个补缺！说不准南疆几个妖王的大锅已经热上了，交割多少凡人，南疆奉上多少财宝灵物也都商量好了吧！"

"司元白！你大胆！"

紫府的威压蓬勃而出，震得司元白喷出一口鲜血。他恨恨地抹了抹嘴角，咬着牙说道："当年羽楔被你们派过去，说是要凑齐十二道太阴月华，我苦苦求了一百五十六天，你们说这已经是最后一个，我竟然相信了你们这群……"

"住口！"

司元白凭空受了重重一击，狠狠地撞在石壁上，再次吐出一口鲜血。他哈哈大笑道："青池仙宗，好一个青池仙宗！好一个仙宗！"

司元白长发披散，一反平时温文尔雅的作风，双目通红地站起身，蓬勃又流转不息的法力从他身体周围盘旋而起。

"司元白，你心魔作祟，我等不同你计较。"最开始那道厚重苍老的声音重新响起，硬生生将司元白压制住，轻声道，"且封了修为，押送至塔中吧。"

…………

陆江仙被供回石台上时默默用神识扫了庭院四周。看着缓缓走进院中，靠着门框闭目喘气的李木田，他心中忽然多了好些感慨：原来已经过去这么久了。

李项平从河中拾起法鉴的那天，李木田还是个神情肃穆、眼神沧桑却孔武有力的族长，如今已经是个老得走不动道、年逾七旬的老人了。

穿越以来，陆江仙总是在镜中半梦半醒，恍恍惚惚已经过去近二十年，而在他的感知中也就大概过去了一个月。如今，李家已经站稳了脚跟，成为新的修行家族，眼前的李木田却一天一天地衰弱下去。李家的飞速壮大仿佛是他用尽了胸腔里一口残气吹出来的，这口气如今已经走到生命的尽头。陆江仙在神识的探察下能清楚地望见李木田生机的消逝，他已经挺不过这几日了。

李木田倒是安然地倚坐在门旁，终日肃穆的神色反而带上了几分笑意。望着眼前持着弓叽叽喳喳的李玄锋，他的喉咙耸动了一下，十几年未曾提要求的他下达了第一个命令。

李木田说："爷想吃羊肉粉。"

李玄锋一时间听怔了，听着李木田又开口道："你大父甚是想吃羊肉粉。"

李玄锋应了一声，忙不迭头也不回地跑出去，大父奇怪的说话方式在他心中留下一块巨大阴影一般的忧虑。他的话不像是命令，反而带着一种哀求，这使向来聪颖的他不寒而栗。

"阿爷想吃羊肉粉！"

李玄锋的话使任屏儿愣了愣。望着孩子脸上流淌下来的泪，她连忙叫上家中的几个妇女，又拍了拍李玄锋的肩膀，用一种隐秘的嘱咐感低声道："快叫你父亲回来。"

…………

热腾腾的羊肉粉撒着点葱花，晶莹的粉条上闪动着油星，浓香扑鼻，用破了一个小小缺口的瓷碗装着放在木案上，一双木箸摆在碗旁，显得干净利落。碗是李木田用了三十一年的碗，缺口是年幼的李项平磕出来的口，他也因此挨了一顿毒打，疼得他哇哇大叫，好几天绕着李木田走。

李木田缓缓挪到座位上，颤抖地夹起一筷子粉。酸辣柔和的粉面和羊汤的浓香使他四肢发抖，味道使他失声痛哭，回忆起父亲李根水亲自下厨为他煮的那一碗羊肉粉。那碗羊肉粉远没有这碗美味，少放了醋，多放了辣，汤水又不足，但母亲和李木田都明白父亲是在道歉，可他还是摔了碗离家出走，这一去就是二十八年。

李木田说父亲优柔寡断，会葬送了全家，李根水则骂儿子李木田狼心狗肺。于是他抽刀指着父亲，看着父亲李根水气得双唇发紫，脸上也有了泪痕。二十八年后李木田回到家，父亲果然死在了元家手里，他冷笑着为父亲报了仇，面无表情地分了田地，夜里醒来时却常常发现泪水打湿了枕头。

回忆只在李木田脑海中穿梭了十几息，因为他只吃了一口粉就直挺挺地倒下去了。他感觉有根木炭扎进了他胸口，烧得他皮肉吱吱作响，一把把钢刀在他腹中翻滚，从头到脚都有浓烈的痛意。木炭从他的胸口蹦蹦跳跳地冲进了口腔，他的舌头、他的咽喉都变得干涩，手脚统统僵直起来，变铁变僵到周边一圈女眷扶都扶不起来。

“大父！大父！”

李木田隐隐约约听见李玄岭呜呜的哭声，这孩子是李通崖的长子，虽然才五岁就已经异常沉稳，同通崖小时候一个模样。

他有些着急了，用力捋着舌头，想要发出点儿声音证明他无事，却只能发出几声嗷呜嗷呜的狗叫般的声响。

“搬上床！搬上床！”任屏儿带着泪叫着。她几年前才送走自己的父亲任平安，看出老人就要不行了，心知不能让老人就这样死在这凉冰冰的地上，连忙叫着几个人一齐将老人扶起来。

“母亲呢？”田芸匆匆问了一句，这才知道李木田的妻子、众人的母亲柳林云前些时候下山回娘家了。

几人将僵直的李木田搬到床上，手忙脚乱地折腾起来。后院的陆江仙看得心情复杂，连忙使了个静心诀，又放出月华之力为老人吊一吊命，见李项平几人匆匆上了山，这才收手。

这是寿尽了。陆江仙感受着李木田气息渐渐地微弱下去，李项平同李通崖终于进了院中，身后还跟着流着泪的李玄锋。

李通崖一脸忧色地握住李木田的手，胎息境巅峰的法力缓缓渡入李木田身体里。李木田浑身一颤，深深地吐出一口气，终于睁开了眼。

“项平……通崖……”李木田喃喃地开口，眼睛在周围的人身上徘徊了一圈，嘴巴张张合合，极低极低地说着什么。

李通崖流着泪连忙俯下身去，听见李木田喃喃道：“陈、田、柳……诸家皆在村中根深蒂固，将他们举族召回黎泾村，升村为镇，不虞他们坐大……”

“父亲……您先歇着，好点了再说……”李项平哽咽地劝阻道。

李木田望着他摇摇头，用力吐出话来：“李氏子弟多有跋扈之辈，须设一族正，多加管束……嫡系四脉设为大宗，其余李姓为小宗，再远为支脉，其中上下流通，你等自为之……

“玄宣可以持家，须要你等看护；玄锋狂放聪颖，却要防着他纵欲杀戮；玄岭稳重冷静，是能成事的……景恬有美色……须提防祸害……山越其害远甚……万万小心！”

李木田的声音越来越小，李项平也含着泪靠近他，看着老人猛然抬起手掐住了他的手腕，那股力道丝毫不像是要死的人。李木田垂死的眼中放出一丝狠光，在榻上扭动着，口中的声音突然大了起来，咬着牙道：“必要时……四村诸地皆可弃……莫学那万家……我李家子只要逃出去一个……皆能……成……事……”

李项平泪水直流，狠声道：“父亲……孩儿皆记住了！”

李木田这才猛然松开手，一时气绝。众人顿时失声痛哭，老人的目光却还直直地盯着一旁桌上的那碗羊肉粉。

汤汁饱满，酸辣可口，尚冒着热气。

第九章 黎泾陷落

李木田的葬礼过于隆重，看起来不像死了个凡俗老人，倒像死了个郡尉或者太守。长长的白布拉满了各村，李家的嫡系们白衣执绋，拖曳着柩车穿过石板路。

消息一阵风似的吹进各村。陈二牛才起床，就被陈三水带回来的消息震得说不出话来。放下手里的柳条，陈二牛漱了漱口，默默地坐在了桌边，心中升起一股难以言喻的悲哀来："怎样的人物都难逃一死，只要修不成仙，也不过一抔黄土罢了。"

陈三水却不以为然，撇撇嘴道："全然是李家三兄弟修了仙道罢了，死个寻常老人哪有这么大的排场？那什么李木田，也不见得是什么人物。"

陈二牛眯了眯眼，攥起柳条往陈三水身上重重一抽，骂得唾沫星子横飞："蠢货！你这浑蛋迟早蠢死！"

"是是，四弟最好，不就有个灵窍吗？"陈三水嘀咕了几句，端起碗筷就下了桌，也不管身后的陈二牛一脸阴沉，自顾自地走出院子去。

黎泾山，陆江仙望着一片素缟的院子，见后院中李木田常坐的木椅上空空荡荡，心中也有了几分萧瑟。看着李木田下了葬，他忽然触动了神识，眼见天边一道飞梭流光飞速靠近，缓缓停在了黎泾山的大阵之外。

“萧家萧元思前来拜访！还请开一开山门。”萧元思停在山外，尽管脚下的护山大阵对他这个已经突破练气期八层的修士来说宛若无物，但萧元思还是礼貌地停了下来。

不多时，李项平两兄弟开了大阵，萧元思这才缓缓落入山中庭院。见着李项平和李通崖一身白衣，院中皆是素色，他脸上的笑容一收，肃穆地开口道：“可是老人家……”

见李项平两人点点头，萧元思叹了口气，道了一声“节哀”，低声道：“泾儿同我不日将前往南疆，兴许数十年不再有消息，师弟为你等讨来了正法练气诀和采气诀，趁我回家一趟，便给你等带来了。

“这是三品的《江河一气诀》，吞服的是江中清气。需要找河网密布、蒲草菖蒲生长茂盛之处，待到黄昏黎明，清气上而浊气下，再以采气法在江面上采之。六月左右得一缕，十缕便是一份。”萧元思一拍锦囊，取出几个玉简，继续道，“至于这二品的《清灵元法》，采用的便是小清灵气，采集灵气便可，虽不如《江河一气诀》，却比市面上寻常的功法要好些。”

李通崖连忙接过萧元思递过来的木简，轻声谢过，这才见萧元思轻叹了口气，神色有些复杂地开口道：“青穗峰的庇护有限，风云变幻，汹涌波涛，还请好自珍重！”

师尊司元白莫名闭关，青穗峰诸弟子竟然连他的一面也未曾见到，宗内催促几人前往南疆的声音也越来越急促，这一切都使萧元思感到一丝浓浓的异样。

猛然又想起青穗峰的属地蕈林原一声不响地被送给了镗金门劫掠，萧元思顿觉浑身寒毛直竖，仿佛成了小小的筹码被提在那些紫府修士手中，一时间失了神：仙宗这些年动作频频，屡屡交割治下凡人，莫不是真如传闻中一样，宗内有哪位紫府修士快要坐化？

萧元思脊背发凉，李通崖等人试探地唤了好几声才将他拉回现实。

他勉强一笑，询问道："何事？"

李通崖拱拱手道："却想问问仙师身上可有这江中清气？我等有些积蓄，想试着买上一份。"

萧元思忧虑的神色和隐晦的话语也使李通崖两人紧张起来。西边的山越蠢蠢欲动，东边的汲家又虎视眈眈，李通崖也想着早些晋级练气期。若是花上五年收集那江中清气，再花四五年冲击练气期，恐怕太迟。恰好击杀那老道得了些财物，零零散散应该能兑上三四十块灵石，再加上老道足足一丈见方的储物袋，也能兑上八九十枚灵石，买江中清气肯定是够了。

"我倒是有。"萧元思点点头，笑着解下腰间的小玉瓶，轻声道，"瓶中尚有一份，平日里售价在五十枚灵石左右，你等可拿得出手？"

李通崖点点头手一翻，从储袋中取出老道被熔化的那枚淡青色金属，恭声道："不知此物价值几何？"

萧元思瞧了一眼，皱了皱眉，又在手里掂量了两下，沉思道："应是青纹钢，练气期材料，这么一块价值二十灵石左右。"

李通崖同李项平对视一眼，点了点头，又取出老道储物袋中的二十五枚灵石，同前几年家中积攒下来的五枚灵石一并交到萧元思手中，换取了这江中清气。老道的储物袋足足有一丈见方，高也一丈，抵得上一个院子，无论是行军还是储存皆有大用，两人自是不舍得卖出。

两人取出当年存放火中煞气的玉瓶装下了那份江中清气，又取出老道的那枚玉芽丹给萧元思看。萧元思仅仅是嗅了一下，笑道："不错的练气资粮，也能值上七八枚灵石。"

两人自是谢过，同萧元思聊了一阵，萧元思这才拜别。

待到萧元思飞远，李通崖这才轻轻打开那玉瓶，望着那宛若阳光照耀下的江水般的江中清气，体内的胎息六轮蠢蠢欲动，有种现在就吞服这天地灵气的冲动。

李项平轻轻一笑，低声道："待二哥晋级了练气期，那练气期妖物也有了着落，就可以祭祀法鉴，试试那箓气了。”

李通崖脸上也有抑制不住的喜悦，他将那《江河一气诀》的玉简取出，灵识缓缓探入其中。这些练气法诀与功法往往篇幅极长，换作木简恐怕要堆座小山，故而采用这暖玉制作成的玉简记录，只要将灵识探入其中便可读取信息。只是这玉简轻巧易碎，常常只用于记录功法，传递信息还是用灵绸织物等耐用之物。

将这正法仔细读了一遍，李通崖神采奕奕地起头，沉声道：“待我调息几日，便可闭关冲击练气期！”

…………

五年时间快得像射过树梢的那支箭，黎泾村已经变成了黎泾镇。柳、陈、田、任几个大姓的人统统拖家带口地迁进了黎泾镇。上面的人都说——这是赏，靠近仙山，是福。

李玄宣唇上蓄了须，突破了胎息境第四层青元轮，被李项平派去当了族正。这个青年的神态已经失去当初那种稚嫩和温和，而是生出一种成熟的平静，让李家子弟们望而生畏。

黎泾镇最为人津津乐道的反而是十二岁的李玄锋。据说起这孩子曾狂笑着在校场拉断了六张弓。他将断裂的弓臂丢出场外，叫道：“再来！”根本不去看左右族兵惊恐的眼神，只是抬着头哈哈大笑。也许这孩子生来就猖獗放纵，抬起弓就没有射不中的鸟兽。李通崖苦笑着在冠云峰为他带回来一张黝黑的长弓，除坚韧耐受并无其他优点，总算是能让李玄锋尽兴而为。

眉尺河边。

“锋哥儿，你在做什么？”李玄岭十岁出头，前几年被测出不具有灵窍，身为李通崖的嫡长子又是独子，自然接引了玄珠符种。现下苦着脸跟在李玄锋身后，见他鬼鬼祟祟地在石头后探头，只好低着声问。

李玄锋扭头拍了拍他的屁股，低声道：“我在做大事，小孩懂什么？”

“锋哥儿你可真闲。”李玄岭摇了摇头，小小的脸上神色沉稳，询问道，“你可入胎息境第三层了？”

李玄锋嘿嘿一笑，回答道：“我都踏入胎息境第四层了。”

李玄岭顿时一滞，流露出不可思议的神色，呆呆地道：“你已经追上宣哥儿了？”

李玄锋漫不经心地点点头，笑吟吟地道：“那是自然，你瞧。”

他从背后拿出那张黝黑大弓，左脚踩在青石上，持弓拉弦，身上的气质迥然不同起来——不再是放荡不羁、漫不经心，而是变成了一种刺骨的锋利，看得一旁的李玄岭不自觉地紧张起来。

李玄锋笑着将弓缓缓对准李玄岭，明明弦上没有箭矢，却吓得李玄岭一瞬间寒毛直竖，只觉得面上寒风如割，耳边嗡嗡作响。

“好生厉害。”李玄岭咽了口唾沫，缓缓迈开步伐离开李玄锋的面前，看着李玄锋依旧专注地持弓瞄准，身上的锋锐之气持续叠加，引得周身的灌木不断颤抖。

李玄岭瞪大了眼，却见李玄锋腰间的箭壶轻轻跳了一下。他连忙揉了揉眼睛，却见箭壶中的每一根箭矢都在不断颤抖，仿佛在期待着什么。

“着！”李玄锋猛然松手，数十步开外的一棵大树砰然炸响，炸得木屑横飞，树桩上多了一个透明大洞，停顿了几息，便歪歪扭扭地倒在了地上，惊起一片林鸟。

“哥。”李玄岭呆呆地望了一阵，低声道，“你是不是已经入练气期了。”

“想啥呢！”李玄锋也是深深地喘了几口气，脸色有些微红，笑道，“这是我自己想出来的弓法，要用上掌间的灵窍，再配合拉弓射箭时的那道箭意即可，算不上难。”

李玄岭默默地摇摇头，却见李玄锋面色有些尴尬，拉起他就跑，一时间将他拽出去十几米。

“哪个王八羔子偷看老娘洗澡！”

听着身后的叫骂声，李玄岭脸色一阵苍白，脚下多用了几分力，惊恐地开口道：“锋哥儿！这……”

李玄锋尴尬地哈哈一笑，低声道：“我这不是好奇嘛……”

…………

望月湖上，李通崖轻轻踏着水，一步一步地悬空而立，清澈透明的江河真元顺着他手中灰白色的长剑喷涌而出，化为一道道吞吐的剑芒，他低眉望着水中盘旋的鳞甲大兽，掐着法诀静静地悬空而立。

深红色的鲜血在河中缓缓扩散，河兽有些按捺不住，河面中的水光不断闪动，数十道透明的气刃破空而出，朝着李通崖袭来。

李通崖向前踏，躲过河兽大部分的攻击，周身水光闪动，挡住两道拐着弯袭来的气刃，心中暗忖：这《江河一气诀》中的清气盾还算牢靠，这河兽不懂法诀，全凭一股脑的堆叠法力，不但耗费巨甚，还攻不破我这法盾。

这江鳄无甚传承，全凭一股脑修炼成了胎息境巅峰，又不知吐纳了多少年，炼成了一口小清灵气，这才晋级练气期。

那河鳄见攻击不成，连忙下潜，逆着水流就往上游冲去，李通崖自然紧紧跟上。他两年前便突破了练气期一层，便想着杀一只练气期妖物来祭祀法鉴。他在这山间找了一年多，所见的妖物要么狡诈如狐，要么实力强悍，好不容易才寻到这一只蠢笨的江鳄，自然是不能轻易放过。

练气期已经可以踏空而行，虽然不及飞梭速度远远说不上快，只比胎息境巅峰全力奔跑快上三四成，但这河鳄先前中他埋伏受了伤，自然逃不远。《玄水剑诀》与《江河一气诀》颇为契合，挥出的剑光凭空增长了一两成的威力，让李通崖欣喜不已，两道浅色剑气击中那河鳄的背部，疼得它翻滚不止。

生怕那妖物临死反扑，李通崖只是跟在身后，时不时挥出一剑，不断消耗河鳄的体力。那河鳄终于忍耐不住，愤怒地嘶吼着，从水中砰然升起，激起一片水花，腾空向李通崖咬去。李通崖反手一剑斩中这妖物背部，抽身回退，保持着距离，不断增添河鳄身上的伤痕。

折腾了半个时辰，河鳄终于颓然倒在岸边，李通崖特地未曾斩杀这妖物，而是打入江河真元锁住妖物的生机与修为，生怕把这妖物打死了。确定河鳄没有生命危险，李通崖这才拽起妖物的尾巴尖，如同拖着一座小山一般向村中走去。

李通崖将河鳄一路拖回黎泾村，自然有村丁围上来接手。李家的祭祀早几个月便已开始准备，诸多礼器早已备好，准备流程走得七七八八，只待着李家几个大宗嫡系下令。

“邦都之赋，以待祭祀。”

李家的大宗小宗皆到齐了。大宗皆站在祭祀的圆台上，小宗站在台下，旁支则围跪着。案前第一阶平台上是李家如今的家主李项平；身后落后一步的李通崖，算上远在南疆的李尺泾，这便是李家的主事的第二代人。在其下一阶平台最前是身为族正的李玄宣，身后则是李玄锋与李玄岭。

前十几个流程繁杂且冗长，直到李项平将香插在案上，掐出《牲祭法》的法诀沟通法鉴，陆江仙这才缓缓醒来。

“兹有黎泾李氏，虔具清酌庶馐、寒食牲仪，年年香火不绝，居于黎山北脉，春播秋收，驱攘虫灾，夏麦登垂，杀妖止雪，除害均田，三元六节，无有不敬，祭时飨日，祀不断绝……以烟燎祀，以血祭俸，事神致福。”言罢，李项平上前几步，将手中的祀刀直直地切入圆台中心的河鳄脑中，这妖物本就奄奄一息，四肢与经脉皆被江河真元锁住，即刻便死去。

在陆江仙神识的引导下，河鳄身上的一道道精气汇聚而起，同那飘散的魂魄凝聚而出，顺着祀刀划出的伤口喷涌而出，如同一道元气汇就的狼烟。在众人察觉不到的世界里，一道道淡金色的淡雾从下首每一个人的身上流淌而出，如同燕子归巢般纷纷汇入那狼烟里，将那烟火染上了淡淡的金色。烟气升腾了几息，散落为无数肉眼难见的灰色光点，向黎泾山上流淌而去。

陆江仙汇聚了诸气，依法凝聚出一道灰箓，正欲将其赐下，却冥冥之中有种强烈的吸引感升起，隔着千山万水想要与他建立起联系。脑海中闪过老道的那枚玉佩，陆江仙吓得连忙收敛气息，隔断联系，连神识都收回了镜中。那股气息缓缓降临，在周围徘徊了一阵，终于心不甘情不愿地退走了。

…………

金羽宗。

金羽宗是越国三宗中的一宗，与青池宗、修越宗并称“三宗”，门人多善御器。宗内主峰唤作金羽峰，峰上悬挂着一张明晃晃的符箓，传闻符箓中封了六道太阳日精，专镇妖邪。

金羽峰最高有一处洞府，常年有紫府修士在其中闭关，时常有璀璨的紫烟飘散而出，故而弟子们皆唤作紫烟洞。

此刻的紫烟洞中却一片混乱，三位仙风道骨的紫府修士正各持一根黝黑的铁链，死死地锁住洞中一枚鹌鹑蛋大小的晶莹剔透的碎片，地上满是倒塌的器炉和法器碎片，散发着莹莹的毫光。

“这镜片为何莫名暴动？！”

那晶莹剔透的碎片在阵法中冲撞了几次，那紫府修士脸色难看，低低地骂道：“这次玄明之气的份额怕是凑不齐了。”

“难道是那仙鉴现身了？！”另一个紫府修士喃喃自语道。

“怎么可能？我三宗七门的修士持着法器在整个越国巡视，根本没有任何踪迹，莫非已经流落到了越国之外？”

“青池宗那边怎么说？”

那修士才问出口，便听最先那位紫府修士骂道：“青池宗全宗上下正想着为迟尉续命，到处求灵药，哪有空来管这些！”

“罢了罢了。”发问的修士摇摇头，神色有些落寞。

“迟尉虽说是个小人，但好歹也是横绝一时的天才……”

“呸！”那名脾气暴躁的紫府修士狠狠地唾了一口，叫道，“只愿他快一些去死，越快越好好！”

另一人笑了笑，戏谑道：“师弟，我金羽宗做得又有多干净呢？大可不必去苛责他。”

暴躁修士顿时没了声音，良久之后才缓缓叹息了一声。

…………

敦修为、长六识、擢根骨、易资质、拔品相、补阙遗……真是好箓气。灰箓从镜面上飞跃而出，经陆江仙神识一引，落在李项平身上，盘旋了一圈，往他升阳府中飞去。

陆江仙眼前顿时一花，浮现出几行大字：最上首是深红色的笔锋勾勒，看上去一股凶煞之气扑面而来——“力贯千钧”；中间是淡灰色的笔锋，如同一条长蛇般蜿蜒扭曲——“延年长命”；最后是淡青色的笔锋，显得干净利落——“避死延生”。

陆江仙顿时心领神会，这是让他选择敕封的灰箓之能。想着李项平是李家的族长，于是他选了那枚“避死延生”。这箓气只有碰上身具玄珠符种之人方可依其天赋敕封，寻常人也只能长修为、易根骨罢了。

李项平则是浑身一震，气息不断上浮，原本前年才胎息境第五层的修为再上一筹，达到了胎息境巅峰，脑海中猛然浮现出一行淡青色的大字：避死延生。还不待他反应过来，李通崖已经关心地看了过来，挥了挥手示意祭祀结束。李项平闭着目沉思起来。

待到一众人皆散去，李项平这才回过神，望着李通崖低声道：“上山再说。”

两人匆匆上了山，李通崖灵识一扫，顿时发现李项平的修为已经达到了胎息境巅峰，低声道：“可是那箓气？”

李项平点点头，将先前所见所闻统统告知李通崖。两人一阵惊喜，却听族兵来报，又有山越流窜东来。

这几年随着伽泥奚东进，东逃而来的山越也多起来，少则几十，多则几百。李项平只好将族兵驻扎在梨川口以西，平时就坐镇其中，以防流窜而来的山越袭击村子。

“情况如何？”

李项平问了一句，便见那族兵开口道：“据说有数百人，正在冲击军阵。”

这些年李家治下人口已经达到一万五千多，其中两千都是流窜而来的山越，族兵的数量也达到了一千之数，也算是不少。

“走，去梨川口。”李项平点了点头，同李通崖对视一眼，连忙下山。

李项平赶到梨川口时战斗已经进入尾声，阿会剌在战阵中挥舞着大锤追逐着敌人的溃兵，表现尤为突出。前几年陆陆续续有山越溃兵越境，李项平便把阿会剌叫到了梨川口，让他前去说服他相熟的部族。而阿会剌在诸次战斗中也算英勇，得了族兵们敬佩，李项平也对其放心了不少。

“这是今年第几拨山越了？”李项平皱着眉头望了望远处的大山，心头一阵不安，低低地问道。

“回家主！已是第六拨了！”一旁的李秋阳沉声回答，一副风尘仆仆的样子，想来也是刚赶到。李秋阳如今是胎息境第四层的修为，已经同陈家一女成了亲，膝下育有一子一女，眼看成熟了许多。

李项平点点头，转身进了院子，给李秋阳留下一句话：“收拾干净后让阿会剌前来见我。”

…………

李项平将手中的符笔放下，静静看着桌面上的布帛。他几年前便已成就了胎息境第五层玉京轮，如今更是胎息境巅峰，早就可以执笔画符了。

李景恬则在屋中给灯添着油。女孩如今十二岁，长得快手脚也麻利，已经出落得亭亭玉立、落落大方。

陆江仙的六枚符种李家存世的三兄弟各用去一枚，余下的其中两枚用到了李玄宣和李玄锋身上，最后一枚自然是留给李通崖这一房。

“家主！阿会剌求见！”陈冬河一身皮甲，腰上挂着剑，英气勃勃地进了院子，眼神在窗子边李景恬侧脸上停留了一瞬，低着眉沉声道。少年十六七岁的样子，修为已经到了胎息境第三层，长得还算清秀，有陈二牛的几分样子。

“进来。”

阿会剌挂着的一身兽牙如今已经统统摘掉了，换成了如同黎泾镇人一般的裘衣。进了院子他便高声道：“大王！大王！要坏事了！”

身后的陈冬河嘴角抽了抽，忍住抽这家伙后脑的冲动，偷偷低下头，借着阿会剌硕大的身体遮挡李项平的目光，用余光去看李景恬。

李景恬正在窗边剪灯芯，微黄的灯光在她的侧脸上微微跃动。她的美貌不是精致小巧的美，而是一种干净利落的美，五官英气十足，只有眼睛继承了田芸的圆润，反而看上去有些可爱。

“什么事啊？”李项平望了眼窗边专心点着烛的李景恬，嘴角勾起一丝弧度，心中一阵好笑。突破胎息境第五层玉京轮后便诞生了灵识，这院子中的事情他都不用眼去看便知。

“我的老兄弟穿过大鱼溪，昨夜前来通报我……说、说那伽泥奚已经大破敌军，不日便可东进了！”阿会剌的话顿时激起了千层浪，李项平和陈冬河皆是一骇，就连窗边的李景恬都轻轻扭头，担忧地仔细听着。

“那伽泥奚现下实力如何？”李项平皱着眉头，沉声问道。

阿会剌低着头，闷闷地回答道：“伽泥奚应在练气中期，整合了整个黎山北麓的十万山越，应有五六千的兵马可供调度。如今已经有四位吞服天地灵气的练气期人巫听从他号令，至于胎息境的部将也应有几十位了，好在这些人驻守在北麓各地，不曾随军。”

此言一出，李项平顿时一滞，皱着眉头沉声道：“我李家为青池宗年年上供，是青池宗治下的家族。伽泥奚不过是一支山越，在北麓肆虐也就罢了，也敢肆意东侵？真当青池宗是死的不成？”

阿会刺连忙跪下，脑袋紧紧贴着地面，战战兢兢地开口道：“据西边逃过来的族人的话说，魔门……青池宗不会管……”

李项平低了低头，心中生出一股无能为力的怒火。就连山越的小卒都知道青池宗不会出手，他作为青池宗治下家族的族长竟然对双方达成了何等交易一无所知。

“你等先下去……”

阿会刺与陈冬河连忙告退。见两人出去了，李项平这才缓缓坐回主位上，闭着眼一言不发。

“父亲，”李景恬却低声唤了一声，走近李项平身边轻轻下拜，轻声道，“我家恐成他人鱼肉，还是要早作打算。”

李项平疲惫地抬了抬眉，沉声道：“继续说。”

李景恬低着眉，轻声道：“伽泥奚敢肆意东进，必是青池宗与山越一族的大巫达成了共识，交割领地与凡人，却又不通知我李家，是不愿我李家做出反应……”

“你的意思是我李家举家已经成了交割的货物？”李项平挑了挑眉，低下头望着自己这个长女。

“依女儿看，此次我李家有伤财劳民之险，却无灭族之患。季父尚在宗内，我李家又搭上了萧家的线，青池宗也不应一声不响地放弃我家，想必只是允了山越一族入境劫掠，而非要葬送我李家全族。”

李景恬挑了挑眉，抬起头来望着李项平，又轻声回答道：“青池宗与各支山越领地参差交互，所涉及的家族众多。青池宗既然达成了交易，只好权当不知山越入境，各家全凭本事自保。”

李项平听着李景恬说完，这才将手中的木简收起，抬了抬头道：“你觉得我李家该如何应对？”

“不如弃了治下百姓，举家避匿。山越劫掠绝不会在此逗留，最多一日便可回黎泾山。”李景恬直直地盯着李项平，试探地开口道。

“不可！”

见李项平神色坚决地摇摇头，李景恬脸上顿时绽放出了一抹笑容，显得她圆圆的眼睛越发可爱起来。

“若是如此，我李家与青池宗便无分别了！”李项平摇摇头，神色有些疲惫，见李景恬再次张口，挥挥手打断她，沉声道，“我知道了，你先回黎泾山。”

李景恬乖乖点头告退，李项平则背着手缓缓走出院子。望着月光下的山林，他有种强烈的预感涌上心头。这个伽泥奚是他这么多年来遇到的最强悍的对手，这个青年山越不但拥有敏锐的战争嗅觉、狡猾的头脑，还有压倒性的实力。青池宗到底给山越画下了怎样的底线，又给了这个青年多久的时间……

…………

李尺泾站在灰白色的高高的城墙上，望着下方汹涌而来的兽群一言不发。光阴没有在他的脸上留下任何痕迹，他依旧是一副少年模样，只是神态成熟了不少。

在这南疆厮杀了五年，李尺泾的剑法越发纯熟起来。他将宗中的数门剑法皆融会贯通，也闯出了些名声。众人都知道青穗峰出了一位小剑仙，一手剑法好生厉害。

抹去手中长剑上的血迹，李尺泾迎着升起的朝阳长长出气，唇齿间吐出一抹纯白色的灵气。

“这座倚山城真是牢靠。”身后的青池宗弟子笑盈盈地开口，手中的法器珠子一上一下地浮动，正是邓求之。

李尺泾点点头，服下手中的灵药，不断调整着体内的法力，以求尽快恢复状态，让自己在下一次轮班中更轻松一点儿。

“哎哟真是巧，偏偏我等一轮班到这倚山城上便来了兽潮，一次比一次汹涌！”邓求之冷笑着开口，带着嘲讽的口气念叨，让周围的人都忍不住看了他一眼。

看李尺泾不为所动，自顾自地修炼着，邓求之往地上一坐，喃喃道：

“不过要吃你与我，他们却统统要为你陪葬。”

“这人又开始发疯了……”

“邓家人不都这样？”

周围人皆低语起来，用异样的眼光去看邓求之。李尺泾见状皱了皱眉，沉声道：“别说了，快恢复法力，省得又要我救你！”

邓求之愣了愣，失笑着摇了摇头，却听下方一阵欢呼：“退了退了！兽潮终于退了！”

众人又得了喘息的机会，顿时欢呼着各自下了城楼。李尺泾脸上也多了一抹笑容，边顺着城上的台阶往下走，边想着给家中写上一封信。邓求之却死皮赖脸地跟了上来，顶着灿烂的朝阳笑着道：“你不觉得不对劲吗？”

“什么不对劲？”李尺泾挑了挑眉，手中的青白色青锋一收，笑盈盈地看着他，戏谑道，“最近怎么神神道道的，难道是那功法越练越深，走火入魔了？”

两人在南疆并肩作战了五年，生死相依间邓求之和李尺泾早就忘了当初的那一茬事，算得上是知心朋友了。

“每次你我精疲力竭之时，兽潮便会乖乖退去，哪有这么贴心的事？”邓求之笑着开口，眼神却充满了深意。

“生死关头谁能留力？不只你我，城上哪一派的弟子不是精疲力竭？”李尺泾驳斥了一句，笑着同身侧一人打着招呼。

“你想想，”邓求之拍了拍他的肩膀，低声道，“若你是这南疆妖王，会平白驱使成千上万的野兽和妖物前来送死？有这份心自己吃了增进修为不好？就这些妖物能推得倒倚山城？白白送到三宗七门手下，那不是傻子吗？”

“再者，妖王若是想杀这些门派弟子，只围不攻硬生生耗死我等即可，傻子似的一次次发起进攻，时不时还放松休息，怎么看怎么像给我等送菜……”

李尺泾笑了笑，同身侧一人又打了招呼，硬生生打断了邓求之，气得他眼睛一瞪，附在李尺泾耳边轻声道："你可知上次倚山城破是什么时候？"

李尺泾面带微笑，低声回应道："二十五年前，三宗七门皆死了很多人，其中就有筑基期修士于羽楔，修炼的是《盘气玉真诀》，吞服过太阴月华。"

邓求之顿时一滞，眼中震撼不已，讷讷地道："你……知道……"

"我当然知道。"李尺泾带着笑点点头。两人一言不发地上了山，进了李尺泾的洞府。

李尺泾看着邓求之跟了进来，手中法诀一掐，将内外隔绝，这才默默注视着邓求之："我到这个鬼地方五年了，城内的法简秘笺我皆读过，结合蕈林原诸事，怎么也看得出不对劲来了。我只是不知道他们什么时候动手，还要将我养到什么时候……只是你，又是为何？"

邓求之双拳紧握，咬牙切齿道："青池宗早就断了太阴月华的传承，鉴于我邓家体质特殊，于是强迫我家代代修炼那秘法，炼成补品，用作商品来与南疆妖王交换灵物。早年秘法不全，我邓家人练一个疯一个，这几百年来慢慢改进，其实已经渐渐不再影响神志了，只是依旧要装疯卖傻……"

李尺泾默然不语，将身上的羽衣解了下来，坐在石桌边泡起茶来。

邓求之深深叹息，顿了顿道："宗内给的各色灵药灵丹我看了，皆是些用药深远的配子，这是……在炼人丹。"

"人丹？"李尺泾将两人面前的茶杯倒满，笑着开口道，"只是不知南疆哪位妖王要突破，真是好大的手笔。"

邓求之见李尺泾一脸笑意，倒是放松了许多，没好气地开口道："你倒还笑得出来。"

"那有什么办法？"李尺泾摇了摇头道，"青池宗势大，你我已经无路可退。我无缘无故死在南疆，明面上也是为宗门牺牲了，至少还能对我家有点儿补偿，难道还能寻故逃脱，惹得举家族灭不成？”

邓求之饮了口茶，有些愤愤不平地低了低头，叫道：“虽说如此……你我活了一世，生来便是要入妖兽口中吗！”

李尺泾脸上的笑意也收敛了，神色落寞地出声道：“人为刀俎，我为鱼肉，鱼肉就要有鱼肉的觉悟，你邓家不也是一代代隐忍过来的？他青池宗兴旺了五百年，难道还能世世代代地兴旺下去？总有衰落的一天。家族只要还在，默默积蓄，终究会有复九世之仇的一日。”

“修行者寿命悠长，少有今天的仇明天就要报回来的事，一代人自有一代人的使命。”李尺泾缓缓站起身，望着手中青锋开口道，“你我的使命便是喂饱青池宗，好让家族有喘息之机，若非如此，我们还能做什么呢？难道还能像话本小说里那样平地晋级紫府，让青池宗不得不收回成命？”

“走一步看一步吧。”邓求之盘膝坐下，颓然地开口道，“怎样都是不敢逃的，若是你我逃出了这倚山城，家中亲人便完了。”

…………

李项平抬头望向远山的那一刻，山顶上却响起了马儿的嘶鸣声，一匹浑身乌黑，找不出一丝杂色的马儿正扬着蹄在山上欢快地奔跑着。那马四足不接地，就这样踏着崎岖的路面前行着，竟然是一只有练气期修为的妖物。

乌色的马蹄在泥水中轻轻一踏，就这样凭空飞起。马上那人一身皮甲，身上也无什么兽骨玉石装饰，像是个生人。伽泥奚轻轻拍了拍老伙计的脑袋，胯下一夹，横过身望着山下的村落。

北麓的山越皆说伽泥奚有四只眼睛、八只手臂，但实际上伽泥奚的相貌看上去普普通通。他眉毛稀疏，眼睛还有些小，若是闭着眼叉腰往田间一站，谁也不会觉得他是什么人物。唯独那双褐黄色的眼睛睁开时静静地盯着人，让人不寒而栗。

“大王，前边就是魔门的地盘了。”

听身后留着长辫的随从开口，伽泥奚挑了挑眉毛，褐黄色的眸子在山下的军阵中扫了一扫，颔首道："击破他们，需要一刻钟。"

他的声音轻盈，音调很高，语气平淡，像是读出来的。

留着长辫的男子微微低头，静静地听着伽泥奚说话，身后再也见不到一个士兵。作为统一北麓山越的王，竟然带着一个部下就进了青池宗的地盘，距离李项平的军帐只有三百余丈。

看了几眼，伽泥奚便对山下的族兵失去了兴趣："我们的时间不多，不必再等了。"他胯下一夹，马儿乖乖地掉头向来路走去，如履平地般走在崎岖的山路上。

长辫驱马跟上，迟疑道："只是生人奸诈，这魔门军中不知有几位人巫，大王莫要轻敌。"

伽泥奚低低一笑，提了提手中的长刀，抬头望着那枚受乌云遮蔽的月亮，嘴皮翕动："谁说我要打他了。"

…………

陈三水迷迷糊糊醒来时，眼前立着一个身着皮甲的山越，大手紧紧地拎着他的衣襟，扯得他窒息得紧。

噗的一声，他被狠狠地丢到了院子外，摔得眼冒金星，两眼昏花，还磕掉了两颗牙齿。看见两侧站得笔挺的山越士兵，陈三水抹了抹脸上的血，摸索着去寻找他的牙，但他的手被踩住了。抬起头望着那双褐黄色的眼睛，陈三水不得不面对这个残酷的现实——在他睡下的这一刻钟里，梨川口毫无抵抗能力地沦陷了。

"怎么会这么快？！"

李项平带领的、就驻扎在河对岸的族兵呢？就这样毫无声息地被击破了？在天上高来高去的李通崖呢？李家其他修士呢？这些人是怎么毫无声息地控制了梨川口的？陈三水心中一片窒息，嘴里的疼痛也不在乎了，脑海中无数的问题在涌现。

"李家的老巢在哪儿？"踩着他手的男子平静地开口。

陈三水望着他稀疏的眉毛和令人畏惧的眼睛，脑海中只留下一个问题：“如果父亲陈二牛在这儿，他会怎么做？”

很快陈三水就顾不上思考了，伽泥奚随手扯掉了他的左手。陈三水两眼翻白，唾沫争先恐后地从他的嘴中喷涌而出，疼痛淹没了他的一切思维：疼……好疼。

伽泥奚用手点了点他的脑袋，为他施了法诀，让他意识重新清晰，仔细体会这种窒息的痛苦，又吊住他的生机，让他不至于流血暴毙。

“黎……黎泾……山。”当英雄的念头只在他的脑海中挣扎着浮现了一瞬，他只是个普通人，不是无视疼痛的烈士，不是他的父亲，不是李项平，更何况将李项平放在这个处境上也未必能好到哪儿去。

“带我们去。”

陈三水被拎了起来，他倒悬着望着周围动来动去的山越的脚。父亲陈二牛苦苦教导二十多年形成的一丝致命的嗅觉终于在他身上觉醒了。陈三水明白自己必死无疑，他回忆起自己这辈子做的荒唐事，心中一片孤寂。

四周的山越兵马动了，他们的脚踝上刻画着简单的符文，这使他们走起路来悄无声息。两队山越兵马跟着伽泥奚出了梨川口，向着黎泾山而去。

陈三水望见伽泥奚身后的山越男子，手中也提着一人，是村中的骨干，便明白谎报路线只会徒增自己的痛苦，心中恨恨地想着：好狡猾的山越。

他从小就生活在李家兄弟的阴影之中，如同父亲陈二牛生活在李木田的阴影之中。他总是听父亲说：“李家四兄弟中，李长湖温顺可怜如良鹿，李通崖沉静谨慎似蛟蛇，李项平奸毒狠厉同饿狼，李尺泾聪慧俊秀是白狐。”

“那我呢？我是什么！”陈三水兴致勃勃，满脸期待地望着父亲。

“废物。”

陈三水大失所望，从此真的成了废物，浑浑噩噩地娶妻生子，仰仗着父亲的威望和势力肆意玩耍，直到伽泥奚扯下了他的左手，他才好像醒了过来。他甚至恨起伽泥奚怎的不早十年来扯去他的左手，令他白白让父亲担忧了这么多年。

“你等与那些兵马多久通一次信？”伽泥奚轻轻地开口，他早就看出手中这人已经被吓破了胆，根本不会欺骗他，却不知手中的人已经从混沌的过去中醒悟过来，他手里擒着的不再是三十岁的陈三水，反倒像是六十岁的陈二牛了。

“三个时辰。”陈三水心中平静如水，假装颤抖地开口，心中终于有了一丝未曾辜负主家二十年锦衣玉食待遇的安然。

黎泾山已经缓缓出现在了眼前。伽泥奚勒住马，顺手结果了陈三水，冷冷地笑起来：“废物！”

天旋地转中，陈三水轻飘飘地落在路边，眼睛直瞪瞪地望着乌云满天的夜空，脑海里只浮现出来一句话：李项平，爷也只能做这些了，你牛得很，算是撞上铁板了！

…………

送走了女儿李景恬，李项平心中惴惴不安，如芒在背，在榻上修行时总是安不下心。数次入定未果，他终于起身开口，沉声开口道：“来人！”

陈冬河一直披着甲在帐前守着，闻声入了帐，应声道：“家主。”

“斥候可曾探到什么消息？”

陈冬河摇摇头回答：“不曾。”

“梨川口已经一个时辰未曾派人通报了吧？唤个人回去问问。”

李项平摇摇头，看着陈冬河应声下去，心中思虑道：伽泥奚前日才奇袭大破敌军，莫不会今日便东进吧？哪有这样的道理？他麾下皆是不死不累的兵马不成？况且西边的山中尽是我布下的探子，万万没有毫无声息的道理。

起身披上甲衣，看着熊熊燃烧的火盆，李项平眼中倒映着红色的火光，心中漏跳一拍，暗道：糟糕！此人在北麓打了十几年的仗，屡战屡胜，恐怕不能以常理度之，还是先将兵马渡回河去。

手中的长刀一收，李项平背起青乌弓，高声吩咐道："击鼓！"

顿时有传令兵下去，咚咚的鼓声四起，激起一片喧哗。李项平才走出营帐，便迎面碰上了急急忙忙的陈冬河。

"家主！"陈冬河走上前来，声音中满是震惊，附在李项平耳边道，"家主！梨川口已经为山越所控，派去的人皆被杀了。河对岸驻扎着两三千兵马，他们捣毁了几处浮桥，我等到后路已被切断了！"

此话如同平地惊雷，李项平当下一骇，愣了两息不曾说话，他猛然攥紧手中的长刀，捏得骨节吱吱作响，五指发白："消息不曾传开吧？"

陈冬河连忙摇了摇头，压低嗓音道："不曾，属下封锁了消息，不敢让众人知晓，生怕动摇了军心。"

深深地吐了一口气，李项平喃喃道："去整兵。"

陈冬河肃着脸退下，李项平则闭着眼，默默地盘算起来：不可能用这一千兵马向东渡河去夺回梨川口，伽泥奚也不可能只带了这两千兵马前来，他又是练气期修为……伽泥奚大破敌军，立刻就奔袭而来，后方必定不稳，不如西进试探。在此地每待上一刻，便危险一分！

李项平缓缓踱步，走到了帐后，望着高高的谷堆，细细盘算了一阵，腰间的储物袋升起，堆积如山的米粮和豆子统统流淌进腰间的锦囊中。老道的储物袋有一院子大小，堪堪装下这些米粮。

走至众族兵跟前，李项平深深地吸了一口气，咬了咬牙，高声吐出两个字："西进！"

一众兵马纷纷拔营而起，八百族兵加上两百山越兵共计一千人，就这样头也不回地向西边的林子中钻去。

…………

伽泥奚的兵马才踩入黎泾村地界，练气期修为便暴露无遗，惊醒了陆江仙。神识自上而下一扫，他心中暗忖道：看来是那伽泥奚，他已经控制了梨川口，东进要拿下黎泾镇了。

神识扩张到极限，陆江仙立刻就寻找到了李家的几个人：李通崖正同夫人柳柔绚在芦苇荡上为三弟李项平收集突破练气期的江中清气，两人掐着法诀等待黎明时清气上而浊气下那一刻；李玄宣和李玄锋则刚在西边的黎道口中除完妖，正在安抚村中受伤的众人，妖物毁了街道，还需着人手去修复；黎泾山上的田芸和任屏儿正围坐在火炉旁聊天，两人年纪渐长，尤其是任屏儿已经四十多岁了，睡觉也睡不踏实；李景恬靠在窗边，一双圆润的眼睛神色忧虑地望着远方，深夜的轻风缓缓扬起她的黑发，身旁的李玄岭乖乖在榻上睡觉。

视识虽然将李家修士统统看到了，陆江仙的神识却只能在黎泾镇范围内游走。他略略思考了一息，掐了个幻术就往榻上的李玄岭脑海中映去。陆江仙的神识远超寻常修士的灵识，更何况李玄岭眼下还只是个胎息境第二层承明轮的小修士，因此当下陆江仙顺顺利利地接管了李玄岭的梦境。

…………

咔嚓。

李玄岭迷迷糊糊地听见一阵刺耳的瓷器碎声，一下从梦中惊醒，满头大汗地坐起身，呆呆地望着空荡荡的窗台。

一双嫩白的柔荑正小心翼翼地拾起地上的茶器碎片，李景恬歉意地轻声道："岭儿，吵到你了。"

李玄岭一脸一身的汗水，受冷风一激顿时清醒过来，干涩地回答道："姐，我梦见了……好多死人，伽泥奚打败了叔父，带着兵上了山，杀了家中好多人。"

李景恬神色越加忧虑，李玄岭的话正中她一夜未眠的心结。她勉强挤出笑容，柔声劝慰着李玄岭。李玄岭有一搭没一搭地点着头，默默思忖了几息，嗫嚅道："我去撒尿。"言罢溜下了床，跨过门槛，绕过李景恬的视野，悄咪咪地向后院走去。才进后院，他便见一个孤零零的破木椅子放在正中。他撇了撇嘴，想起了李木田。

用力推开屋门，李玄岭闻到了浓浓的檀香味。烛灯昏暗，他在微光中瞥见冰冷高大的石台，上方青灰色的鉴子正流转着淡白色的月华。他踮起脚尖，双手穿过略显冰凉的月华，小心翼翼地捧起那枚法鉴，这才发现这法器入手温润，舒服极了。

回忆起父亲的话，李玄岭捧起手中的法鉴，认认真真地开口道："李家弟子李玄岭仰荷玄泽，恭请玄明妙法，谨出太阴玄光，诛斩恶逆，破秽摄妖！"

陆江仙默默点头，将视野放开。李玄岭顿时觉得自己轻飘飘地腾空而起，飞到了极高极高的空中，静静地俯视着脚下的黎泾镇。

夜月安详，黎泾镇正沉眠在梦乡之中。李玄岭将目光放远，却见远处的梨川口遍地断发文身的山越，甚至有两队身披皮甲的山越士兵正往南而来。观其方向，直直地指向黎泾镇，目的不言而喻。李玄岭顿时吓出了一身冷汗，甩了甩脑袋，终于掉出了视角，将手中的法鉴往怀中一塞，急急忙忙地冲出了后院："姐，我们走！"

李玄岭急匆匆地径直冲进偏院。他拉起李景恬就要往前院走，惊得李景恬一呆，连声问道："怎么回事？"

"来不及解释了！伽泥奚的兵马不出一刻钟便要到黎泾山，你且听我的！"

李景恬听得骤然一惊，连忙将乌黑的长发盘起，从床间摸出一把细长的短匕，边走着边将匕首藏在袖中，低头问道："母亲那边可曾通知？"

李玄岭将长刀绑在背后，点点头道："先前派了族兵去唤她们了，我命令留守前院的几个族兵立刻护送她们下山，这才回偏院来找长姐。"

两人快步出了偏院。李景恬不曾修行，走路慢得很，李玄岭便在腿上拍了一道神行术，拦腰抱起她，急匆匆地往山下去。李景恬则将碎发挽至耳后，望着身侧风驰电掣退后的景色，脑海中满是对父亲李项平的担忧。抬头看了看李玄岭，她眼中闪过浓浓的羡慕之色：要是我也有灵窍……

李玄岭走了一阵，便用法鉴来看伽泥奚的动向，却发现一支山越已经进了黎泾镇，几乎要将几个出口控制住了，另一支则狡猾地从另一侧的山脚下上山，防止山上人逃窜到山那头的泾阳村去。若不是用了法鉴，李玄岭准会直直地撞到那支兵马上。他只好抹了抹额头上的汗水，低声骂道："这伽泥奚好生狡猾！"

恨恨地掉转方向，李玄岭连忙加快脚步，在合围之前堪堪下了山。他在山脚下掉黎泾镇中寻了个旧院子，翻墙入了院中。院中铺了层薄薄的积灰，看起来主人已经离家许久了。他一脚踹开房门，同李景恬进了屋中。

李景恬看了看四周，从柜子中取出两件素服，同李玄岭换上。李景恬十二三岁，同这一户人家的女儿一般大，衣服也是恰恰合身。倒是李玄岭身子未长开，李景恬只好取刀给他裁衣。他这才勉勉强强穿上，再将换下的那些锦衣长袍切碎了塞进床底。

门外响起一阵阵脚步声，李玄岭侧耳听了一阵，等密集杂乱的脚步声匆匆远去，这才抬起头，盯着李景恬英气十足的脸看了看，稚声道："姐，你这姿态太出众了。"

李景恬恍然大悟地点点头，在院中的小井处打了水，弄花了妆容，蹙起眉毛，低垂着眉眼，看起来多了些楚楚的小家子气。

李玄岭撇了撇嘴，李景恬底子太好，不好扮丑，这会儿虽然没有那种英气十足的感觉，却又多了种楚楚动人的味道，看得李玄岭咋舌。

经过一番折腾，两人总算看上去像是镇中的寻常居民了。李景恬踮起脚尖望了望往外头，悄声道："雾里迷阵对伽泥奚来说不过是雕虫小技，好在我们都从山上撤下来了，只要在此躲上一天一夜，伽泥奚定是要撤走的。"

李玄岭点点头，悄悄摸了摸怀里的法鉴，温温热热的触感使他安心了不少。

…………

黎泾山上，伽泥奚眯着眼听完了手下的汇报，脸上浮现出了一抹笑容，反问道："领着兵越过山去了？"

"是。"

伽泥奚眉头一挑，瞥了一眼冰冷的石台，环顾着身侧焚着的香烛，一脚踢翻了眼前的案台。

哗啦！身下倒塌的供奉案台滚落了一地的瓜果。伽泥奚竖起褐黄的瞳孔，伸手在光滑却空无一物的台面上轻轻抚摸着，嘴角勾起一丝嘲弄的笑意："木焦蛮，什么样的法器需要供奉起来？"

身后的长辫山越摇摇头，警惕地观察着四周，闻言思考了几息，迟疑道："属下只听闻蕈林原上有支大部族，供奉了一尊木像，种种神异，奇特无比。"

"李家有宝贝啊……"

伽泥奚呵呵笑了两声，缓缓走出院子，便见身后的木焦蛮庆幸道："这法器如今必在那军阵中，幸好我等不曾草率袭击，否则必定中了魔门的计策！"

伽泥奚在正院和侧院中徘徊了一圈，看着手下人翻出来的衣物，又摸了摸尚有温度的被褥，若有所思地点了点头："这娃子倒是敏锐。"

他向前一步，俯视着山脚下的黎泾镇，慢慢伸开双臂做出拥抱的模样，思考了一阵，朗声道："将这个部落所有七岁到十五岁的生人带走，一个也不许漏过。"

身后的木焦蛮沉声应诺。两人出了李家大院，伽泥奚脚下猛然一顿，笑盈盈地道："尤其是那些衣着华丽、面容姣好的生人，让他们几个看紧了，一旦有身具修为者出手，立刻将其擒过来见我。"言罢翻身上马，向着黎泾山下而去。

身后的木焦蛮连忙跟上，低声道："大王，时间不多了。"

"嗯。"伽泥奚点了点头，轻声道，"抓了人抢了东西便撤走吧，省得魔门面子上不好看，到时候又引来什么援手，徒增伤亡。”

两人下了山，镇中已是哭声大起，兼有村丁与山越搏斗声。伽泥奚的军队纪律严明，已经将村中的孩童少年统统赶到了一起，顿时一片哭喊声。

木焦蛮低着头看了一阵，默默开口道：“带回去还能充当奴隶婢从，倒也不错。”

此言一出，伽泥奚眉眼低垂，神色狰狞，眸子中闪过一丝暴虐的杀意，只是背对着众人，谁也不曾发觉什么。

伽泥奚干净光滑的颈间也曾文上象征奴隶的横纹，后来伽泥奚杀尽了买下他的部族的人，胁迫族巫洗去了他的横纹，从此无论取得何种成就，都不再在身体上涂抹任何花纹。

木焦蛮自顾自地继续道：“这些生人女子倒是姿色俊美，有点儿意思。”

伽泥奚不置可否地点点头，手中的长刀一提，又听木焦蛮补充道：“大王既已统一北麓，子嗣还是要早做考虑，山间豺狼虎豹、野心勃勃者众多，有了子嗣也能安心。”

“嗯。”伽泥奚轻轻哼出一个音节，胯下一夹，驾着马向西边走去，颔首道，“西归，去陪那家伙玩一玩。”

…………

“好箭法！”

李玄宣踩在一具棕毛猪妖庞大的尸体上，望着碗口大的血洞啧啧称赞。一旁的李玄锋收起长弓，笑嘻嘻地自傲道：“怎么样？我这一箭可不是寻常货色。”

“好是好，”李玄宣点点头，嘴角噙着笑，回答道，“只是可惜了这套好皮子。”

李玄锋当下一滞，讷讷地一笑，刚欲开口，却见一旁闯过来个族兵。他才走了几步便被甲士拦下了，身上的甲衣上满是鲜血。他径直跪下哭诉道：“少家主！山越攻占了黎泾镇，杀上黎泾山了！”

李玄锋不可置信地低下头，单手提起那族兵，喝道：“你知道你在说什么吗？！”

“锋儿！”李玄宣也是一身冷汗，骇得手脚俱震，连忙救下那人，不顾他一身鲜血，扶起他连声问道：“山越怎么会在黎泾镇！家主带着的族兵呢？！梨川口又如何了？”

那族兵也知事态紧急，忙道：“家主与那一千族兵已不知踪迹！我等曾去梨川口求援，却吃了一身箭，梨川口同样为山越所控了！”

李玄宣听得一身寒毛直竖，缓缓后退了一步，脑海中浮现出了无数可怕的画面，他把手中的刀缓缓插入鞘中，闭口不言。

“再探黎泾镇和梨川口。”李玄宣吐出一句话，又沉声道，“派人去芦苇荡中去寻仲父。”

“不必了。”李通崖踏空而下，已经到了李玄宣身边，神色凝重地开口道，“我已去过梨川口。那里驻扎着三千兵马，有一位练气期修士驻守；至于黎泾镇，则有三千多山越，至少三位练气期修士。”

李通崖本来在江岸上收集江中清气，一路到了梨川口的岸边，却见村中点满了火把，诸多人影晃动。他心中疑惑不已，遂踏空临近了村落，便见四下皆是披发文身的山越，心中咯噔一下。才近村子，便有一练气期修为的山越踏空而起，驱使着浓浓黑雾朝李通崖而来。他与其斗了几次，玄水剑诀配合江河真元打得那野路子出身的山越修士连连败退，但惧对方有援手，只好悻悻退走。

“家主他……”李玄宣连忙开口。

李通崖皱了皱眉，摇头道：“我到了梨川口便被阻下，河岸不见军阵，但也不见什么战斗痕迹。项平应该提前撤走了，或是去了什么地方。”

李玄宣这才长出一口气，一旁李玄锋紧绷的脸色也舒缓下来。李通崖一拍锦囊，手中翻出一枚玉印，正是那青池治下的凭证，上面正浮现出几个小字：权且忍让。

李通崖脸色难看地收起玉印，他早些时候便通过玉印求救，半个时辰毫无动静不说，最后就只等来了这四个字：青池宗是指望不上了，只是要看那伽泥奚动向如何……

…………

李玄岭与李景恬才歇息了一阵，大门便被轰然破开，十几个山越鱼贯而入，还有个小头目模样的山越提着刀进门。见了李景恬他眼睛一亮，笑道："好俊的小娘鱼。"

两人顿时一惊，李景恬心下对伽泥奚能找到此处疑惑不已，又见只派了几个凡人前来，更是疑窦丛生，总觉得不对劲。

李玄岭则拳头一攥，默默思忖着：打倒这些个人倒是不难，只是怕再引来街上的山越。若是吸引来了山越中的修行者，怕是再难走脱了。

那山越头目上下扫视了一眼，扬了扬手，高声道："带走！"顿时就有两人拿着绳索去捆李玄岭两人。李玄岭抬头去看李景恬，见她轻轻摇头，只好让几人绑了去。

李玄岭扭了扭，感觉身上的绳索若有若无，一用力就能撕开，想来这几人也未对一个十岁的孩子有所防备，不承想李玄岭已经胎息境第二层了。

两人跟在后头出了院子，便见成群成群的孩童少年被驱赶着，如牛羊般向山林中走去，上首凌空踏着一人，一身花纹，满头长辫。

"练气……"李玄岭压着声音吐出两个字，和李景恬一同被牵着缓缓走入林中，装作脚下踉跄，歪歪扭扭倒在了地上，溅得一头一脸都是淤泥。

李玄岭歪头在衣襟上蹭了蹭，低头让自己看上去更加不显眼一些，望着前边的李景恬，暗暗松了口气，思忖道：我这几年常在山下，众人都识得我，说不得就被谁叫破了，还需伪装着。好在长姐这几年深居简出，不曾下山，否则这样出众的神采，断然是瞒不过的。

眼前已经到了大鱼溪，越过去便是山越的地盘。李玄岭不死心地悄悄摸上鉴子，旋即苦笑着松开手。

整支队伍上方有三位练气期修士踏空而行，前后更是有山越士兵督促，防得严严实实。好在练气期修士的灵识范围有限，飞得又高，看不出下面的李玄岭。两人只好硬着头皮向前走，足足走了一天一夜，眼前终于出现了一个简陋的寨子。寨子里已经能看到不少生人，他们脚上戴着铐，正吃力地搬动着一件件器械或者粮草，乍一望去监管倒是疏松得紧。

凡人要想从这寨中逃出去困难，换成修行者便不同了，待到夜深之时，一脚踢了镣铐，带上长姐偷溜走便可。李玄岭顿时心中一松，便见前头围了一群人，挨个儿戴上镣铐跪在地上，等着几个山越族巫在脖颈上画上象征奴隶的横纹。

一边已经有人上来解绳索，将女孩和少女们牵去另一边。李景恬被拉着走出了人群，一群山越与奴隶皆发出一阵惊叹声。

“这……是谁家的女子？好生俊美。”

“好漂亮的小娘鱼。”

李景恬悄悄在脸上抹了泥水，但挺翘的鼻梁和侧脸流畅的线条是怎么也掩盖不了的，那双遗传自李项平的不同于山越的灰黑色眸子清澈，格外动人。

李玄岭还来不及多想，便被扯进了寨子，有山越为他套上木质的枷锁。山越不善于冶炼，好不容易炼出的铜铁都用来铸造了刀兵，自然没有铁具枷锁，用的是材质坚固的木料。任凭山越族巫在他颈间画下横纹，李玄岭悄悄地用余光去注意李景恬那边的动静，却见高高飘在空中的长辫山越缓缓落下，站在人群前方审视着李景恬。

木焦蛮从空中拾步而下，下方的族巫部众顿时纷纷跪下，恭敬叫道：“大帅。”

木焦蛮不理会身边几人，侧着头看了一阵，看得李景恬微微垂眼低头，这才发现自己的左眼皮在跳。

他步入练气期十几年，一身皮骨不动不摇圆转如意，从未有过不自主的动作，更别说如今这种移不开眼、呼吸不自如的状态。

“她……”

木焦蛮生涩地吐出一个字，周身的族巫部众连连点头，谄媚地笑着，连声道：“我等晓得了，我等晓得了，大帅！”

木焦蛮在族中混了这么久，哪还不知道这群人的意思？望着愤愤抬头的李景恬，急着开口解释，话到了嘴边又神差鬼使地咽了回去。下方的部众连忙将李景恬带下去。木焦蛮一脸冷酷地转过头，在众人的目光中腾身而起。

轻飘飘地踏空而去，木焦蛮突然快乐得想要舞蹈，好在这回控制住了自己，脚步不停地向帐中走去。

李景恬被扯进了寨子，松去了束缚，洗去了脸上的泥水。几个老人又取些山越常用的果叶颜料在她脖颈间和脸上画了各色的花纹，伺候她换上了一套山越的服饰。服饰上有诸多鸟禽羽毛、走兽牙齿，还缀着星星点点的玉石，显得野性十足，再配上英气姣好的脸庞，竟然使她多了种威严感，看得伺候着的人一滞，手脚动作都轻了不少。

烦琐的步骤结束，天色已经暗了下来，李景恬被带进了闪着昏黄灯火的军帐。才靠近帘子，便听着一个粗犷的男声道：“大王下过命令便往西去了，说是要防备沙洲中的异动，让大帅整理好后方的部队，裹挟着这些生人奴隶先前往大厥庭，让属下领着一千兵马去追那支生人兵马……”

“结果如何？”这声音厚重沙哑，李景恬听得出来是白天那长辫的山越大帅。

“……属下去追了，却见那人带着兵马头也不回地往黎山深处走去。属下怕惊动山中的大妖，便领兵退回来了……”

木焦蛮皱着眉头，轻轻捏了下手中的骨杯，带着疑惑开口道：“你亲自带着人去追，竟然还能让那人走脱？不是说那人只有胎息境修为吗？”

跪在地上的部下连忙抬头，正欲开口，便见帐外的李景恬被推进了帐，身上的兽骨与玉石碰撞，发出悦耳的叮叮声。

那人警惕地回头来看，却一时间和上首的木焦蛮齐齐看呆了。山越常年居于山中，见的山越女皆是如狼似虎、满身毛发淤泥、一头打结的乱发的样子，哪里见过这种明眸皓齿、剪水双瞳的女子？两人皆是一脸呆滞，愣愣地想着：我说怎么祖祖辈辈都盛传生人女子美丽！

李景恬却静静地望着两人，看得两人的眼神都回避开。她身上藏着的匕首在洗漱时便被没收了去。在帐外隐隐约约听到父亲的消息，她心中正着急，却被推了进来。

咕噜。跪在地上那人咽了口口水，一下惊醒了木焦蛮。他恼怒地盯了那人一眼，用力咳嗽了一声，正欲斥李景恬退下，话到了嘴边变成了：“你且回避。”

见李景恬转身出帐，那部下才张口结舌地回答道：“我……我他……他。”

静心捋了一下，那部下才在木焦蛮恼怒的眼神中硬着头皮道：“那人简直如有神助，我等布下的陷阱他一一绕了过去，更是引来了一妖物。那妖物也不管那几百人，一个劲地攻击我等。”

“行了！滚出去！”木焦蛮也无心听他辩解，挥挥手让他滚，见他出了帐还依依不舍的样子，冷哼一声，练气期四层的修为弥漫而出，吓得那人落荒而逃。

看李景恬被外头的族巫推了进来，木焦蛮连忙站起身，又呆呆坐下，心情就像七岁那年测试有无巫窍时那般忐忑不安。望着抬头看来的李景恬，他迟疑地开口道：“你……”

李景恬浑然不惧，目光平静地盯着上首体格庞大的木焦蛮，咬牙道：“你若碰我一下，我便一头撞死在这帐中。”

此言一出，心中反而轻松了几分，李景恬暗自思忖道：待我死了，玄岭便不必记挂着我，独自逃生倒还方便……

木焦蛮连忙摆摆手，好声好气地开口道：“你叫什么名字？”

李景恬闻言立刻警惕了起来，姣好的眉毛一蹙，轻声道："叶恬。"

本名自然是不能用，只好随口编出个名字来顶着。李景恬望着眼前看似面无表情的木焦蛮，心中暗自好奇道：这山越头子怎的喘成这样……

木焦蛮却望着李景恬蹙起的眉毛，对伽泥奚忠心耿耿了三十六年的脑子中闪过了一个复杂又疯狂的想法，使他心惊胆战、难以冷静：不能，绝对不能让伽泥奚看到这个女人。

…………

"少家主！山越皆撤走了！"李玄宣正忧心忡忡地望着黎泾山，下方的族兵忽然扬声叫道。他听得大喜，抬起头望望身边的众人，皆是眼巴巴地望着他，顿时一个激灵。

"仲父已经前往西边寻找叔父的踪迹，家中众人便只能听从我的号令了。如今正是危急时刻，李玄宣！万万不能大意！"他攥紧了拳头，却发现情况异常糟糕：李秋阳和陈冬河都随军同李项平去了山越境内，家中除了几个这几年刚踏上修行路的孩子，就只剩下胎息境第四层的叔母柳柔绚和李玄锋了。考虑片刻，他吩咐道："先派出人手去梨川口和黎泾镇安抚民众，清点伤亡和损失。"

柳柔绚如今也二十九岁了，由于修了仙道，看上去还像二十岁出头，正满脸担忧地望着西边，闻言点点头道："梨川口就交给我吧。"

"天仇。"

万天仇闻声连忙上前，听着李玄宣吩咐道："你在梨川口驻守多年，熟悉情势，便由你陪同叔母走上一趟。"

看着万天仇点头退下，李玄宣吐了一口气，沉声道："至于黎泾镇，我亲自去。"